教育部人文社会科学研究规划基金项目
"弗吉尼亚·伍尔夫日记研究"(18YJC752009)的阶段性成果

对话理论视阈下的伍尔夫研究

A Study on Virginia Woolf
from the Perspective of Dialogue Theory

（第2版）

何亦可 著

四川大学出版社
SICHUAN UNIVERSITY PRESS

项目策划：敬铃凌
责任编辑：敬铃凌
责任校对：余　芳
封面设计：墨创文化
责任印制：王　炜

图书在版编目（CIP）数据

对话理论视阈下的伍尔夫研究 / 何亦可著． — 2 版． — 成都：四川大学出版社，2022.5
ISBN 978-7-5690-4405-8

Ⅰ．①对… Ⅱ．①何… Ⅲ．①伍尔夫(Woolf, Virginia 1882-1941)—文学研究 Ⅳ．① I561.065

中国版本图书馆 CIP 数据核字 (2021) 第 015885 号

书名	对话理论视阈下的伍尔夫研究（第 2 版）
	DUIHUA LILUN SHIYU XIA DE WUERFU YANJIU (DI-ER BAN)
著　者	何亦可
出　版	四川大学出版社
地　址	成都市一环路南一段 24 号（610065）
发　行	四川大学出版社
书　号	ISBN 978-7-5690-4405-8
印前制作	四川胜翔数码印务设计有限公司
印　刷	成都金龙印务有限责任公司
成品尺寸	170mm×240mm
插　页	1
印　张	12
字　数	228 千字
版　次	2022 年 5 月第 2 版
印　次	2022 年 5 月第 1 次印刷
定　价	58.00 元

◆ 版权所有 ◆ 侵权必究

◆ 读者邮购本书，请与本社发行科联系。
　电话：(028)85408408/(028)85401670/
　(028)86408023　邮政编码：610065
◆ 本社图书如有印装质量问题，请寄回出版社调换。
◆ 网址：http://press.scu.edu.cn

四川大学出版社
微信公众号

序 言

　　西方现代主义文学的代表人物弗吉尼亚·伍尔夫，一直是英美文学研究的重点和难点。何亦可的专著《对话理论视阈下的伍尔夫研究》，首先剖析了伍尔夫独特的个性、多元的品质和外部环境对她的影响，然后以其主要小说和散文为研究对象，以其日记和书信为辅助资料，在女性主义、叙事学、文体学、文化批评等观照之下，运用对话理论，从叙事文本、小说人物的主体性建构、小说与经典作品的互文、文体综合等多个层面发掘伍尔夫作品中的对话精神。

　　本书观点新颖，立论鲜明，研究方法适当，具有较高的学术水平。作者不仅关注文本本身，同时也从历史语境的角度，对伍尔夫的社会话语进行了深入研究。伍尔夫并非象牙塔中的精英作家，她时刻关注当时的社会环境和文艺思潮，并始终与外界保持对话。伍尔夫继承了西方古典文学中的对话传统，与不同时代的文学作品产生互文，并积极吸收同时代的各种新兴的文艺思想。同时，伍尔夫提出文学体裁要多样化，提倡并致力于小说中各种文体的并置与对话。为了抵制大学中的精英教育、消解教师权威，她亲自走上讲台，与学生互动，践行对话式教学。为了更好地推广文学与社会话语之间的交流，伍尔夫亲自创办了霍加斯出版社，该出版社摆脱了审查制度的约束，出版过各个阶级、不同种族的作家作品，体现了主流文化与边缘文化、文学与市场之间的对话。伍尔夫还谴责了文学批评权威对读者能动性的抹杀，分别阐述了作者与读者之间的伦理责任，强调了两者之间对话的重要性。在伍尔夫看来，对话是用多元对抗一元，是抵制话语霸权、父权主义的重要手段，最终意义是实现人与人之间的平等、自由和民主。如果把文学看成是一种可以双向交流的话语体系，我们就能发现文学新的特质——对话。因此，作者用对话理论来探究伍尔夫关于文学的对话性的内涵，具有深刻的学理意义和社会意义。

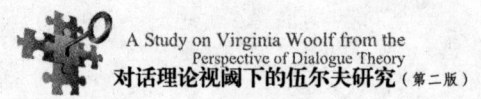

  作者在攻读硕士、博士学位期间,甚至在工作阶段,一直将伍尔夫及其作品作为研究对象,对伍尔夫的研究是长期且持续的。在此过程中她也取得了较为丰硕的成果,如主持一项教育部人文社科青年项目,出版两部专著,发表多篇学术论文等。

  本书在研究思路上颇有新意,具有一定的学术价值和现实意义。本书的问世对增进读者对伍尔夫文学理念的认识和文本解读都会有所启发和帮助。在本书即将付梓之际,我欣然应邀作序。希望亦可以此专著作为新的起点,在今后的科研道路上,奋发进取,不断有所斩获。

申富英

山东大学外国语学院/翻译学院

2022 年 5 月

目 录

绪 论 ·· (1)
   第一节 伍尔夫生平及其对话精神 ······························· (1)
   第二节 对话理论综述及研究意义 ······························· (6)
   第三节 国内外伍尔夫研究现状 ··································· (11)

第一章 伍尔夫的自我对话与主体构建 ························· (31)
   第一节 生命的全部意义在于创作 ······························· (32)
   第二节 伍尔夫的多重性格与精神疾病 ······················· (47)
   第三节 伍尔夫日记中的自我对话 ······························· (49)

第二章 伍尔夫与英国文学传统的对话 ························· (55)
   第一节 伍尔夫对英国文学传统的继承 ······················· (56)
   第二节 伍尔夫对英国文学传统弊病的批判 ··············· (69)
   第三节 伍尔夫与英国女性文学传统的对话和构建 ····· (76)

第三章 伍尔夫与世界文学思潮的对话 ························· (83)
   第一节 伍尔夫与古希腊文学的互文与对话 ··············· (83)
   第二节 伍尔夫与文艺复兴文学的互文与对话 ··········· (100)
   第三节 伍尔夫与俄国文学的互文与对话 ··················· (102)

第四章 伍尔夫文体的对话性 ··· (109)
   第一节 伍尔夫小说的对话性 ······································· (109)
   第二节 伍尔夫日记的对话性 ······································· (127)
   第三节 伍尔夫散文的对话性 ······································· (132)

第五章　伍尔夫与社会的对话 …………………………………（135）
　第一节　伍尔夫的社会活动及社会理想 ……………………（136）
　第二节　伍尔夫的反战意识 …………………………………（140）
　第三节　伍尔夫的对话教育理念 ……………………………（146）
　第四节　伍尔夫的文学市场空间 ……………………………（155）

结　　语 ……………………………………………………………（163）

参考文献 ……………………………………………………………（166）

附录　弗吉尼亚·伍尔夫作品列表 ………………………………（184）

绪 论

第一节 伍尔夫生平及其对话精神

一、伍尔夫生平简介

弗吉尼亚·伍尔夫（Virginia Woolf，1882—1941）[①]，英国著名小说家、文学评论家和散文家，20世纪前半叶意识流文学代表人物，被誉为20世纪现代主义与女性主义的先锋。1904年伍尔夫开始了她的文学创作生涯，并为各大报刊撰写评论文章。她为《卫报》（*Guardian*）写下第一篇文学评论，在之后的职业写作中，伍尔夫不断为《泰晤士报文学副刊》（*The Times Literary Supplement*）、《康希尔》（*Cornhill*）和其他时尚类杂志撰写文章，逐步树立起一名职业女作家的形象。伍尔夫在1912年搬到阿什汉姆宅院（Asheham House）后，与布鲁姆斯伯里团体的成员伦纳德·伍尔夫相识、相爱并结为伉俪。从1915年第一部长篇小说《远航》（*The Voyage Out*）出版开始，丈夫伦纳德一直全力支持伍尔夫的创作。

为了缓解伍尔夫多年患有的精神疾病，夫妇两人于1917年在霍加斯宅院（Hogarth House）里创办了霍加斯出版社，共同审稿、编辑，动手排版、印刷，甚至亲自参与搬运书籍等体力劳动，从中获得了极大的乐趣，伍尔夫的健康状况也逐渐得以改善。他们创办出版社的初衷并不是为了赚钱（虽然后期获利不少），而是旨在出版和宣传当时的年轻作家、中产阶级女性作

[①] 国内学者也有译为维吉尼亚·伍尔芙或弗吉尼亚·吴尔夫，本书统一译为弗吉尼亚·伍尔夫。

家、殖民地作家和工人阶级作家的作品。霍加斯这个小小的出版社虽然不如大型出版社名气大,但却出版了很多重量级的先锋作家的作品:艾略特(T. S. Eliot, 1888—1965)的《荒原》(The Wasteland)、凯瑟琳·曼斯菲尔德(Katherine Mansfield, 1888—1923)的《序曲》(Prelude)、E. M. 福斯特(E. M. Forster, 1879—1970)的小说,以及西格蒙德·弗洛伊德(Sigmund Freud, 1856—1939)的精神分析作品等。伍尔夫自己的作品也大部分由霍加斯出版社出版,这使她不再为出版商的刁难和审查制度而焦虑。她放开手脚,想写什么就写什么。伍尔夫曾十分自豪地说,自己是全英格兰唯一一位可以随心所欲地写她喜欢的一切的女人。

尽管伍尔夫不喜欢别人给她贴上"女权主义"的标签,并反对任何暴力行为,但她的确是一位真正的女性主义者,与当时英国如火如荼的妇女解放运动有着千丝万缕的关系。除了撰写政论性的文章如《一间自己的房间》①("A Room of One's Own", 1929)、《三个基尼金币》("Three Guineas", 1938)、《回忆劳动妇女协会》("Memories of a Working Women's Guild", 1930)等来声援妇女运动外,伍尔夫还付诸实际行动:1905年至1907年,伍尔夫曾在伦敦南部一所为劳动妇女开设的名为莫利女子学院(Morley College)的夜校兼课,给劳动妇女讲授英国历史;1916年至1920年,伍尔夫多次为"妇女合作公会"(Women's Co-operative Guild)、"妇女联合服务会"(The National Society for Women's Service)做关于妇女问题的演讲。伍尔夫还到工人夜校上课,向工人们普及文学知识。

伍尔夫的一生被精神疾病所困扰。在父母和亲人相继去世、两次世界大战等的刺激下,她曾多次精神崩溃,并试图自杀。虽然有丈夫无微不至的照顾,伍尔夫还是不能忍受第二次世界大战给人类所带来的痛苦和无法安心创作的精神折磨,于1941年3月28日沉入乌斯河(River Ouse),年仅59岁。世界文坛上一颗璀璨的明星陨落了,令人惋惜。

伍尔夫虽然创作生涯不长,但著作颇丰,著有长篇小说9部,短篇小说45篇,政论文2篇,传记1部,喜剧1部,散文和随笔350余篇。另外,她去世后别人编辑出版了她的自传、6卷本《弗吉尼亚·伍尔夫书信集》(The Letters of Virginia Woolf, 6 vols., 1975—1980)和5卷本《弗吉尼亚·伍尔夫日记集》(The Diary of Virginia Woolf, 5 vols., 1977—1984)。伍尔夫的作品

---

① 又译为《一间自己的屋子》《一间自己的房子》《自己的一间屋》等。

早在 20 世纪初期就被译为多种主要语言。伍尔夫的写作生涯可以大致分为三个阶段。

第一阶段：1913 年至 1920 年。伍尔夫的文学创作始于第一次世界大战前期，《远航》是她的第一部长篇小说，原名叫作《米林布洛夏》(*Melymbrosia*)，描写主人公的自我发现之旅，这也是伍尔夫文学航程的开始。此书本应于 1913 年由达克渥斯出版社出版，但因伍尔夫疾病发作，推迟到 1915 年才正式出版。她的第二部小说《夜与日》（*Night and Day*, 1919）是一部经典的爱情小说。这两部小说或多或少都遵循维多利亚时代的传统写作模式，具有完整的故事情节和正常的叙事顺序，实验性不强，因而遭到了布鲁姆斯伯里团体成员的质疑和批评。其实伍尔夫在写完《夜与日》之前，就不满于现实主义的传统创作手法，并开始以全新的视角和方法进行短篇小说的创作实验。《墙上的斑点》（"The Mark on the Wall", 1917）、《邱园记事》（"Kew Gardens", 1919）、《固体》（"Solid Objects", 1920）等短篇小说便是伍尔夫早期探索小说形式与技巧的大胆尝试。

第二阶段：1921 年至 1931 年。该时期是伍尔夫创作精力最为旺盛、最多产的时期。伍尔夫把创作短篇小说所积累的经验应用于第三部长篇小说《雅各的房间》（*Jacob's Room*, 1922）①的创作上，开始展示出其在小说主题和形式上的创新。意识流杰作《达洛卫夫人》（*Mrs. Dalloway*, 1925）②标志着伍尔夫的个人写作风格趋于成熟，意识流的写作手法被发挥得淋漓尽致。在《到灯塔去》（*To the Lighthouse*, 1927）的创作中，伍尔夫进一步利用革命性的小说设计，令作品达到了诗歌与小说的完美结合，使该小说成为一部寓意深刻、意境深远、语言优美的诗化小说。与《雅各的房间》和《达洛卫夫人》两部小说相比，"《到灯塔去》在诗的境界与现实的生活之间维持着微妙的平衡，达到了更高的艺术水准"③。这三部作品是伍尔夫的巅峰之作，给伍尔夫带来了极大的声誉，她作为原创艺术家的地位也得到了文学界的认可和肯定。而以伍尔夫的好友及"情人"薇塔（Vita Sackville-West）为原型的传记型小说《奥兰多》（*Orlando*, 1928），文笔轻松愉快，充满幻想和传奇色彩。此书出版后的几个月内，销量就超过 6000 册，使伍

---

① 国内有学者将小说译为《雅各布的房间》，本书统一译为《雅各的房间》。
② 小说原名为《时时刻刻》（*The Hours*）。国内有学者将小说译为《达洛维夫人》或《达络维太太》，本书统一译为《达洛卫夫人》。
③ 瞿世镜著：《意识流小说家伍尔夫》，上海：上海译文出版社，2015 年，第 151 页。

尔夫成为当时最受欢迎的畅销书作家。1930 年，伍尔夫写出了她小说技巧登峰造极之作《海浪》（*The Waves*，1931）。虽然许多读者对此书的写作手法和创作意图感到困惑，但这部作品寓意含蓄深远，高深莫测。它精美的构思以及高度诗意化和抽象化的创作手法，让伍尔夫成为当时最具革命性的先锋派作家。这十年期间，伍尔夫一步步树立起实验小说家的声誉，当时受欢迎的程度甚至到了人们见面就问是否读到伍尔夫最新作品的地步。在创作长篇小说的同时，伍尔夫在散文和政论文中，明确阐述了其现代主义小说宣言，旗帜鲜明地阐明了自己的文学主张。在《贝内特先生和布朗太太》（"Mr. Bennett and Mrs. Brown"，1924）、《现代小说》（"Modern Fiction"，1925）、《一间自己的房间》等文章中，伍尔夫详细阐述了她的小说理论、女性主义的文学观和现代主义文学思想，竭力倡导现代主义文学运动。其散文集《普通读者》（*Common Reader*）第一辑在 1925 年出版，伍尔夫以读者的身份记述了大量读书心得，从这些随笔和文学评论中可以感受到她的价值观和文学理念。

第三阶段：1932 年至 1941 年。这个时期伍尔夫在一定程度上回归传统，但革新之意未尽。与艰深严肃的《海浪》不同，《弗勒希——一条狗的传记》（*Flush*，1933）从一条狗的视角，展现别样的伦敦都市空间和人文风貌。伍尔夫创作《岁月》（*The Years*，1937）的初衷是把它看作一本关于"事实"的小说。她在日记里提到，小说原名为"帕吉特家族"（"The Pargiters"），是一本将散文和小说相结合的作品，内容包罗万象。但后来的改名意味着伍尔夫减少了小说的现实性而增加了想象的成分。实验性很强的《幕间》（*Between the Acts*，1941）是伍尔夫最后一部完整的长篇小说。在《幕间》的整个写作过程中，伍尔夫一直被战争的阴影所笼罩，在到处逃难的过程中坚持写作。《普通读者》（*Common Reader*）第二辑在 1932 年出版。这一时期的评论文章如《三个基尼金币》、《倾斜之塔》（"The Leaning Tower"，1940）较之以前的政论文具有更直接的批判性。

二、伍尔夫的对话精神

20 世纪前期的英国社会正处于关键的文化转型期，科技进步给社会各个领域带来深刻的变革，各种文化思潮的交锋，各种社会力量的交织，迫使人们的价值观和思想观念与时俱进。虽然固有的父权专制主义仍然渗透到社

绪 论

会的各个层面，例如精英教育对大众的排斥、男权话语对女性思维的禁锢、帝国主义对殖民地的掠夺、霸权主义导致的两次世界大战，但随着人类思想解放进程的加快，权威暴政逐渐被推翻瓦解。作为一名现代女性作家，伍尔夫敏锐地觉察到这一点，为了抵制父权专制对人性的压迫，强调人与人之间的平等对话，她不仅在文学文本中探寻对话的方式，并身体力行贯彻对话精神。

现代主义的特点之一是"变"，波德莱尔把艺术的另一半归为转瞬即逝、变化不止的美学现代性。在现代主义时期，原来一切坚固的东西都烟消云散了，一切事物都处于联系变化之中。伍尔夫曾说，"在1910年12月左右人的性格变了"①，是指人的主体性建构发生实质性的变化，人的身份不再是单一不变的，而是随着社会关系的变化而改变，越来越具有多样性。"人与人之间的一切关系——主仆之间、夫妇之间、父子之间——都变了。人的关系一变，宗教、品行、政治、文学也要变。"② 西方逻各斯中心主义将主客体二元对立，他者始终处于被压迫的地位，而伍尔夫认为他者同样拥有独立平等的地位，主体在与他人对话的边界上形成，主客体之间相互影响，相互合作。

伍尔夫认为现代小说具有明显的对话性。她反对爱德华时代传统的物质主义小说中作者通过全知全能的叙述实现对人物的控制，主张现代艺术作品应该减少作者的权威性，让人物与读者进行面对面的对话。尤其是在意识流小说中，人物不再是作者的传声筒，他们拥有独立的主体意识并通过对话相互交流。人对生活的感悟就像"万千微尘纷纷坠落心田"时产生的瞬间印象，这种流动多变的状态则可以被意识流记录下来。伍尔夫在小说中刻画了众多狂欢化场面，塑造了来自英国社会不同的社会阶层的群像，让他们在交流和对话中颠覆官方话语霸权。现代小说的开放性实现了各种文体之间的对话，伍尔夫就尝试将不同的文体形式如诗歌、散文、戏剧等融入小说创作之中。

伍尔夫并非象牙塔中的只经营内心世界的精英作家，她时刻关注当时的社会环境并与外界保持对话。伍尔夫前后参与过不同的政治派别，比如费边

---

① 弗吉尼亚·伍尔芙著：《伍尔芙随笔全集》Ⅱ，王义国等译，北京：中国社会科学出版社，2001年，第901页。

② 弗吉尼亚·伍尔芙著：《伍尔芙随笔全集》Ⅱ，王义国等译，北京：中国社会科学出版社，2001年，第902页。

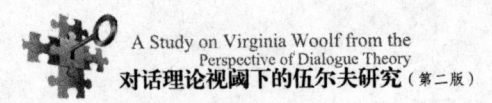

主义、妇女合作社团、工党，形成了自己的政治主张。她设想社会没有阶级压迫，没有霸权主义，男女同舟共济，人们自由平等地生存。伍尔夫始终与朋友保有书信往来，他们或就某一社会问题展开讨论，或对文艺现状发表看法。伍尔夫继承了西方古典文学传统中的对话精髓，与不同时代的文学文化思想产生互文，并积极吸收同时代的各种新兴的文艺思潮。为了抵制大学中的精英教育、消解教师权威，她亲自走上讲台，与学生互动，实践对话式教学。伍尔夫创办的霍加斯出版社不受审查制度的约束，出版过各个阶级、不同种族的作家作品，体现了主流文化与边缘文化、文学与市场之间的对话。在收录了伍尔夫大部分散文和书评的两部《普通读者》中，她谴责了文学批评权威对读者能动性的抹杀，分别阐述了作者与读者的伦理责任，强调了两者之间对话的重要性。

作为一名现代主义女性作家，伍尔夫不仅关注文学样式的革新，更重要的是，她通过文学创作实现其对人性的关怀。她终其一生都在抵制不同形式的专制权威，所进行的文学实践的终极目标便是实现平等对话、解放人性。如果把文学看成是一种可以双向交流的话语，我们就容易看到文学新的特质——对话。因此，用对话理论来探究伍尔夫关于文学的对话性内涵，不仅可行合法，还具有深刻的学理意义和社会意义。

第二节 对话理论综述及研究意义

一、对话理论综述

从人类社会形成之初，"对话"便是人们思想和感情交流的基本方式。随着社会的发展，交流与对话也成为哲学和美学研究的重要对象。从古希腊智者通过对话来探求真理到德国古典美学，再到 20 世纪巴赫金（Михаил МихаЙлович, Бахтинг, 1895—1975）的对话哲学、加达默尔的解释学以及哈贝马斯的交往理论，对话理论经历了漫长的发展历程。下面将对话理论的形成和发展过程进行简单梳理。

在苏格拉底和柏拉图之前，神的地位远远高于人的主体性地位，真理被认为是唯一的、绝对的，人们只要通过简单的从上而下的传达即可直接获得。但苏格拉底认为只有通过相互之间的提问和回答，经过辩证的思考和辩论才有可能得到所谓的真理，因此他认为两个地位平等的主体之间进行的精神交流是对话的开始。柏拉图的《对话录》用对话体来阐明苏格拉底的哲学理念，这种文体也影响到后来文艺复兴时期的作品，例如卡罗西格尼欧的《对话》等。但是古希腊哲人们并未将"对话"上升到系统的哲理研究之中，而更多的是将其看作一种认识事物、获取知识的方法，而"对话体"也只是一种文体形式。虽然在文艺复兴时期，人的主体性得到恢复，但从笛卡儿的近代哲学开始，主客观二元对立的逻各斯中心主义逐渐发展到顶峰，客体成为人类主体认识和征服的他者，这使得主客体间的对话变得不可实现。

到了20世纪，巴赫金则对主体与客体、自我与他者的不平等主奴关系表示质疑，他将他者视为与自我拥有平等地位的主体，是另一个自我，主体并非孤立存在，而是通过他者的感知而存在。巴赫金认为："一个人的身上总有某种东西，只有他本人在自由的自我意识和议论中才能揭示出来。"[①]这指出了主体的"非自足性"和"差异性"。巴赫金并非否定主体，而是认为自我只是一个单一的声音，无法单独存在，而两个声音是存在的最低条件。并且巴赫金认为，主体性建构存在于自我和他者意识交界处，主体间性是两个主体之间的相互影响和合作。对话的结果不是同化，而是在交往中各自获得补充，因此他强调，意义产生在两个意识交锋的边界之上。这种主体间性同样适用于不同学科之间、思想之间、民族文化之间、社会团体之间。

后结构主义和解构主义否定主体性的存在，例如萨特的"他人即地狱"，巴特的"作者已死"。巴赫金则与之不同，他承认主体性的存在，认为自我只有在与"他者"的交流对话中才能进行主体构建。自我的发展在与他人不断的交流中永不完结。主体之间不是非此即彼，而是亦此亦彼的关系，即多元共生。作为哲学理念的"对话理论"，被巴赫金进而运用到语言学、社会学和文学理论之中，形成如"超语言学""复调小说""狂欢化""互文性对话"等理论，它们共同建构起巴赫金的对话诗学体系，为后来的文学领域的发展提供了重要启示。

巴赫金之后的学者进一步推动了对话理论的发展。加达默尔的解释学理

[①] 巴赫金著：《巴赫金全集》（第五卷），白春仁等译，石家庄：河北教育出版社，1988年，第76-77页。

论提出，解释学是读者与过去文本、作者的对话，是一种"问答关系"，文本意义产生于对话和问答中。这对后来伊塞尔的读者接受理论产生了重要影响，后者认同巴赫金关于读者在接受过程中的主体性和能动性地位，认为文本的意义产生于读者与文本、读者与作者的对话之中，并指出文本具有结构性预设。加达默尔和伊塞尔在读者接受领域将巴赫金的对话理论推向更深的层面。哈贝马斯提出用交往行动来对抗启蒙运动以来工具理性对人的异化，"交往行动"指主体间通过符号的相互作用，以语言为媒介达到人们之间的理解。哈贝马斯的交往理论与对话理论所传达的思想是一致的。

虽然对话理论的形成经历了众多理论家的传承，但首先提出对话理论并对该理论进行全面而深刻的阐述的当推巴赫金，他从20世纪二三十年代起最先提出对话理论。虽然康德的二律背反、黑格尔的辩证法都涉及对话思维，但是巴赫金首先建构起完整的对话诗学体系。巴赫金关于复调小说、狂欢化理论和时空体等的诗学理论均建立在其对话哲学的基础之上。在对巴赫金理论接受的过程中，克里斯蒂娃最先指出巴赫金的互文性和对话性；接着是托多罗夫的《巴赫金、对话理论及其他》、霍奎斯特编辑的《对话的想象》以及莫尔逊的论文集《巴赫金：有关他作品的论文与对话》，这些学术著作都认为巴赫金的理论核心是对话性。而巴赫金之后的学者只是从某个具体层面进行深化，而没有对对话理论进行全面系统的研究。作为20世纪最伟大的思想家之一，巴赫金的研究涉及人文学科的各个领域，但他所有理论的出发点与核心是对话。

对话主义（dialogism）也称对话性，指话语存在两个或两个以上的声音，它们形成同意或反对关系、肯定和补充关系、问和答的关系。巴赫金在《关于陀思妥耶夫斯基一书的修订》中提出，陀思妥耶夫斯基对小说的三大贡献之一就是其对话性，并具体定义了对话性："在地位平等、价值相当的不同意识之间，对话性是它们相互作用的一种特殊形式。"[①] 对话性包括对话者、对话内容及形式，不仅包括小说中人物之间的对话，还包括作者与人物、人物与读者、作者与读者之间的对话。对话内容除了简单意义上的引号内的对话，还可以指引号之外的对话。话语具有内在对话性，任何话语都希望被聆听和应答，自我话语是对他人话语的某种回应，他人话语指的是社会

[①] 巴赫金著：《巴赫金全集》（第五卷），白春仁等译，石家庄：河北教育出版社，1998年，第374页。

语言，涉及社会的各个层面，包括各个行业、阶级和团体。每个人自己的话语都要面对他人的话语，与他人话语进行对话。因此"小说中应该体现一个时代所有的社会意识的声音，也就是一个时代所有较有分量的语言；小说应是杂语的小宇宙"①。

互文性是指两个或两个以上文本间发生的对话关系，任何文本都是对另一个文本的吸收和转换。虽然互文性的概念是由克里斯蒂娃首先提出的，但她明显受到了巴赫金的启发。巴赫金认为："文本只是在与其他文本（语境）的相互关联中才有生命。只有在诸文本间的这一接触点上，才能迸发出火花，它会烛照过去和未来，使该文本进入对话之中。"② 这里的互文性相当于文本之间的对话性，是巴赫金所指的两个或两个以上的话语声音的对话延伸。巴赫金之后，克里斯蒂娃、巴特的互文性理论主张消解主体性，认为文本不由作者主观意志决定且可以进行自由交换，从而走入主体消失的文本世界，其中巴特进一步提出"作者已死"。与之不同，巴赫金的对话性并未忽略主体性，而是突出主体间性，思考不同声音、意识之间的互动关系。互文有广义和狭义之分：广义互文指文学作品和社会文本的相互作用；狭义互文指一个具体文本与其他文本之间的引用、戏仿、重写等，具体指引用文本内容，对典故、原型、历史、宗教故事、经典作品的指涉、拼贴，将旧文本改造、扭曲融入新文本。

巴赫金认为体裁在历史发展中与社会活动息息相关，任何体裁都在与其他体裁的对话中不断完善。他提出文学体裁要多样化，小说中各种文体的并置与对话体现不同文学思想的互补与交融。巴赫金认为，小说这种综合艺术是所有文学体裁中最具可塑性和未完成性的。小说是一种混合型的产物，它可以包括一切文体，是混合型体裁的艺术性诗歌，并且是唯一一种还未成熟的体裁。因此，小说是诸多体裁对话的平台，是各种基本语言体裁的百科全书。

对话主义包括各种层面和类型的言语行为，除了具体的言语交际，还涵盖思想潮流、意识形态等之间的对话。在文化转型时期，"独白话语"不再处于掌控地位，而出现众声喧哗、语言杂多的现象。巴赫金所处的时代没有

---

① 巴赫金著：《巴赫金全集》（第三卷），白春仁等译，石家庄：河北教育出版社，1998年，第202页。

② 巴赫金著：《巴赫金全集》（第四卷），白春仁等译，石家庄：河北教育出版社，1998年，第380页。

言论自由,这是西方现代哲学中逻各斯中心主义的弊端的集中体现。巴赫金认为自我与他者是平等的主体,不存在附属关系。人的存在以"他性""非自足性""唯一性""差异性"为基础,因此单独的个体无法独立存在,需要与其他个体进行对话交流才能实现主体建构,但两者也无法完全融合、相互替代。主体间的两者是平等的独立个体,有辩证关系,通过对话交往彼此存在,同时"与他人不相融合,而保持自己的外位立场和与之相关的超视和超悟立场"[①]。多元主体之间既保持独特性,又相互交流。巴赫金强调人在社会中的参与和责任,也强调主体之间的共存性。巴赫金认为,人的存在不是静止封闭的状态,而是处于动态开放的联系与交往之中,因此人从本质上具有社会属性,个人最终要回归社会。任何人的主体意识与他人的意识共存,因此对话的最终意义是实现人与人之间的平等、社会的自由和民主。对话是用多元对抗一元,是抵制话语霸权、父权主义的重要手段。巴赫金的思想体系可以被看成是人的存在、意识的交往、对话、开放的体系,他希望让主体间的对话消弭人与人之间的隔膜,解除自我封闭。而人的存在与价值只有在同他人的交流中才得以体现,在此过程中既尊重他人的思想,也保留自己的观点,形成相互尊重的学术体系。对话主义允许多元的思想相互承认、补充并共存,承认社会由异质和差异构成,矛盾和对话同时存在,旨在求同存异。对话理论的精髓是平等、民主、自由,因此巴赫金的对话理论具有人文关怀。

二、本书的研究思路及研究意义

本书首先剖析了伍尔夫独特的个性、品质和外部环境对她作品的影响,然后以她的主要小说和散文为研究对象,以其日记和书信为辅助资料,在女性主义、叙事学、空间诗学、文化批评等观照之下,运用对话理论从叙事文本、小说人物的主体性建构、与经典互文和文体对话等多个层面发掘伍尔夫作品中的对话精神,从而阐释她是如何通过鼓励人与人之间的对话和沟通来抵制父权文化的专制主义和霸权主义,达到作者与读者之间的理解和沟通的。

---

① 巴赫金著:《巴赫金全集》(第五卷),白春仁等译,石家庄:河北教育出版社,1998年,第395页。

本书的研究意义在于通过从整体上把握伍尔夫的全部作品，如小说、散文、书信和日记，从"对话"这一角度切入，挖掘伍尔夫创作过程中的对话精神，认识到其多元开放的思维模式。在对话理论的观照之下，我们能够更容易地发现伍尔夫革新现代主义小说技巧背后的个人、社会、文化根源，从而理解她为人类社会的平等自由所做出的贡献。

第三节 国内外伍尔夫研究现状

一、国外研究综述

学术界对伍尔夫文学作品的评论从她 1915 年创作的第一部小说《远航》就开始了，早期的评论和研究主要集中在伍尔夫作品的形式和技巧上。20 世纪 70 年代以来，随着伍尔夫的所有小说、书信、日记和散文集的出版，人们可以系统地了解她作品中的美学思想和创作方法，于是伍尔夫研究进入繁荣发展的阶段，并且一直延续至今。百年来的伍尔夫研究也随着史料的不断发掘和不同时代文艺思潮的发展而发展：20 世纪 20 年代至 70 年代，英美文学新批评盛行，批评界重点探讨伍尔夫现代主义小说的创作特征；70 年代初至 90 年代，伴随女性主义的第三次浪潮，女性主义批评成为伍尔夫研究的主要范式，与此同时，马克思主义批评、精神分析批评和哲学批评也被用来分析其作品；从 90 年代后期至今，伍尔夫研究表现出浓郁的后现代主义批评和文化研究的特征。笔者将从以下几个方面评述国外伍尔夫的研究状况。

1. 现代主义批评

伍尔夫在其创作过程中极力倡导现代小说理念，她力图革新小说技巧，采用实验性强的意识流来表现人物的内心活动。因此当时的批评界主要关注伍尔夫的小说形式，并对此褒贬不一。与伍尔夫同时代的 E. M. 福斯特、T. S. 艾略特（T. S. Eliot）、凯瑟琳·曼斯菲尔德（Katherine Mansfield）、罗杰·弗莱（Roger Fry）、克莱夫·贝尔（Clive Bell）等作家、批评家和艺术家对她的作品都持肯定的态度，同时也坦诚地提出了不同意见。批评家们

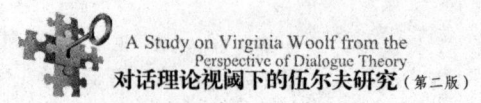

高度评价了伍尔夫对现代小说所做出的探索性贡献,赞扬其丰富的想象力和精巧的小说结构。如福斯特盛赞《海浪》之精妙:"少一笔——它将丢失诗意。增一笔——它将跌落深渊,变得冗长乏味和附庸风雅"①。而批判性评价则主要集中在人物的非个人化、情节的淡化和外在描写的缺少等方面,如1932年赫特比(Winifred Holtby)的伍尔夫研究专著《弗吉尼亚·伍尔夫:评论回忆录》(*Virginia Woolf: A Critical Memoir*)就批评伍尔夫的精英主义——只重个人内心而忽略日常生活的现实描写。F. R. 利维斯(F. R. Leavis)指责伍尔夫的美学思想缺乏人文关怀。批评家们大都以传统的小说创作理念为准绳,对伍尔夫所倡导和实践的风格迥异的现代创作困惑不解。这也导致了《夜与日》不得不回归传统的写作模式。但面对学术界的质疑,伍尔夫还是鲜明地表达了自己的小说创作理念,陆续发表了《论小说的重读》("On Re-reading Novels",1922)、《现代小说》、《贝内特先生与布朗太太》、《小说的艺术》("The Art of Fiction",1927)、《狭窄的艺术桥梁》("The Narrow Bridge of Art",1927)、《倾斜之塔》等大量文论。

从1941年到60年代末伍尔夫去世后的这30年里,随着批评界对伍尔夫作品研究的深入,批评焦点从单纯的形式问题转向形式与思想的关系问题,不再对伍尔夫的写作技巧做价值判断。戴维·戴奇斯(David Daiches)创作的《弗吉尼亚·伍尔夫》(*Virginia Woolf*,1942)详尽地分析了伍尔夫作品中的意象,阐述了她对象征主义的理解及其美学思想。琼·班内特(Joan Bennett)的《弗吉尼亚·伍尔夫:作为小说家的艺术》(*Virginia Woolf: Art as a Novelist*,1945)认为伍尔夫处于现代主义时期,其作品体现了现代主义的特征,如不连续性、片段性和流动性,但班内特强调伍尔夫作品中的主体性和反物质主义,导致后世的评论家沿袭了"伍尔夫是精英作家"②的观点。埃里希·奥尔巴赫(Erich Auerbach)的著作《模仿:西方文学中的现实再现》(*Mimesis: The Representation of Reality in Western Literature*,1946)深入分析了《到灯塔去》,被认为是伍尔夫研究资料中"最重要的、

---

① E. M. Forster: "Virginia Woolf", *Virginia Woolf Critical Assessments*, vol.1, Eleanor McNees, ed., Mountfield: Helm Information Ltd., 1994, p.118. 转引自高奋的博士论文《弗吉尼亚·伍尔夫生命诗学研究》,2009年,第3页。

② Joan Bennett: *Virginia Woolf: Her Art as a Novelist*, London: Harcout Brace & Company, 1945, p.89.

最有启发性的、最有影响力的"① 研究成果。珍·吉盖（Jean Guiguet）的《弗吉尼亚·伍尔夫与她的作品》（*Virginia Woolf and Her Works*，1965）从人物关系、时空、意象、结构等几个方面，分析了伍尔夫的 9 部小说。

20 世纪 70 到 90 年代，学术界对伍尔夫作品的现代主义特征进行了更深入、全面的研究，研究成果更加丰富。M. 利斯卡（Mitchell A. Leaska）的《弗吉尼亚·伍尔夫〈到灯塔去〉：批评方法研究》（*Virginia Woolf's To the Lighthouse: A Study in Critical Method*，1970）采用形式主义的方法研究伍尔夫的作品，而赫敏·李（Hermione Lee）的《弗吉尼亚·伍尔夫的小说》（*The Novels of Virginia Woolf*，1977）则用新批评中的文本细读的方式来解读伍尔夫的小说，这两部著作对读者理解小说有很大的帮助。马尔科姆·布拉德伯里（Malcolm Bradbury）和詹姆斯·麦克法兰（James McFarlane）的著作《现代主义 1890—1930》（*Modernism 1890–1930*，1976），彼得·福克纳（Peter Faulkner）的《现代主义》（*Modernism*，1977）都进一步将伍尔夫确立为现代主义作家。凯瑟琳·麦克拉斯基（Kathleen McCluskey）的《伍尔夫小说中的声音与结构》（*Reverberation: Sound and Structure in the Novels of Virginia Woolf*，1983）从叙事学角度分析了《雅各的房间》《海浪》《到灯塔去》这三部小说。卢西欧·鲁托罗（Lucio P. Ruotolo）的《打断的瞬间：弗吉尼亚·伍尔夫小说研究》（*The Interrupted Moment: A View of Virginia Woolf's Novels*，1986）在分析《夜与日》这部小说时，发现不论是人物之间的对话和交流，还是内心的意识流，总是被外部环境所打扰。鲁托罗还发现这种现象也同时出现在其他的作品中，由此指出这些"被打断的瞬间"是伍尔夫再现现代生活碎片化的手段。简·惠瑞（Jane Wheare）的《弗吉尼亚·伍尔夫：戏剧小说家》（*Virginia Woolf: Dramatic Novelist*，1989）探讨了伍尔夫的《远航》《夜与日》《岁月》三部作品将戏剧技巧融入小说创作，体现了她大胆革新的意识。席尔瓦（Takei da Silva）的《现代主义与弗吉尼亚·伍尔夫》（*Modernism and Virginia Woolf*，1990）探讨伍尔夫与心理分析、浪漫主义之间的关系，指出《现代小说》就是在宣告现代主义的来临。

进入新世纪之后，关于伍尔夫的现代主义研究不但未走下坡路，反而通

---

① Jane Goldman, ed.: *Virginia Woolf: To the Lighthouse and The Weaves*, Cambridge: Icon Books Ltd. 1997, p. 29.

过吸取新的文化思潮的精华而继续发展。戴维·布拉德肖（David Bradshaw）在《现代主义简明介绍》（"A Concise Companion to Modernism"，2003）中多处提到伍尔夫与同时代的男性现代主义作家的不同之处，强调现代主义女作家的重要性。文章认为，如同受到当时文艺思潮的影响一样，伍尔夫也受到优生学、量子力学和电气化的影响，这些因素也体现在其创作过程之中。阿姆斯特朗（Tim Armstrong）的《现代主义、技术和身体：文化研究》（*Modernism, Technology, and the Body: A Cultural Study*，2005）以文化现代主义为理论支撑，指出以前伍尔夫研究的偏差，从主体性、性别和政治等角度重新审视伍尔夫的现代主义技巧。帕森斯（Deborah L. Parsons）的《现代主义小说理论家：乔伊斯、理查森和伍尔夫》（*Theorists of the Modernist Novel: James Joyce, Dorothy Richardson, Virginia Woolf*，2007）通过分析三位作家的现代主义美学思想，审视了文化、社会和个人对他们的影响，探索了其理论之间的联系。麦英泰尔（G. McIntire）的《现代主义、记忆与欲望：艾略特与伍尔夫》（*Modernism, Memory, and Desire: T. S. Eliot and Virginia Woolf*，2008）一书将伍尔夫和艾略特进行对比研究，发现两人在小说、评论文章和自传文本中有着惊人的相似性。

2. 女性主义批评

随着妇女解放运动的浪潮和女性主义批评的兴起，对伍尔夫的女性主义研究逐渐成为热点，研究成果卓著。

20世纪70年代的女性主义者对伍尔夫的女性主义思想仍抱有怀疑的态度。1968年赫伯特·马德（Herbert Marder）的《女性主义与艺术：弗吉尼亚·伍尔夫研究》（*Feminism and Art: A Study of Virginia Woolf*）分析了伍尔夫女性主义思想产生的社会背景和发展过程，指出她的双性同体观是女性主义与神秘主义的结合。而著名女性主义批评家肖瓦尔特（Elaine Showalter）在《她们自己的文学》（*A Literature of Their Own*，1978）中则对《一间自己的房间》的叙事形式提出质疑，认为这种实验性会减弱女性主义批判。她批评伍尔夫以双性同体观念抹杀女性对自由的呼吁，指出伍尔夫的双性同体观念代表了当时逃避社会问题的消极态度。帕特丽莎·斯塔伯斯（Patricia Stubbs）在《妇女与小说》（*Women and Fiction*，1979）中表达了与肖瓦尔特相同的观点，认为伍尔夫只重视主观世界，忽视妇女现实生活，遁入双性同体的幻想，也没有很好地重塑女性形象。

到了80年代,女性主义与马克思主义相结合,女性主义批评家对伍尔夫进行了积极正面的评价。如米歇尔·巴雷特(Michele Barrett)编撰了评论集《弗吉尼亚·伍尔夫对妇女与写作的思考》(*Virginia Woolf: On Women and Writing*, 1979)。简·马库斯(Jane Marcus)从马克思主义女性主义批评的角度,全面肯定了伍尔夫在建构女性主义批评理论进程中的重要作用。她在《新女性主义伍尔夫研究论文集》(*New Feminist Essays on Virginia Woolf*, 1981)中将伍尔夫视为女性主义批评之母,认为女性主义理论与伍尔夫女性主义思想之间存在亲缘关系。她在论文集《弗吉尼亚·伍尔夫:一种女性主义倾向》(*Virginia Woolf: A Feminist Slant*, 1983)中重点探讨了伍尔夫文论在女性主义理论形成过程中所发挥的重要影响。马库斯的《弗吉尼亚·伍尔夫与布鲁姆斯伯里:一百年祭》(*Virginia Woolf and Bloomsbury: A Centenary Celebration*, 1987)阐述了伍尔夫与布鲁姆斯伯里文艺圈的复杂关系;《艺术与愤怒:像妇女一样阅读》(*Art and Anger: Reading Like a Woman*, 1988)阐述了伍尔夫的妇女阅读观和写作观,认为女性作家不宜将自己的情绪带入写作之中;《弗吉尼亚·伍尔夫与父权主义语言》(*Virginia Woolf and the Languages of Patriarchy*, 1988)认为伍尔夫批判了当时渗透到语言之中的男权霸权主义。

学者们将心理分析学与伍尔夫的女性主义批评研究结合起来,开辟了伍尔夫研究的新领域。吉恩·拉夫(Jean Love)的《弗吉尼亚·伍尔夫:疯癫与艺术的源泉》(*Virginia Woolf: Sources of Madness and Art*, 1977)、罗杰·普尔(Roger Poole)的《不为人知的弗吉尼亚·伍尔夫》(*The Unknown Virginia Woolf*, 1978)、斯蒂芬·特罗姆伯雷(Stephen Trombley)的《这个夏天她疯了》(*All the Summer She Was Mad*, 1981)这三部著作用精神分析学理论探讨伍尔夫的精神疾病和疯癫,并将其精神问题与小说创作联系到一起。伊丽莎白·阿贝尔(Elizabeth Abel)在其著作《弗吉尼亚·伍尔夫与精神分析小说》(*Virginia Woolf and the Fictions of Psychoanalysis*, 1989)中分析了伍尔夫小说中的母女情节和母亲身份认同,探究她的作品所呈现的性别和心理发展,以及身份认同及其形成等。路易斯·德沙尔弗(Louise DeSalvo)的《弗吉尼亚·伍尔夫:儿童期性伤害对她的生活和作品的影响》(*Virginia Woolf: The Impact of Childhood Sexual Abuse on Her Life and Work*, 1989)提及伍尔夫在儿童时代遭到同父异母哥哥的性骚扰,从精神分析的角度分析了伍尔夫性冷淡的原因。

从 20 世纪 90 年代至今，随着性属研究和酷儿理论的兴起，对伍尔夫的女性主义批评进入了一个新的领域。艾琳·巴雷特（Eileen Barrett）与帕特里夏·克莱默（Patricia Cramer）合编的《弗吉尼亚·伍尔夫：女同性恋读本》（*Virginia Woolf: Lesbian Readings*, 1997）对伍尔夫的雌雄双体和女同性恋等话题进行了深入探讨。杜森拜耳（Juliet Dusinberre）的《弗吉尼亚·伍尔夫的文艺复兴：女性读者还是普通读者？》（*Virginia Woolf's Renaissance: Woman Reader or Common Reader?*, 1997）探讨妇女是否也具备普通读者的特征。鲁斯·萨克斯顿（Ruth Saxton）与吉恩·托宾（Jean Tobin）合编的《伍尔夫与莱辛：打破戒规》（*Woolf and Lessing: Breaking the Mold*, 1994）通过对比两个女性作家的作品，发现两人都是"局外人"：一个隔绝在男性写作之外，一个隔绝在现代文明之外，都渴望从边缘走向中心。保加利亚学者尼柯齐纳（M. Nikolchina）的《语言弑母：克里斯蒂娃和伍尔夫的写作理论》（*Matricide in Language: Writing Theory in Kristeva and Woolf*, 2004）将伍尔夫与克里斯蒂娃并置，进行互文性阅读，研究妇女为文化所做出的贡献被长期忽视的问题。丹妮丝·席尔瓦（Denise L. Silva）的博士论文《1820—1940 年伦敦表征中的游荡者、性别和边缘政治》（*Flaneur, Gender, and the Politics of Marginality in Representation of London 1820 - 1940*, 2007）用其中一章来探讨伍尔夫小说中的女性游荡者的形象，认为伍尔夫利用女性叙事和都市书写解读当时的女性空间。

3. 后现代主义批评及文化研究

随着解构主义、后现代主义的发展，文学研究经历了"文化转向"，伍尔夫研究呈现出多元化的发展状态。

批评界开始关注伍尔夫作品的后现代主义特征，认为伍尔夫虽处于现代主义时期，但其作品中却出现了超前的后现代主义表现手法。最早对伍尔夫做出后现代主义解读的批评家是希里斯·米勒（J. Hillis Miller），他在《小说与重复》（*Fiction and Repetition*, 1982）中用解构主义解读了《达洛卫夫人》。简·戈德曼（Jane Goldman）的《弗吉尼亚·伍尔夫的女性主义美学：现代主义、后印象主义和视觉政治》（*The Feminist Aesthetics of Virginia Woolf: Modernism, Post-impressionism and the Politics of the Visual*, 2001）结合视觉意象和媒介来分析伍尔夫的作品，从新的视角建构伍尔夫的美学思想。

伍尔夫研究的方向逐渐从传统的现代小说理论研究转向作品的外部研

究,学者们把重心放在伍尔夫当时所处的社会背景,如战争、文学市场和科技进步等上,发现伍尔夫并非不问世事。因此,评论界推翻了伍尔夫是一名精英作家的说法,认为她是面向大众的社会学者。亚历克斯·沃德林(Alex Zwerdling)在《弗吉尼亚·伍尔夫与真实世界》(*Virginia Woolf and the Real World*,1986)中通过分析伍尔夫作品中所折射的社会内容及所反映的历史语境,指出伍尔夫的小说表达了其政治诉求,并得出"伍尔夫是一位有政治倾向的作家"① 的结论。凯西·菲利普斯(Kathy J. Phillips)的《大英帝国中的弗吉尼亚·伍尔夫》(*Virginia Woolf Against Empire*,1994)指出伍尔夫对大英帝国的态度是否定的,在她眼中,帝国通过殖民剥削来加强统治。她在小说中塑造并讽刺了众多象征帝国的人物和意象,暗示帝国的衰亡。凯伦·列文柏克(Karen L. Levenback)的《弗吉尼亚·伍尔夫与第一次世界大战》(*Virginia Woolf and the Great War*,1999)通过分析伍尔夫的《岁月》《到灯塔去》等涉及第一次世界大战的小说,认为她运用了独特的写作手法来控诉战争和极权政治对人们的残害。安娜·斯奈斯(Anna Snaith)的《弗吉尼亚·伍尔夫:跨越私人和公共领域》(*Virginia Woolf: Public and Private Negotiation*,2000)认为,伍尔夫是个游走于私人领域和公共领域的女性作家。伍尔夫的活动范围不仅在私人领域生活工作,她作为一个公众人物,将活动范围扩展到了公共领域,如创办出版社、到大学进行演讲、出席各种公共活动等。帕夫洛夫斯基(Merry M. Pawlowski)在《弗吉尼亚·伍尔夫与法西斯主义:抵制极权的诱惑》(*Virginia Woolf and Fascism: Resisting the Dictator's Seduction*,2001)中指出了伍尔夫从各个方面对极权的抵制。例如在伍尔夫眼中,作家应该与读者建立平等的对话合作关系,而不是说教,因为说教就是自上而下的极权压迫。卡迪-科恩(Melba Cuddy-Keane)在《弗吉尼亚·伍尔夫,知识分子与公共领域》(*Virginia Woolf, the Intellectual, and the Public Sphere*,2003)中提出,伍尔夫作为一名知识分子,通过致力教育妇女与工人、为普通读者写文章、捐书捐钱等行动,担起了知识分子的社会责任。书中特别强调了伍尔夫反对精英教育体制,追求人与人的对话和平等。伯曼(Jessica Berman)在其著作《现代小说、国际主义与社团》(*Modern Fiction, Cosmopolitanism and the Politics of Community*,

---

① Alex Zwerdling: *Virginia Woolf and the Real World*, Berkeley: University of California Press, 1986, p. 13.

2001)中,通过记录伍尔夫参与的各种政治团体的实践活动,探讨她对个人与集体关系的思考。鲁斯克(Lauren Rusk)在《他者的生命写作》(*The Life Writing of Otherness*, 2002)中进一步指出,伍尔夫对女性作为独立个体应该如何与他者协商交流进行了不断的探索。狄金森(Renée Dickenson)在《现代小说中的女性化身与主体性:弗吉尼亚·伍尔夫和奥立佛·摩尔的嬗变术》(*Female Embodiment and Subjectivity in the Modernist Novel: The Corporeum of Virginia Woolf and Olive Moore*, 2009)中从身体、地域、民族性和文本四个方面探讨了伍尔夫如何进行女性主体建构。在《伍尔夫〈海浪〉中的语言、时间和身份》(*Language, Time, and Identity in Woolf's* The Waves, 2012)中,威曼(Michael Weinman)认为,《海浪》中的六个人物彼此联系,形成一个复杂的整体。

伍尔夫与市场经济、商品文化的关系也颇为复杂,同样引起了许多学者的兴趣。伊恩·威利森(Ian Willison)等合编的《现代主义作家与文学市场》(*Modernist Writers and the Marketplace*, 1996)中有一章专门论述伍尔夫与霍加斯出版社之间的关系。辛普森(K. Simpson)的《伍尔夫作品中的天赋、市场和欲望经济》(*Gifts, Markets and Economies of Desire in Virginia Woolf*, 2008)以伍尔夫的主要小说、散文和短篇小说为对象,论述了她个人对出版和商业界的态度。卡尔(A. Karl)的《现代主义与市场:瑞斯、伍尔夫、斯坦因和拉森的文学文化和消费资本主义》(*Modernism and the Marketplace: Literary Culture and Consumer Capitalism in Rhys, Woolf, Stein, and Nella Larsen*, 2009)主要以伍尔夫小说《远航》和《达洛卫夫人》中的消费主义与帝国主义欲望为线索进行研究,认为消费资本主义的兴起造成了经济、政治、种族等不平等情况。杜宾诺(Jeanne Dubino)主编的评论集《弗吉尼亚·伍尔夫与文学市场》(*Virginia Woolf and the Literary Marketplace*, 2010)阐述了作为职业作家的伍尔夫与文学消费市场之间的博弈,指出女性作家既依赖又排斥市场运作的矛盾态度。海伦·索思沃斯(Helen Southworth)的《伦纳德·伍尔夫与弗吉尼亚·伍尔夫,霍加斯出版社与现代主义文学场》(*Leonard and Virginia Woolf, the Hogarth Press and the Networks of Modernism*, 2010)认为,伍尔夫夫妇创办的出版社出版了来自社会各个阶层作家的作品,尤其是年轻作家、妇女作家和殖民地作家的作品,霍加斯就是一个新旧交融、对立对话的开放空间,一个思想相互交织和碰撞的文学场。

随着西方文艺思潮的空间转向,学者们也开始关注伍尔夫作品中的空间政治思想、文学地理学和都市意象,探究其作品中的各种空间形态与背后的社会权力。珍·威尔逊(Jean Moorcroft Wilson)的《弗吉尼亚·伍尔夫的伦敦》(*Virginia Woolf's London*, 1959)分析了每部小说中的城市意象。苏珊·斯奎尔(Susan M. Squier)在《弗吉尼亚·伍尔夫与伦敦:性政治与城市》(*Virginia Woolf and London: The Sexual Politics of the City*, 1985)中指出,伍尔夫笔下的伦敦空间渗透着性别权力,反映了她对父权制的批判。多萝西·布鲁斯特(Dorothy Brewster)的《弗吉尼亚·伍尔夫、生活与伦敦:住所的传记》(*Virginia Woolf, Life and London: A Biography of Place*, 1988)认为,伦敦这座城市对伍尔夫来说,是一切事物的中心,就是"生命"和"真实"的象征。在书中,作者详尽地描述了伍尔夫一生中所居住过的几所房子,分析了小说中几个重要的游荡者,强调了都市对理解伍尔夫作品的重要性。帕森斯(Deborah L. Parsons)的《行走在大都市:妇女、城市与现代性》(*Street Walking the Metropolis: Women, the City and Modernity*, 2000)从女性视角来观察和书写城市与现代性。安德鲁·萨克(Andrew Thacker)的《穿越现代性:现代主义的空间与地理学》(*Moving Through Modernity: Space and Geography in Modernism*, 2003)认为,随着空间理论的发展,批评家也应关注文学作品中的空间问题,在现代交通工具的推动下,空间的流动性体现了现代主义追求多变和流动的特质。萨克与彼得·布鲁克(Peter Brooker)合编的《现代主义的地理学:文学、文化与空间》(*Geographies of Modernism: Literatures, Cultures, Space*, 2005)从空间理论和文化地理学的角度来探讨现代主义作品中的殖民空间,并阐释何为差异现代性。英国学者斯奈斯和惠特沃斯(A. Snaith & M. Whitworth)编辑的《定位伍尔夫——空间与场所政治》(*Locating Woolf: The Politics of Space and Place*, 2007)是一部研究伍尔夫空间意义的论文集,由十位世界知名学者的文章组成,所涉主题包括性别空间、城市与乡村、后殖民、技术以及跨文化空间等。

对伍尔夫散文的研究虽较之小说研究稍晚,但自20世纪90年代起成果丰富。罗森伯格(Beth Carole Rosenberg)于1995年出版的《伍尔夫与塞缪尔·约翰逊:普通读者》(*Woolf and Samuel Johnson: Common Readers*)认为,伍尔夫在约翰逊的影响下,非常注重作者与读者的对话与合作,这主要体现在散文的写作之中。杜宾诺等编辑的《伍尔夫与散文》(*Virginia Woolf and the Essay*, 1997)以伍尔夫的反权威为主线,分析伍尔夫的主要散文作品。2000年，吉尔特里（Elena Gualtieri）的《伍尔夫的散文：往事素描》（*Virginia Woolf's Essays: Sketching the Past*）重点指出了伍尔夫文学批评的多样性。卡迪-基恩（Melba Cuddy-Kean）在《伍尔夫、知识分子与公共领域》（*Virginia Woolf, the Intellectual and the Public Sphere*, 2003）中提出，伍尔夫在散文创作中积极建构与普通读者的对话关系。库森特尼（Katerina Koutsantoni）在《伍尔夫的普通读者》（*Virginia Woolf's Common Reader*, 2009）中，分析伍尔夫如何在散文中将读者引入文本意义的建构，消除作者的权威性，指出伍尔夫成功地通过与他者对话建立起自我主体性。毕肖普（Edward L. Bishop）在《〈雅各的房间〉中的主体》（"The Subject in *Jacob's Room*", 1992）一文中利用巴赫金的双声语理论分析《雅各的房间》中人物与人物之间的对话关系。威廉-瓜兰迪（Debra Williams-Gualandi）的论文《达洛卫夫人的对话式引介》（"A Dialogical Introduction to Mrs. Clarissa Dalloway", 1995）运用巴赫金的杂语理论分析了《达洛卫夫人》中的多声部话语。波尔（Kayla Pohl）的硕士论文《默多克、伍尔夫、瑞斯对封闭叙事的伦理抵制》（"Murdoch, Woolf, Rhys, and the Ethics of the Resistance to Narrative Closure", 2010）借助巴赫金的文本对话理论和小说理论，分析伍尔夫在《海浪》中的开放式叙事结构。

关于伍尔夫与文学传统的对话互文关系，国外学者也有大量的研究成果。伍尔夫与各种文学传统互文，有多位缪斯女神眷顾于她，如古希腊的文学传统、文艺复兴时期的文学传统、俄国文学、维多利亚时期的女性文学与早期现代散文大家。柏拉图的《谈话录》的争辩性和对话性被阿姆斯特朗（Charles Armstrong）运用到《雅各的房间》的分析之中（"Why Phaedrus? Plato in Virginia Woolf's Novel *Jacob's Room*", 2012）。弗勒（Rowena Fowler）在《瞬间与变形：伍尔夫的希腊》（"Moments and Metamorphoses: Virginia Woolf's Greece", 1999）中指出，伍尔夫不论在日常生活还是作品创作中，都贯彻了希腊的对话主义传统。福克斯（Alice Fox）的《弗吉尼亚·伍尔夫与英国文艺复兴文学》（*Virginia Woolf and the Literature of the English Renaissance*, 1990）和杜森拜耳的（Juliet Dusinberre）《弗吉尼亚·伍尔夫的文艺复兴：女性读者还是普通读者？》（*Virginia Woolf's Renaissance: Woman Reader or Common Reader?* 1997）都介绍了文艺复兴时期的人文主义者，尤其是英国的文学家如莎士比亚、托马斯·摩尔、约翰·班扬、约翰·多恩等对伍尔夫的影响。美国学者罗伯塔·鲁宾斯坦（Roberta Rubenstein）在其专著《弗吉尼亚·伍尔夫与〈俄国人的观点〉》（*Virginia Woolf and The Russian Point of View*, 2009）中指出，伍尔夫对俄国作家如陀思妥耶夫斯基、契诃夫、托尔斯泰等揭示人性、打破传统的叙事模式赞赏有加，认为俄国的文学传统有助于现代主义小说的发展。作为著名的散文家，伍尔夫与之前的散文大家如蒙田、爱迪森等有明显的继承关系。虽然伍尔夫的小说理论是在批判维多利亚文学传统的基础之上展开的，但史蒂夫·艾里斯（Steve Ellis）在《伍尔夫与维多利亚人》（*Virginia Woolf and the Victorians*, 2007）中通过研究伍尔夫的几部主要作品，证明伍尔夫更应该是一位后维多利亚作家，而不是现代主义作家。作为女性作家的代表，伍尔夫在其作品中对之前的女性作家如奥斯汀、勃朗特姐妹致敬。布莱尔（Emily Blair）在她的博士论文《伍尔夫与19世纪室内美学》（"Virginia Woolf and the Nineteenth-century Domestic Aesthetic", 2002）中将盖斯凯尔（Elizabeth Gaskell）和奥利芬特（Margaret Oliphant）等19世纪女性作家作品与伍尔夫作品并置。

就伍尔夫小说的文体杂糅性，吉勒斯比（Diane F. Gillespie）编辑的《伍尔夫的多位缪斯》（*The Multiple Muses of Virginia Woolf*, 1993）与哈姆（Maggie Humm）编辑的《伍尔夫与艺术》（*Virginia Woolf and the Arts*, 1997）指出，伍尔夫将新兴的绘画、舞蹈、摄影、电影等视觉艺术融入小说创作。伍尔夫称自己的小说是杂食动物，融合了传记、诗歌、散文和戏剧等元素，威斯特曼（Karin E. Westman）的《一部早期的〈奥兰多〉：伍尔夫〈友谊之廊〉的喜剧元素》（"The First *Orlando*: The Laugh of the Comic Spirit in Virginia Woolf's 'Friendships Gallery'", 2001）探讨了伍尔夫关于"新传记"的创作。索鲁门（Randi Saloman）的专著《伍尔夫的散文主义》（*Virginia Woolf's Essayism*, 2012）讨论伍尔夫如何将散文特征融入现代小说。怀特（E. H. Wright）的一文《伍尔夫与戏剧》（"Woolf and Theater"）出自兰道尔和戈德曼（Bryony Randall & Jane Goldman）编著的《文化语境中的伍尔夫》（*Virginia Woolf in Context*, 2012）一书，探讨了伍尔夫小说中的戏剧元素。

日记虽然被视为私密写作，但当日记出版进入公共视野，就有了研究价值。由于伍尔夫的全部日记在20世纪中后期才逐渐被整理出版，因此对她的日记研究相比小说研究而言起步较晚。1953年伦纳德·伍尔夫选编的《一个作家的日记：伍尔夫日记摘选》（*A Writer's Diary: Being Extracts from the Diary of Virginia Woolf*），从伍尔夫浩瀚的日记中选择有关小说写作的部分编辑成册,曾在当时引起一阵轰动。人们只是好奇这位特立独行的意识流女作家不为人知的趣闻轶事,却忽视了日记本身的价值和文学意义。直到1977至1984年间安妮·奥利维尔·贝尔(Anne Olivier Bell)编辑的五卷本《伍尔夫日记》(*The Diary of Virginia Woolf*)陆续出版,公众才得以一睹伍尔夫日记的原貌,但这五卷日记也只是伍尔夫1915至1941年成为作家之后的主体日记。当时昆汀·贝尔在该版日记的序言中直接将伍尔夫日记视为"杰作",认为是她一系列作品的重要组成部分,并将其提高到"与小说同等重要"的地位。[①] 20世纪六七十年代,女性主义理论盛行,伍尔夫小说一时成为女性主义批评的中心。当时著名的评论家波特·艾博特(Porter Abbott)明确指出:"从现代主义到女性主义,再到后现代主义,尽管现今学术界对伍尔夫的研究与时俱进,但一直忽视了一个重要问题:对伍尔夫的现代主义作品的重新评估是建立在她的私人写作之上——尤其是她的日记写作。"[②] 艾博特在那个时候便察觉到对伍尔夫日记研究的不足,他非常重视其日记在整个文学研究中的地位。米切尔·李斯卡(Mitchell Leaska)在1990年将伍尔夫1897至1909年的早期日记以《充满激情的学徒:早期日记1897—1909》(*A Passionate Apprentice: The Early Journals, 1897–1909*)为名出版。2002年零星的几篇日记手稿被戴维·布赖德肖(David Bradshaw)发现并以《卡莱尔屋子及其他素描》(*Carlyle's House and Other Sketches*)之名出版。至此,伍尔夫全部日记才完全展现在读者面前。随着伍尔夫全部的私人写作,包括日记、书信的陆续出版面世,人们才得以全方位地认识伍尔夫,对伍尔夫的研究也开始多元化。

二、国内研究综述

中国学术界对伍尔夫的译介是从20世纪30年代开始的。1932年叶公超在《新月》杂志第1期上翻译了伍尔夫的第一篇意识流短篇小说——《墙上一点痕迹》(*The Mark on the Wall*,后译为《墙上的斑点》),这大概

[①] Virginia Woolf: *The Diary of Virginia Woolf*, vol.1, Anne Olivier Bell, ed., New York: Harcourt Brace, 1977, p. xiii. 笔者自译。

[②] Porter Abbott: "Old Virginia and the Night Writer: The Origins of Woolf's Narrative Meander", in Suzanne L. Bunkers and Cynthia Huff, ed., *Inscribing the Daily*, Amherst: University of Massachusetts Press, 1996, p.236. 笔者自译。

是国内公开出版的翻译成中文的最早的一篇伍尔夫小说。1934年范存忠将伍尔夫的著名论文《班乃脱先生与白朗夫人》（"Mr. Bennett and Mrs. Brown"）翻译成中文，发表在《文艺月刊》第6卷第3期上，这应当说是国内对伍尔夫理论文章的最早译介。1943年9月《中原》第1卷第2期刊载了由冯亦代翻译的伍尔夫的另一篇著名论文《论现代英国小说——"材料主义"的倾向及其前途》，同月《时与潮文艺》第2卷第1期上还登载了专门介绍伍尔夫的思想和创作的两篇文章——《英国女作家吴尔芙夫人》和《吴尔芙夫人的〈岁月〉》。1947年6月上海文化生活出版社出版了王还印翻译的《一间自己的房间》。此后对伍尔夫的介绍和研究一直处于停滞状态。

直至20世纪80年代，伍尔夫再度引起国内学者的关注。在译介方面，1981年的《外国文艺》第3期刊载了舒心翻译的《邱园记事》（Kew Gardens）和赵少伟翻译的《现代小说》（Modern Fiction）。1982年，由袁可嘉、董衡巽、郑克鲁等人选编的《外国现代作品》第2册收录了伍尔夫的《墙上的斑点》和《达洛卫夫人》（节译）。唐在龙、尹健新于1986年最早翻译出版了伍尔夫的长篇小说《黑夜与白天》（湖南人民出版社）。同年5月，瞿世镜翻译了伍尔夫的《论小说与小说家》和《到灯塔去》（上海译文出版社）。《论小说与小说家》包括伍尔夫阐述现代主义观点的三篇著名文章，即《论现代小说》《贝内特先生与布朗夫人》《狭窄的艺术之桥》。书后还附录了译者的长篇论文《弗吉尼亚·伍尔夫的小说理论》，对伍尔夫的文学理论体系做了比较全面的分析和概括。1988年5月，孙梁、苏美翻译出版了伍尔夫的《达洛卫夫人》（上海译文出版社），这本书至今仍影响巨大。1990年，河北教育出版社出版了李乃坤选编的《伍尔夫作品精粹》，1993年9月，孔小炯、黄梅选译了《伍尔夫随笔集》（海天出版社），这两本书收录的多是伍尔夫生活、文学方面的随笔。1994年，哈尔滨出版社出版了伍尔夫传记式小说《奥兰多》。1995年，刘炳善翻译的《书和画像》（生活·读书·新知三联书店）看重对伍尔夫的散文随笔进行译介。另外，1997年百花文艺出版社出版了戴红珍、宋炳辉翻译的《伍尔夫日记选》，该译作收集了伍尔夫1918至1941年间的部分日记。

新世纪开始后我国伍尔夫作品的翻译研究又掀起了一轮新的高潮，从2000到2003年的四年时间内，出版界对伍尔夫作品的出版从零星转入系统。2001年4月，中国社会科学院出版社出版了由石云龙、刘炳善、黄梅

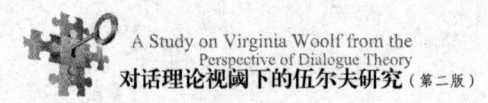

等16位学者翻译的《伍尔夫随笔全集》，收录了伍尔夫几乎全部的散文随笔。而2003年由人民文学出版社推出的《吴尔夫文集》则收录了伍尔夫所有长篇小说。宋德利翻译的《伦敦风景》收录了伍尔夫在《好管家》杂志上陆续发表的有关伦敦街景和生活的六篇散文，这方便了读者了解她对都市生活的态度。至此，伍尔夫的大多数作品在中国都有了中文译本，有的作品还有了两种或两种以上的译本，并且一版再版。

就伍尔夫的研究专著而言，第一个对伍尔夫进行比较全面地考察和研究的学者是瞿世镜，他出版了国内第一部伍尔夫评传《意识流小说家伍尔夫》（上海文艺出版社，1989），在概述伍尔夫生平、创作经历和文学理想的基础上，分析其主要作品，并对其小说艺术进行评价。瞿世镜侧重于伍尔夫意识流小说的研究，并对伍尔夫的小说理论作了系统的概括，从七个方面归纳了她的理论观点，即时代变迁论、主观真实论、人物中心论、突破传统框子论、论实验主义、论未来小说以及对文学理想的见解。他选编了《伍尔夫研究》（上海文艺出版社，1988），该书所精选的欧美伍尔夫研究成果兼顾影响力和代表性。但瞿世镜一开始就将伍尔夫定位为意识流作家，对后世的伍尔夫研究产生极大导向作用，导致国内的研究重心偏向伍尔夫的意识流写作手法和小说理论。杨莉馨在著作《20世纪文坛上的英伦百合——弗吉尼亚·伍尔夫在中国》中，梳理了20世纪以来中国文坛对伍尔夫的译介、接纳、整合与改造的全貌，填补了研究空白。该书分上下两篇，上篇论述了中国现代文坛包括"新月派"作家、"京派"成员凌叔华、汪曾祺等对伍尔夫的介绍与接受，下篇论述了中国当代文坛袁可嘉、瞿世镜、徐坤等学者与作家对伍尔夫的研究与接受，生动丰富地展示了伍尔夫与中国现当代众多作家丰富而又独具特色的契合与关联。申富英的《伍尔夫生态思想研究》（山东大学出版社，2011）从时下热门的生态批评角度，总结伍尔夫作品所体现的生态意识的内涵，并分析其生态意识的特点，即伍尔夫生态意识与当下生态思想理论的共通之处——相互渗透性、时空延续性和动态平衡性。朱海峰的《弗吉尼亚·伍尔夫历史观研究》（中国社会科学出版社，2017年）指出伍尔夫的现代主义作品所体现的历史观和历史撰述观有助读者更深入地认识现代主义的历史困境，引发人们思考如何走出战争威胁。张楠的《"文明的个体"：弗吉尼亚·伍尔夫和布鲁姆斯伯里文化团体研究》（复旦大学出版社，2018年）系统分析了伍尔夫和布鲁姆斯伯里团体与英国18世纪以来自由主义和文化保守思想的传承关系，深入探究了两者之间的对立统一。朱艳阳的

《弗吉尼亚·伍尔夫的创伤书写研究》（中国社会科学出版社，2021年）致力于探讨伍尔夫如何在写作中述说创伤、超越创伤以寻求治疗创伤、走出创伤的心路历程。

截至2020年，国内可查的关于伍尔夫的博士论文一共有十余篇，主要从两个方面来分析伍尔夫的作品：女性主义视角和小说理论。吴庆宏的《弗吉尼亚·伍尔夫与女权主义》（2002）在西方女性主义发展的脉络中研讨伍尔夫的女性思想，认为伍尔夫洞察了19世纪末20世纪初片面强调男女法律上平权的旧女性主义的不足，启发了20世纪六七十年代的新女性主义者去解构男性政治文化，确立女性视角。毛继红《寻找有意味的形式：弗吉尼亚·伍尔夫的小说写作与绘画艺术》（2002）探讨了伍尔夫是怎样将绘画中的简化原则、线条与色彩的组合原则以及有意味的构图原则应用到自己的写作中的，并将伍尔夫与画家梵高做了比较研究。吕洪灵的《情感与理性——论弗吉尼亚·伍尔夫的妇女写作观》（2003）从情感与理性的角度切入，历史地探讨了伍尔夫有关妇女创作思想形成的过程，认为情感与理性的关系是伍尔夫文学创作以及女性创作思想的理论核心。吕洪灵提出，伍尔夫对情感的肯定并不意味着对理性的否定，她在辨析女性写作中暴露出的情感问题同时，从不同角度强调了理性的重要性。李红梅的《伍尔夫小说的叙事艺术》（2006）从叙事学角度对伍尔夫小说的叙事艺术进行详细的研究，并认为，伍尔夫现代小说实验的深层动机——揭示"人"的内在真实和探寻生命的意义，使她的叙事艺术的建构与她的人学观念之间具有一种独特的"互释"关系。张昕的《对弗吉尼亚·伍尔夫小说"双性同体"的探索》（2006）试图从双性同体的思想角度来剖析她的几部小说作品，重新审视弗吉尼亚·伍尔夫独特的女权主义。潘建的《弗吉尼亚·伍尔夫：性别差异与女性写作》（2007）对伍尔夫的性别差异思想及其在写作实践中的体现进行全面考察和研究，并认为，伍尔夫是女性历史与文学史的探寻者和构建者，她在世界女性历史和文学史中有着不可或缺的地位。高奋的《弗吉尼亚·伍尔夫生命诗学研究》（2009）以中西诗学为研究语境，全面观照英国作家弗吉尼亚·伍尔夫的小说理论，从本质、创作、批评、形式、境界五个方面阐明其诗学的渊源、内涵和价值，并以其代表作《海浪》为例，从构思、构成、形式、境界等方面印证其诗学思想在作品中的实践。管淑红的《〈达洛卫夫人〉的系统功能文体分析》（2009）试图通过系统功能文体学的理论方法，特别是马丁的评价理论去分析弗吉尼亚·伍尔夫的著名意识流小说《达洛卫夫人》的语言属性,试图找到这些属性和传统的文学批评所暗示的文学意义的联系。隋晓荻的《弗吉尼亚·伍尔夫:小说与传记中的事实与虚构》(2010)主要探讨了伍尔夫在小说与传记中就事实与虚构的关系进行实验的问题,认为《到灯塔去》《海浪》《奥兰多》《罗杰·弗莱传》这四部作品反映出伍尔夫在实验建立多样化的事实与虚构的关系,跨越了小说与传记的样式界限,其目的是探索能够更加有效地展现生活的新的艺术形式。2012至2020年更多的是国内学者从文化批评的角度进行伍尔夫研究,如魏小梅在《绘画、诗歌、戏剧:伍尔夫现代主义小说的综合艺术》(2012)中通过探讨伍尔夫对诗歌、绘画、戏剧等元素在小说中的运用,指出她对现代主义文学样式的革新。綦亮的《弗·伍尔夫小说中的民族身份认同主题研究》(2013)探讨作为后殖民作家的伍尔夫如何认识"英格兰性"的民族认同问题。牛宏宇的《空间理论视域下的弗吉尼亚·伍尔夫研究》(2014)运用空间理论来分析伍尔夫小说中的空间政治和叙事空间。张友燕的《人生的见证 心灵的书写——弗吉尼亚·伍尔夫随笔研究》(2015)认为伍尔夫在随笔中涵盖了她在女性、社会、文学等领域的思考。陈研的《后维多利亚时期"帝国女儿"的身份建构——弗吉尼亚·伍尔夫三部小说的叙事研究》(2016)选取她的三部小说《远航》《达洛卫夫人》《到灯塔去》作为主要分析对象,以期在三部作品的对照中真实还原伍尔夫的帝国女性身份。何亦可的《一个作家的自我书写——伍尔夫日记研究》(2017)则以伍尔夫的日记为研究对象,论述小说之外的其他文本的价值及重要性。

研究论文方面,伍尔夫最初是作为西方著名现代小说家和精英作家被简略地介绍给国内读者的。赵景深于1929年发表《二十年来的英国小说》一文,将伍尔夫与乔伊斯和多萝西·理查逊并列,称他们为有名的心理小说家。两年后,他又在《现代文学评论》发表《英美小说之现在及其未来》,重点论述英美现代小说的心理描写特征。20世纪三四十年代的评论以生平介绍和作品点评为主。费鉴照、彭生荃、叶公超、谢庆尧、吴景荣、萧乾、陈尧光等分别在《益世报》《人世间》《新月》《时与潮文艺》《大公报》《新路》《文潮》等报刊发表文章,主要概述其创作经历,也有点评具体作品的,包括《墙上的斑点》(1917)、《弗拉西》(1933)、《岁月》(1937)。20世纪90年代以后,中国伍尔夫研究开始进入高潮,研究随之活跃,逐渐有了深度和广度,研究涉及伍尔夫的现代小说观、语言观、意识流、内心独白、诗化结构、雌雄同体、女性主义等。据笔者不完全统计，自20世纪80年代以来，中国学术期刊网（CNKI）关于伍尔夫研究的成果有期刊论文近1 000篇，其中硕士论文逾450篇。研究议题主要集中在对伍尔夫思想和创作的总体研究、作品的叙事理论和形式技巧研究、女性主义研究和后现代主义研究这四个方面。

在对伍尔夫思想和创作的总体研究上，主要集中在伍尔夫小说理论研究和伍尔夫创作实践观研究两个方面。对伍尔夫的小说理论的研究，主要是对伍尔夫所发表的关于小说写作的理论性文章或理论观点进行整理、解读和评价。申富英的《评〈到灯塔去〉中人物的精神奋斗历程》（1999）通过分析主要人物的精神历程，阐明他们分别代表现代人走出虚无的三种途径：理性、爱和艺术。盛宁在《关于伍尔夫的"1910年的12月"》（2003）中，指出伍尔夫在《贝内特先生和布朗太太》一文中的那句名言"1910年的12月，或在此前后，人性发生了变化"（On or about December 1910, human character changed.）中的"human character"应该被译为"人物形象"，而非"人性"。李儒寿的《弗吉尼亚·伍尔夫与剑桥学术传统》（2004）从历史考古的角度阐述了伍尔夫和剑桥学术传统之间的紧密联系。因此，伍尔夫的女权主义思想和现代小说理论体现了剑桥的学术求真务实和创新精神。郝琳的《伍尔夫之"唯美主义"研究》（2006）通过梳理伍尔夫与唯美主义代表人物之间的交往联系，试图阐明唯美主义是伍尔夫富于现代性与后现代性特征的小说创作与批评理论的源泉之一。吕洪灵的《伍尔夫"中和"观解析：理性与情感之间》（2007）提出，"中和"观表现出伍尔夫作为一名艺术家对艺术创作尤其是妇女创作进行的深刻思索。高奋的《小说：记录生命的艺术形式——论弗吉尼亚·伍尔夫的小说理论》（2008）分析伍尔夫有关现代小说、人物、形式、艺术性和本质的思想，认为其小说理论的精髓是记录人的生命的艺术形式。国内学者通过分析其具体的作品来阐述伍尔夫的小说创作实践观。杜娟的《死与变：〈达洛维太太〉、〈到灯塔去〉与〈海浪〉的深层内涵》（2005），以《达洛卫夫人》《到灯塔去》《海浪》这三部小说为例，分析了其中主要人物与次主角命运的"死与变"的对立与融合。吕洪灵的《〈幕间〉与伍尔夫对艺术接受的思考》（2009）关注她最后一部小说《幕间》，通过舞台演出这一写作线索，从读者接受的层面探讨她对读者或称为艺术接受者作用的认识。李爱云的《逻各斯中心主义双重解构下的生态自我》（2009），探讨了伍尔夫的小说《雅各的房间》，从生态的角度探究其写作观。在伍尔夫研究中，对其作品的叙事理论和形式技巧这一议题的研究起步最早，持续时间最长，汇聚论文最多。各阶段的代表性论文如下：王家湘的《维吉尼亚·吴尔夫独特的现实观与小说技巧之创新》（1986）以伍尔夫的现实观为基点，剖析其九部小说的基本结构；韩世轶的《弗·伍尔夫小说叙事角度与对话模式初探》（1994）以热奈特叙事理论为参照，指出伍尔夫小说多视角、变换聚焦的叙事技巧和转换话语模式；李森的《评弗·伍尔夫〈到灯塔去〉的意识流技巧》（2000）剖析其间接内心独白、自由联想、象征手法、时空蒙太奇和多视角叙述方式；申富英的《〈达洛卫夫人〉的叙事联接方式和时间序列》（2005）整合罗森塔尔的四种连接方式和迈法姆的四种时间序列，提出经纬纵横的整体叙述框架；王丽丽的《时间的追问：重读〈到灯塔去〉》（2003）利用法国著名的女性主义者朱迪亚·克里斯蒂娃所提出的"女性时间"理论，重读伍尔夫的经典作品《到灯塔去》；伍建华的《〈达洛卫夫人〉现代叙事艺术特征之阐释》（2007）把《达洛卫夫人》这部小说视为弗吉尼亚·伍尔夫意识流小说风格成熟的标志，认为该小说是现代叙事艺术的精品；秦海花的《传记、小说和历史的奏鸣曲——论〈奥兰多〉的后现代主义叙事特征》（2010）认为《奥兰多》这部小说带有后现代主义叙事特征，可以看作是传记、小说和历史之间相互作用、相互包含的结果，是这几重声音的奏鸣；武跃速在《宇宙人生的诉说——解读伍尔夫的诗小说〈海浪〉》（2003）中，试图从作品的叙述视角介入来解读《海浪》这部非传统小说。吕洪灵和蔡晨合作的《花岗岩与彩虹的姻缘——伍尔夫的"新传记"〈奥兰多：一部传记〉》（2011）指出，伍尔夫的实验性作品《奥兰多：一部传记》展现了伍尔夫对传记文学艺术性的美学思考，将焦点由传统的讲述客观事实的作传思维转向了对生命价值的探索；张中载在《小说的空间美——"看"〈到灯塔去〉》（2007）中运用文学空间理论来分析《到灯塔去》的美学效果，认为伍尔夫是善于营造小说空间美的小说家。

伍尔夫女性主义研究始于20世纪90年代中后期，主要包括女性主义思想研究和女性主义小说批评两方面。如吕洪灵在《〈奥兰多〉中的时代精神及双性同体思想》（2002）中探讨了伍尔夫雌雄双体的创作思想，以性别突变为特征的《奥兰多》体现了伍尔夫对两性以及创作的思考。袁素华的《试论伍尔夫的"雌雄同体"观》（2007）首先从词源上定义"雌雄同体"这一概念，指出伍尔夫首次提出这一术语的出处和用意；该文进而通过分析

《奥兰多》这一小说，把奥兰多看作是"雌雄同体"的代表，认为该小说是伍尔夫表达思想的重要作品。吕洪灵发表了两篇文章《走出"愤怒"的困扰——从情感的角度看伍尔夫的妇女写作观》（2004）、《伍尔夫〈海浪〉中的性别与身份解读》（2005）：前者探讨伍尔夫对情感在妇女写作中的认识，她认为愤怒会严重影响作品的艺术性和作者的创造力；后者提出伍尔夫关于"其他性别"的概念，暗示了性别与身份的多元性。潘建的两篇文章《女同性恋——主流文化夹缝中的呻吟者》（2010）和《对强制异性恋文化的反叛——论伍尔夫的女同性恋文学叙事》（2011）都探讨了伍尔夫性别政治中的女同性恋思想，指出伍尔夫在女同性恋属于禁忌的时代，不仅公开维护它，还在自己的文学创作中探讨它，这充分体现了她的时代反叛精神。杨莉馨在《〈远航〉：向无限可能开放的旅程》（2010）中，把《远航》作为表达20世纪初期女性旅行想象的作品，认为其是一部缩微的女性成长史。

新世纪的伍尔夫研究不仅仅局限于以上几个传统的角度，也尝试从跨学科的角度来赏析伍尔夫作品中其他的元素，如空间理论、城市理论和文化理论等，这为伍尔夫研究输入了新鲜血液。杨世真在《大本钟与达洛维太太的存在困境》（2005）中对大本钟这个伦敦典型的城市意象进行了解读，认为大本钟是现代性宿命的典型表征。王丽莉在《解读迈克尔·坎宁安的〈时时刻刻〉》中认为，在《时时刻刻》中坎宁安采用了后现代互文性的文本策略，对20世纪经典小说《达洛卫夫人》从人物到情节，从主题到象征，进行了全面的戏仿。宋文的《在现代与后现代之间的女性城市境遇——评迈克尔·坎宁安的〈时时刻刻〉》（2006）从城市理论入手，探讨在现代化和工业化的进程中，城市为女性提供的自我发展和自我表达的文化空间，以及女性独特的现代与后现代都市经验。杜志卿与张燕合作的《一个反抗规训权力的文本——重读〈达洛卫夫人〉》（2007）尝试用福柯的规训权力理论分析《达洛卫夫人》，探讨小说中所表现的现代社会规训权力的运行机制以及被规训者的生存状态。潘建在《伍尔夫对父权中心体制的批判》（2008）中结合空间理论探讨伍尔夫对父权中心的批判，从几个方面探讨伍尔夫试图通过解构公共/私人领域二元对立关系来反抗父权制度的努力。谢江南的《弗吉尼亚·伍尔夫小说中的大英帝国形象》（2008）通过分析伍尔夫在小说中如何构建大英帝国的形象，来探讨她对当时英帝国的矛盾态度。朱艳阳的《复调——对伍尔夫小说的另一种解读》（2013）和吕丽塔的《论传记小说〈奥兰多〉的对话性叙事》（2014）指出，伍尔夫小说有明显的复调特点。郑茗元的《空间、漫步与消费：弗吉尼亚·伍尔夫小说中的城市书写》（2016）从小说中的空间叙写特征出发，发现其中的"漫步者"视角以及对形形色色的"消费行为"的关注和描写。林芸的《〈到灯塔去〉中的文本边界与秩序》（2018）把关注重点从灯塔的象征意义转移到灯塔在文本结构中的作用中。叶健在《"花岗岩与彩虹"之辩——莫洛亚与伍尔夫关于传记艺术的对话》（2020）中，对比了伍尔夫与莫洛亚不同的传记艺术，得出传记是形式与内容的自洽。武伟的《从女权主义到集体合力：伍尔夫小说〈岁月〉》（2022）认为，该小说最终形态体现的不是伍尔夫对女权思想的保留以及政治保守，而是一种更为广阔的历史视角和社会关注。

通过梳理近百年来国内外伍尔夫研究发现，学术界对伍尔夫作品的批评随着当时文化思潮的发展而趋于多元化、复杂化，也更具生命力和影响力。从早期注重伍尔夫小说中的创作技巧、艺术形式、女性主义主题、形式与内容的关系等，到后期将她置于社会历史大背景中，放在跨学科和多学科的语境中进行研究，结合酷儿理论、后现代主义、生态主义批评、文化研究等方面探讨了伍尔夫的创作，研究对象也拓展到了小说之外的传记、散文、书信和日记等，不断开辟出伍尔夫研究的新路径。但同时也发现国内外伍尔夫研究的一些问题和不足，首先在文本方面，伍尔夫作品研究仍主要集中在几部经典的小说上，对于其他小说及散文、日记、书信的研究涉猎地较少；其次在研究视角与方法上，虽然呈多元化和跨学科趋势，研究的主题和观点仍无可避免地出现了重复问题，这尤其体现在国内伍尔夫研究上。最后，学者们容易忽视伍尔夫文学创作背后的深层动因，以及她对社会问题的人文关怀。伍尔夫通过对文学经典的继承与互文，革新文学形式，探究文学体裁的综合性，来消解性别之间、精英与大众之间的壁垒，实现与自我的对话、与作品的对话、与社会的对话。

第一章　伍尔夫的自我对话与主体构建

　　弗吉尼亚·伍尔夫于 1882 年 1 月 25 日生于英国伦敦一个贵族知识分子家庭。父亲莱斯利·斯蒂芬爵士（Sir Leslie Stephen）是维多利亚时代剑桥出身的一位著名的文学评论家和传记家。1895 年 5 月母亲朱莉亚（Julia Stephen）去世，13 岁的伍尔夫经受不住失去母亲的打击，第一次精神崩溃。1897 年，自母亲去世后照料弗吉尼亚生活起居的同母异父的姐姐斯特拉夭亡，给她的身心又一次造成沉重打击。1904 年 2 月，父亲莱斯利去世，伍尔夫第二次精神崩溃，并试图跳窗自杀。为了尽早从失去父亲的痛苦中解脱出来，1906 年，伍尔夫兄妹到希腊旅行，哥哥索比不幸感染伤寒病逝，又给她的精神带来极大的伤害。但伍尔夫并没有被接二连三的打击和疾病吓倒，而是以顽强的毅力与命运抗争。阅读、创作和写日记成为伍尔夫一生形影不离的三大爱好，她在文学的道路上不停地探索、试验和创新，靠着丰富的知识积累和文化修养，从 1904 年在《卫报》发表第一篇书评开始，在文学创作的道路上孜孜以求、奋勇拼搏，终于成为现代主义文学的开拓者和享誉世界的文学家。她虽生命短暂却著作等身，创作了许多优秀的小说和随笔散文。第二次世界大战的残酷杀戮碾碎了她对社会的美好理想和对欧洲文明的希望，伍尔夫十分沮丧，痛苦不堪，精神濒于崩溃。因担心精神病再次发作给丈夫带来痛苦，伍尔夫于 1941 年 3 月 28 日决然投入乌斯河溺水而亡，享年 59 岁。

　　坎坷不幸的生活经历造就了伍尔夫多方面的性格特征，她成为一个多重矛盾的综合体。透过对作家成长过程、社会背景和性格的分析，我们可以更加深刻地了解她走向成功的主客观原因、对社会的真实态度和创作的主要思想倾向。伍尔夫从少女时期便开始写日记，直到她去世，可以说，日记是她人生的真实写照和忠实伴侣。透过日记可以看出伍尔夫如何从一个不谙世事的懵懂少女，在残酷的现实生活中经过不屈不挠的斗争，逐渐走向成熟，成

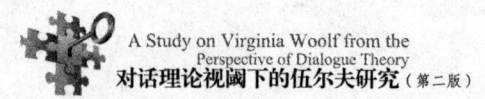

为20世纪前半叶闻名遐迩的先锋派作家。巴赫金认为,主体性建构存在于自我和他者意识交界处,其所理解的主体间性是两个主体之间的相互影响和合作。伍尔夫通过日记与自我对话,从而逐步认识自我,建构自我,战胜精神疾病,逐渐认识到人生的意义和生命的本质,经过长期坚持不懈的努力,终于成长为一位女性作家。

第一节 生命的全部意义在于创作

一个人的成功既有内部的原因,也与外部环境密不可分。内因是变化的根本,是事物发展变化的源泉和动力;外因是变化的条件,它通过内因而起作用。伍尔夫在她短暂的一生中以羸弱多病之躯,释放出巨大的能量,克服一切艰难险阻,不断求变革新,取得了辉煌的成就,这首先决定于她的顽强不屈的性格、勇于创新的精神以及对读书和创作的无限热爱的内在特质。

一、伍尔夫的成功之道

1. 坚韧不拔的毅力和顽强拼搏的精神

刻苦勤奋、严肃认真、坚持不懈、反躬自省,是伍尔夫不断进步的根本原因,是她一步步走向成功的秘诀。诚如美国伟大发明家爱迪生所说:天才就是百分之一的灵感加上百分之九十九的汗水。天才也必须得建立在刻苦勤奋的基础上。伍尔夫能够从一个受父权社会歧视的女性成长为享誉世界的现代主义伟大作家,自然有多方面的原因,其中勤奋刻苦是她成功的根本因素。在其日记中,伍尔夫真实详细地记录了自己勤奋阅读和创作的艰辛过程。她常常因过度劳累而多次精神几近崩溃,一旦身体有所好转,便又迫不及待地投入创作。伍尔夫创作态度极其严谨,一丝不苟,对每部著作都力求达到尽善尽美。她经常反躬自省,不断告诫自己:"头脑迟钝。所以刚刚打开日记本,准备记录对自己的严厉谴责。……我虚浮、平庸,是个骗子,正开始陷入空谈的习惯中。……岁届中年,老之将至,故而我必须严肃对待此类缺点。否则就极易变成一个浮躁的女人,囿于自我而偏听美言,成为孤傲、目光短浅而孱弱的老妇。……摒弃那尖刻得可笑的小小个性,忘却名誉观念及其一切，那就得读读书，见见俗人，多多地思考，更有条理地写作，更重要的是让工作占满整个生活，并试着隐姓埋名。与别人默默相处，或平静地说话，不要过分炫耀，用医生的话来说，这也是一种治疗。"① 伍尔夫时时告诫自己，要谦虚谨慎、戒骄戒躁，让读书和写作充满自己的生活。有时候她为自己因无端浪费了时间而追悔莫及，"该死，真该死！让这么多的时间白白地溜走，而我却倚在桥边望着它消失"②。伍尔夫深知自己的身体时时遭受疾病的折磨，更加体会到生命的可贵和时间的紧迫，所以她以超乎常人的毅力和忘我的辛勤劳作，与时间赛跑。为了追求作品的完美，她每写完一部小说或散文，都要反复多次修改，一个句子甚至是一个单词也要仔细推敲，有时甚至推倒重来，直到自己感到比较满意为止。天道酬勤，辛苦的耕耘终于有了丰厚的回报。正是伍尔夫这种严肃认真的写作态度和孜孜不倦的拼搏，才使她的小说寓意深远，语言优美，诗意盎然，成为那个时代的先锋之作。

2. 酷爱阅读

阅读是伍尔夫一生坚持不懈的爱好，也是她一步步走向成功的不可或缺的重要原因。她嗜书如命，手不释卷，书籍成为她一生形影不离的伴侣，阅读和撰写读书心得也成为她终生坚持的必修课。伍尔夫从小就表现出过人的天赋，天资聪慧，才华横溢。虽然由于父权制度的束缚没有接受过正规的教育，但凭借自己的聪明才智，伍尔夫还是在父亲和家庭教师的指导下，受到了良好的启蒙教育。她在父亲藏书丰富的书房里拼命汲取文学艺术的甘霖，阅读了大量的古今经典书籍，从中获取了许多知识，养成了酷爱读书和认真思考的良好习惯，并且从小就树立了当作家的理想。伍尔夫善于博采众家之长，在广泛阅读中大大提高了自己的文学素养和写作能力，为以后的文学创作奠定了坚实的根基。即使在她创作最繁忙的时候，也总是有计划地抽出时间进行阅读。在她精神沮丧和情绪极不稳定的情况下，也能通过阅读使自己安定下来。她的阅读量十分惊人，涉猎范围极其广泛，小说、诗歌、散文、评论、传记、书信、日记等各种文体，文学、艺术、哲学、历史、社会学、

---

① 弗吉尼亚·伍尔芙著：《伍尔芙日记选》（1927年12月22日），戴红珍、宋炳辉译，天津：百花文艺出版社，2005年，第96–97页。
② 弗吉尼亚·伍尔芙著：《伍尔芙日记选》（1928年10月27日），戴红珍、宋炳辉译，天津：百花文艺出版社，2005年，第108页。

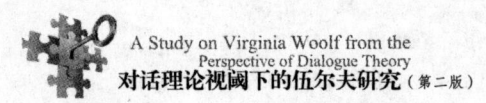

逻辑学、伦理学和自然科学等广泛领域，都是她阅读和学习的对象。她不仅能通过阅读看到别人作品的闪光点，更重要的是能通过自己的分析评判，找到其中的不足，进而提出自己的看法，并将从读书中获得的感悟写在日记里，或写成书评，再进一步大胆应用到自己的创作实践中。

对于同时代的心理现实主义大师詹姆斯、现代意识流大师乔伊斯、短篇小说家曼斯菲尔德、小说家福克纳等人的作品，伍尔夫更是反复研读、思考和借鉴。在认真研究他们的创作思想和写作风格的同时，在自己的创作中加以批判地吸收。她还撰写了很多随笔散文，成为当时英国著名的文学评论家和散文大师。伍尔夫还以自己对古希腊、法国、俄国和英国文学的领悟为参照，全面审视了美国文学，从文学的原创性、创作方法和整体性等多个层面、多个视角评析了美国著名作家的作品，剖析了他们在创作上的特点和局限性，指出了美国文学的出路。

伍尔夫对阅读的态度是放飞独立自由的心灵，不受任何观念的羁绊，不迷信任何权威，凭借自己的头脑做出判断，得出自己的结论。她在《我们应当怎样读书?》中写道:"一个人能给另一个人提出的关于阅读的唯一建议，就是不要听取任何建议，而只须依据自己的直觉，运用自己的理性，得出属于你自己的结论。"① 伍尔夫告诫青年，不要迷信权威，要在阅读中享受充分的自由，强调独立思考。她认为:"我总以为书读得精细些并不为过，字里行间、每一个暗示都该看得真切些，显见的意思只是表面现象而已。"② 伍尔夫不仅爱读书，而且读得十分精细和认真，因此她才能够深入作者的内心世界，感悟作品所表达的最高境界，挖掘其更深刻的内涵。敏感的心灵赋予了伍尔夫敏锐的洞察力；睿智深邃的大脑赋予了她丰富的想象力；她博览群书，像蜜蜂一样贪婪地汲取营养，使得她在创作生涯中有了丰富雄厚的积淀。"读书破万卷"，才可能"下笔如有神"。正是由于不断地日积月累，伍尔夫才能以神来之笔，厚积薄发，写出一部部含意深远、优美动人的惊世骇俗之作。在伍尔夫的生命航程中，她一只手挡住命运接二连三的袭击，另一只手在稿纸上记下自己对这个世界的感悟和思考，利用文学创作释放内心狂热的激情，取得了一般健康人都难以企及的文学成就，为后世留下了不朽的

---

① 弗吉尼亚·伍尔芙著:《伍尔芙随笔全集》I，石云龙等译，北京：中国社会科学出版社，2001年，第466页。
② 弗吉尼亚·伍尔芙著:《伍尔芙日记选》(1918年8月19日)，戴红珍、宋炳辉译，天津：百花文艺出版社，2005年，第5页。

著作和宝贵的精神财富,成为20世纪英国著名的小说家、散文家和文学评论家。

3. 热爱写作

如果说伍尔夫一生的三大爱好是读书、创作和写日记的话,那么阅读和写日记则是为创作服务的,创作是她生命的核心和全部。伍尔夫热爱创作,视写作为自己的生命。兴趣好比发动机,成为前进的动力源泉,从而树立信心和勇气;兴趣能激发人的好奇心和好胜心,令人产生强烈的追根究底欲望,追根溯源,不达目的决不罢休。伍尔夫从小聆听父亲的教诲,并且在父亲的感召和指引下,对文学和写作产生了浓厚的兴趣,对读书和写作的热爱达到了痴迷和癫狂的程度,由此产生了强烈的创作欲望和无穷的动力,促使她在创作的道路上不怕任何困难险阻,披坚执锐,义无反顾地攀登一座又一座高峰。伍尔夫在日记中写道:"我想到我生命的构成真是玄秘而深奥:只有写作才能将它变成一个整体。"① 她把写作看成是自己生命最好的表现形式,认为只有写作才能真正显现自己生命的全部意义。

"《一间自己的房子》在出版之前得非常认真地校对一遍。因而我一头扎入伤感之湖中,上帝呀!那湖水有多么深呀!我竟是一个天生的忧郁症患者。令我清醒的唯一办法是工作。在这个夏天里,我想接受尽量多的工作。……只要一停止工作,我就感到自己好像在下坠。"② 尽管在创作的过程中会遇到各种困扰、烦恼,甚至疾病,但伍尔夫却总是不屈不挠,勇敢地面对各种挑战,把创作看成是人生最大的乐趣和追求。她在日记中写道:"此书使我沉入大脑最兴奋处,使我充满活力,我可以创作、创作、再创作,这是人世间最快乐的感受。"③ 伍尔夫认为,如果没有写作,生命便毫无意义。她在日记中记述了自己疯狂写作的精神状态:"只沉湎于这一闹剧的写作所带来的纯粹的喜悦之中,直写得头隐隐作痛,像一匹只得暂作休息的精疲力竭的马。昨晚服了些安眠药入睡,药力将早饭也搞砸了,连鸡蛋都没有

---

① 弗吉尼亚·伍尔芙著:《伍尔芙日记选》(1933年5月31日),戴红珍、宋炳辉译,天津:百花文艺出版社,2005年,第165页。

② 弗吉尼亚·伍尔芙著:《伍尔芙日记选》(1929年6月23日),戴红珍、宋炳辉译,天津:百花文艺出版社,2005年,第119页。

③ 弗吉尼亚·伍尔芙著:《伍尔芙日记选》(1924年12月13日),戴红珍、宋炳辉译,天津:百花文艺出版社,2005年,第56页。

吃完。"① 伍尔夫一旦进入写作状态，便似乎忘记了自己躯体的存在，只剩下灵魂在小说的场景中纵横驰骋。好友的相继去世使伍尔夫感到悲痛，精神沮丧，甚至对死亡充满疑惑，但只要她投入写作，便会忘掉一切烦恼和恐惧。"我再次进入写作所带来的超越时间、超越死亡的那种洋洋得意的境界。……我们超越了它。"② 生命的无常和脆弱使伍尔夫更加认识到生命的可贵，促使她必须与生命赛跑，更加勤奋地创作。第二次世界大战的爆发，彻底打乱了伍尔夫的写作计划，摧毁了她的灵感和生的欲望。她觉得不能创作，生命就失去了意义，所以她最后选择了死亡。

英国诗人和戏剧家约翰·德赖登曾有一句名言：疯狂几乎可以和天才联姻。这似乎有一定的道理，天才必然会有非凡过人之处，同时也必然有不同于常人的性格，甚至怪癖。伦纳德就认为，伍尔夫的天才与她的不稳定精神状态有着一定的联系。在她的小说中，充满着创造性和奇特的联想，这是一般人难以企及的。伍尔夫也认为，自己的病症有点神秘，在精神不稳定的状态下，自己的脑海中常常会出现各种幻觉或意象，如飞蛾、灯塔等，并由此产生一系列的联想，孕育着新的创作意图或某些小说场景。这些"奇思异想"就像破茧而出的飞蛾在眼前飞舞，进而让伍尔夫产生创作的冲动。如果没有如此执着的追求和"才下眉头，却上心头"的苦思冥想，就不可能产生诸多灵感。如果她没有如此强烈的创作欲望和锲而不舍的精神，也许她早就被疾病折磨得丧失了生活的勇气和信心，甚至很可能会更早离开人世。伍尔夫正是在创作的激励下，浑身充满能量，产生了无穷的力量，使她勇敢面对疾病的纠缠，克服一个又一个困难，终于取得了正常人都难以企及的辉煌成就。

为了不影响写作，伍尔夫放弃了做母亲的权利。她在日记中写道："我现在几乎不想要个孩子。我欲壑难填，渴望在死之前能写出一些东西，生命的短暂和无常的致命感受使我紧紧地维系在自己的港湾，像一个落入大海的人，紧攀在礁石上。……也许我本能地扼杀了母亲的感受，也是本性使

---

① 弗吉尼亚·伍尔芙著：《伍尔芙日记选》（1927年10月22日），戴红珍、宋炳辉译，天津：百花文艺出版社，2005年，第93页。
② 弗吉尼亚·伍尔芙著：《伍尔芙日记选》（1934年9月18日），戴红珍、宋炳辉译，天津：百花文艺出版社，2005年，第179页。

然。"① 为了自己所钟爱的事业,伍尔夫忍痛割爱,渴望在短暂的生命历程中创作出更多更好的作品,便决然地放弃了生孩子的打算,专心致志从事写作。

每当开始构思一部新的作品,伍尔夫都会激动兴奋不已,心中充满信心和跃跃欲试的激情。她的情绪在创作过程中会随着写作进展时而高兴,时而沮丧;当作品完成之后,再重新审视自己的作品时又常常感到问题多多,惨不忍睹。最令她记忆深刻的是创作《岁月》所经历的种种磨难。她在日记中描述自己的痛苦:"好一天,坏一天——生活就是这么延续着,很少有人像我一样忍受着写作的煎熬。"② 当她读到《岁月》清样第一部分的结尾时,突然感到绝望:"太糟了,毫无疑问,我准得像只死猫那样,丧气地将稿子拿给伦纳德,告诉他别读了,烧掉吧!"③ 紧接着又因修改《岁月》把自己弄得焦头烂额,苦不堪言。到了11月10日,她再次在日记中诉苦:"我不知是否有人在一本书上遭这么多的罪,能与我《岁月》的写作相比。一旦完成,我就不想再看它一眼了,它像一个漫长的分娩过程。"④ 20天后,伍尔夫的心情开始阴转晴:"在我看来,没有任何必要为《岁月》感到不快,我终于觉得成功了。无论如何,它是一部严谨、真实、竭尽全力而完成的作品。……我认为它包含了更多真实的生活,更加有血有肉。……我向那个非常忧郁的女人——我自己——表示了祝贺。"⑤ 这种反反复复的情绪起伏所带来的精神压力和痛苦是外人难以想象的。创作就像母亲怀孕一样,总要经过初期的喜悦,接着便是忍受怀孕所引起的各种身体上的不适,最后还要经过分娩前的阵痛,婴儿才会呱呱坠地。"现在我要竭力将这写作的马车拉过这段崎岖的路面,所以似乎没有休息的时候,也没有结束了的感觉。我总是

---

① 弗吉尼亚·伍尔芙著:《伍尔芙日记选》(1927年12月20日),戴红珍、宋炳辉译,天津:百花文艺出版社,2005年,第95页。
② 弗吉尼亚·伍尔芙著:《伍尔芙日记选》(1936年6月23日),戴红珍、宋炳辉译,天津:百花文艺出版社,2005年,第199页。
③ 弗吉尼亚·伍尔芙著:《伍尔芙日记选》(1936年11月3日),戴红珍、宋炳辉译,天津:百花文艺出版社,2005年,第200页。
④ 弗吉尼亚·伍尔芙著:《伍尔芙日记选》(1936年11月10日),戴红珍、宋炳辉译,天津:百花文艺出版社,2005年,第202页。
⑤ 弗吉尼亚·伍尔芙著:《伍尔芙日记选》(1936年11月30日),戴红珍、宋炳辉译,天津:百花文艺出版社,2005年,第202-203页。

凭直觉控制自己,没有压力就无法生活。"① 伍尔夫总是不断地给自己施加压力,刚刚结束一部小说的创作,下一部小说就已经在她的脑海中开始酝酿,于是她又要全力以赴投入新的创作中。

伍尔夫的一生是战胜疾病困扰,克服各种困难和外界干扰,取得一个又一个伟大成就的一生。一个严重疾病缠身的柔弱女性在短暂的创作生涯中居然取得如此伟大的成就,完成了健康人都难以完成的勋业,用自己的创作向人们阐释了生命的价值和意义。正是对创作的无比热爱给了伍尔夫以坚定不移的信念和力量,使一个羸弱多病的女子内心蕴藏着巨大的能量,变得如此强大,令后来者赞叹敬佩。

4. 善于继承,勇于创新

伍尔夫思想解放,特立独行,极富批判意识和创新精神,终生以探索和求变为己任。她尊重传统文化,同时始终保持怀疑和批判的精神,不断探索、试验、创新。伍尔夫的一生就是不断探索、不断实践、不断创新的一生。

伍尔夫从小受到传统规范的熏陶,早年曾经希望作为一个循规蹈矩的知识分子,在父亲的文艺圈内占有一席之地。但她毕竟是思想敏锐、才华横溢且富有叛逆精神的年轻人,又恰逢19世纪末20世纪初文学艺术发展的变革时期,她不甘于平庸寂寞,不愿意随波逐流。第一次世界大战结束以后,世界经济长期低迷萧条,阶级矛盾激化,社会动荡不安,在人们的心目中普遍出现了信仰危机和道德滑坡。社会意识形态的变化和文学艺术自身的发展需要一种全新的思想和表达方式,以适应新时代的需求。伍尔夫虽然是吸吮传统文化的乳汁长大的,但却已经深切地感受到了维多利亚时代的陈腐文学风气难以满足现代人对文化生活的需求,并立志在继承传统的基础上努力寻找新的出路,树立文坛新风。最初的两部长篇小说《远航》和《夜与日》出版以后,面对布鲁姆斯伯里团体中一些成员的质疑和批评,伍尔夫清醒地认识到,新的文学理念和创作方法的出现不可能一蹴而就,需要付出艰苦的努力,不能急于求成。她在日记中记录道:"尽管如此,我不承认自己悲观无望。只是现在的时局怪得很,现有的答案不适用了,须得找个新的答案。而

---

① 弗吉尼亚·伍尔芙著:《伍尔芙日记选》(1937年3月12日),戴红珍、宋炳辉译,天津:百花文艺出版社,2005年,第206页。

当新的答案还未被确认时，急于将旧的东西抛弃就有点悲哀。"① 伍尔夫虽然认识到物质主义传统的弊端和局限性，开始探索新的创作思路，但同时并没有全部否定旧有的文学理念和写作方法，希望通过对传统文学的扬弃来探索新的形式和方法。探索和创新的道路向来都是不平坦的，她在黑暗中苦苦寻找着文学的出路："心中六神不宁，或是其他原因吧，阻碍我面对一张白纸冥思苦索。我仿佛是迷途的孩子，在房间周围徘徊不停，一屁股坐在台阶上失声痛哭了起来。"②

伍尔夫在困难面前没有退缩，却有着"明知山有虎，偏向虎山行"的执着和闯劲。她首先通过短篇小说《墙上的斑点》《邱园记事》《未完成的小说》等进行实验，尝试打破传统小说追求故事情节新奇完整的结构模式，运用象征、意象、隐喻、联想、独白等全新的创作理念，积累了一定的经验，然后将其大胆推广到长篇小说《雅各的房间》中，并在探索实践中不断加以修正、补充、移植和发展。"今天下午我终于设想出一部新小说的新表现手法。例如在小说中，一个事件可以从另一个事件中脱胎而出，演绎出不止 10 页，而是 200 页或更多一些的篇幅来，这不是可以显示出这样一种形式吗？即结构松散，可以包容一切，同时更接近主题，却又能保持形式和节奏的不变。而这种形式正是我所企求的。令我怀疑的是，这种形式究竟能包容多少人类情感呢？我是否对这种形式很有把握，并能将之编织进小说中去？我想这一次一定迥然不同，不要搭框架，也看不见一块砖，一切都要朦胧模糊，只有内心真实的激情与幽默，像火一般在薄雾中闪烁。然后我会恰当地安置一切内容，它们欢快而跳跃，迈着轻盈的步子走进我温柔的心田。对这些到底有没有把握？仍是我心中解不开的结。……《墙上的斑点》、《邱园记事》和《未完成的小说》手挽手地跳起舞来，这一体验究竟怎样还有待分辨。……一个作者是否胸襟宽广、张弛有度，给小说提供庇护而不重蹈乔伊斯和理查逊的覆辙，不使小说受作者自我的约束而变得狭隘？……不管怎样，我仍需不断摸索并付诸实验。今天下午我已看见了一线曙光……我

---

① 弗吉尼亚·伍尔芙著：《伍尔芙日记选》（1919 年 3 月 27 日），戴红珍、宋炳辉译，天津：百花文艺出版社，2005 年，第 8 页。
② 弗吉尼亚·伍尔芙著：《伍尔芙日记选》（1919 年 12 月 5 日），戴红珍、宋炳辉译，天津：百花文艺出版社，2005 年，第 16 页。

想,构思的顺利表明,肯定有条新的路可走。"① 通过创作短篇小说,她积累了相当丰富的经验,并通过《雅各的房间》的成功实践,进一步增强了创作的勇气和信心。

伍尔夫每完成一部小说,头脑中便会形成一些新的想法,并利用这些新的创见酝酿下一部小说。伍尔夫深刻地认识到改革和创新的必要性和紧迫性,她在日记中写道:"我今年已50岁了,但还刚开始摆开了姿势,想心无旁骛地、不偏不倚地将我的箭矢发射出去……这种想法缠住了我。这些是心路历程上的变化,我不相信年纪的老化,我相信永无休止地调整面对太阳的角度,因而我充满了信心。"② 虽然这时伍尔夫已经创作了《达洛卫夫人》《到灯塔去》《海浪》等巅峰之作,但她仍然不改初衷,继续求变创新,满怀信心地向着自己既定的目标奋勇前进。

虽然伍尔夫把创新视为生命,但对待当时流行的现实主义文学传统却不是一味否定,因为她清楚地知道,创新绝非无源之水、无本之木。割断历史,创新就无从谈起,任何创新都是建立在传统文化的基础之上,否则只能是空中楼阁。她不是不分青红皂白地一概否定或一概继承,对自己的改革创新也不是随心所欲地标新立异。她主张把内容和技巧都融于艺术形式之中,使其成为不可分割的整体。在她的心目中,最为重要的文学内容就是现代人特殊的心理感受。因此,她在各种文学传统中不断寻找和继承适合于表现人物内心世界的情感和思想的因素,摒弃和改造不适合表达这种内容的旧方式,从而为创立新的理论和观念开辟道路。继承、改革和创新都必须围绕着有利于表现人物内心世界这一个中心。从伍尔夫的日记、小说、散文和书信中,我们就可以清楚地看到她的继承和创新之路。

《雅各的房间》《达洛卫夫人》《到灯塔去》《海浪》等长篇小说作为伍尔夫的代表作,使她在文坛牢牢地奠定了自己的地位。但功成名就的伍尔夫并没有因此而停止创新的脚步,而是一再表示"要更实在、更踏实地面对生活。我不会变得'著名'、'伟大',我要继续冒险,继续改变,开阔眼界,拒绝被人践踏,拒绝墨守成规。重要的是要释放自我:让它不受制约地

---

① 弗吉尼亚·伍尔芙著:《伍尔芙日记选》(1920年1月26日),戴红珍、宋炳辉译,天津:百花文艺出版社,2005年,第17-18页。
② 弗吉尼亚·伍尔芙著:《伍尔芙日记选》(1932年9月2日),戴红珍、宋炳辉译,天津:百花文艺出版社,2005年,148页。

找到自己的空间"①。伍尔夫把探索和创新视为一种冒险,不断求新、求变是她一生奋斗不息的真实写照,生命不息,创新不止!在考虑《岁月》的创作时,伍尔夫写道:"我必须大胆地冒一次险,我想把整个现代社会的一切一点不落地都写出来。既有现实也有想象,而且将两者结合起来。……它将力争达到相当的宽广度,将集讽刺、喜剧、诗歌、小说于一体,该用什么形式把它们捏在一起?我是否应该纳入戏剧、书信或几首诗歌?……它不是说教,应该包容数不清的观点——历史、政治、女性、运动、艺术、文学——总之,它将概括我所有认识和感受到的,鄙视和嘲笑的,喜爱与推崇的,以及憎恨的所有方面。"② 从这则日记中可以看到,伍尔夫希望把真实现实世界的各个方面都一览无余地呈现在读者面前。为了达到这个宏伟的目标,她认为应用单一的写作方法显然无法完成使命,还必须综合多种文体的表现力来进行创作。

综上所述,伍尔夫的个性和品质是她获得成功的根本原因,但她毕竟生活在现实生活中,其成长过程和创作活动必然也受到外部环境的影响。

二、伍尔夫的人生际遇

辩证唯物主义认为,一个人的成长能否取得成就,首先决定于个人的性格、修养和品质等内在素质,同时也离不开外部条件的共同作用。纵观伍尔夫的一生,她从少年时代起就屡遭不幸,曾因亲人的去世数度精神崩溃,她的一生都生活在阴影和痛苦之中。连她自己都发出愤怒的感叹:"人类给人施加折磨上真是太别出心裁了。"③ 但在生活和创作道路上她却又是幸运的,这些沉重的打击磨砺了伍尔夫坚忍顽强的性格和面对困难的勇气。但外部机遇也是伍尔夫前进道路上的助推剂,是她走向成功不可缺少的重要因素。

1. 优越的家庭环境和文化氛围

伍尔夫生长在一个衣食无忧的贵族知识分子家庭,这不仅为她的学习和

---

① 弗吉尼亚·伍尔芙著:《伍尔芙日记选》(1933年10月29日),戴红珍、宋炳辉译,天津:百花文艺出版社,2005年,第169-171页。
② 弗吉尼亚·伍尔芙著:《伍尔芙日记选》(1933年4月25日),戴红珍、宋炳辉译,天津:百花文艺出版社,2005年,第159-160页。
③ 弗吉尼亚·伍尔芙著:《伍尔芙日记选》(1932年8月20日),戴红珍、宋炳辉译,天津:百花文艺出版社,2005年,第148页。

创作提供了物质上的保证，学识渊博的父亲的谆谆教诲更是使她从小养成了热爱学习和酷爱读书的良好习惯。虽然由于父权社会的束缚，她失去接受正规教育的机会，但还是在父亲的严格管教下接受了良好的启蒙教育，并聘请了家庭教师，学习了拉丁文、法文、文学、历史、数学等基础知识。特别是父亲书房里的大量藏书成为伍尔夫最好的老师，读书成为她少年时代最幸福的事情。少年伍尔夫如饥似渴阅读的大量古今世界名著，启迪了她的心智，激发了她学习的热情。伍尔夫增长了知识，并因此树立了将来当作家的远大理想。少年时代是一个充满幻想和憧憬的时代，也是精力旺盛和记忆力最好的时期，更是养成良好生活和学习习惯的重要阶段。伍尔夫正是抓住了这个人生成长的关键时期，贪婪地游弋于知识的海洋中，拼命汲取文学、艺术、哲学、历史学等多方面的营养，为以后的发展打下了坚实的基础。此外，她父亲与当时许多著名学者、作家交往甚密，托马斯·哈代、约翰·罗斯金、乔治·梅瑞狄斯、埃德蒙·戈斯、斯蒂文生、亨利·詹姆斯等都是他家的座上宾。伍尔夫从小耳濡目染，经常聆听文学大家的高谈阔论，从他们的交谈中学到了不少知识，受到多方面有益的启迪，获益匪浅。这种优越的文化氛围和潜移默化的影响对伍尔夫以后的成长和发展都是十分重要的。

2. 布鲁姆斯伯里文艺沙龙

1905年，伍尔夫有幸参加了布鲁姆斯伯里文艺团体，这是她走上创作道路的第二个重要机遇。在这个崇尚自由平等和思想解放的文学艺术沙龙中，年轻的伍尔夫如鱼得水，广泛接触了文学、绘画、哲学、政治、历史、科学、经济学等各种领域的知识精英。这个精英群体抨击社会弊端，畅谈人类生活中的各项重大问题，自由探讨文学艺术的原则。伍尔夫在思想、知识等方面都获得了极为丰厚的收获。她的一些小说创新理论就是受这个团体的重要成员罗杰·弗莱和克莱夫·贝尔的影响而创立的。摩尔和罗素的哲学思想也给她以很大的启迪。年轻的伍尔夫正是在这个文艺沙龙中结识了许多趣味相投和志同道合的朋友，受到了诸多方面的教益，视野和心胸大为开阔，增长了多方面的知识和才干，思想上受到了很多的启发。这些收益都是在课堂上或书本中难以获得的，从而更加坚定了她从事文学创作的信心。

在以后的创作生涯中，这个文学沙龙中的许多真诚热情的朋友们给予了伍尔夫多方面的鼓励和支持，关注着她的每一步成长。前面已多次提及的罗杰·弗莱、姐姐凡尼莎和姐夫克莱夫·贝尔、利顿·斯特雷奇以及后来成为她丈夫的伦纳德等,对她的影响都不能忽视。伍尔夫也经常征求朋友们的意见和建议,并且十分尊重他们及他们对自己作品的看法。如果没有在布鲁姆斯伯里文学团体所受到的启迪和许多朋友的大力支持,很难想象伍尔夫在自己的创作道路上能够如此坚定和执着,并取得如此辉煌的成就。

3. 志同道合的人生伴侣

伍尔夫人生道路上的第三次重要机遇当数她结识了剑桥大学毕业的当时还不太有名气的伦纳德·伍尔夫。伍尔夫不仅才华出众,而且容貌端庄秀丽,仰慕者趋之若鹜。她的前男友利顿·斯特雷奇出于对她的关心和敬佩,把她介绍给刚刚加入布鲁姆斯伯里文艺沙龙的犹太青年伦纳德·伍尔夫。当时伦纳德还在锡兰(即现在的斯里兰卡)工作,回国休假期间在布鲁姆斯伯里团体的聚会上,两人得以相识,并很快成为志趣相投的知心朋友。伦纳德十分同情伍尔夫的不幸遭遇,爱慕她的诚恳和率真的品格,也被她美丽的容貌和高雅的气质所吸引,更崇拜她的聪慧和才华,庆幸彼此在思想和志趣上的相知,于是便大胆向这位高贵的小姐表白了自己的爱情。伦纳德的坦诚感动了伍尔夫,她认为自己真正遇到了志同道合的伴侣,因而满怀喜悦地接受了伦纳德的求婚。伍尔夫无视门第的高低,不计较财富的多少,便毅然地嫁给了这个"身无分文的犹太人"。共同的理想和追求使这两位青年才俊走到了一起,1912年8月两人结为伉俪,成为终身伴侣。伍尔夫的外甥昆汀·贝尔在《弗吉尼亚·伍尔夫:一部传记》中认为,伦纳德与伍尔夫的结合是天作之合,并写道:"她同意与伦纳德结婚,'这是她毕生最为明智的决定'。"① 以后的事实证明,这的确是一桩最为美满的婚姻。婚姻生活与文学事业的紧密结合,不仅使伍尔夫的精神状态大为好转,而且在丈夫的大力支持和生活上无微不至的关怀下,伍尔夫彻底消除了后顾之忧,全心全意地投入她心爱的创作中,成为那个时代红极一时的著名作家。尽管这是一种无性的婚姻②,但伦纳德却以自己博大的胸怀和无限的爱理解妻子。与志同道合相比,其他一切都不能成为两人之间相亲相爱的障碍。可能是由于创作第一部小说《远航》精神压力过大和劳累过度,也许是一贯特立独行的伍尔夫还不适应婚后的生活,1913年夏天,伍尔夫精神崩溃,并吞服了100

---

① 瞿世镜著:《意识流小说家伍尔夫》,上海:上海译文出版社,2015年,第27页。
② 伍尔夫由于青少年时期遭到过性骚扰,心理有一定的创伤。

片安眠药企图自杀。幸亏伦纳德及时发现,并紧急将她送往医院救治,才救回了她一条性命。伍尔夫患的是一种躁郁症,只要精神过度紧张或情绪过于激动,就会出现头痛、恶心、心跳加快、浮想联翩、心神恍惚和焦虑不安等症状,严重时会语无伦次,拒绝进食,甚至出现幻视幻听或暴力倾向。伦纳德从不嫌弃自己患病的妻子,而是一如既往地照顾她、爱护她。

在伍尔夫生病期间,伦纳德没有接受朋友或医生将她送进精神病院治疗的建议,而是遵从妻子的意愿,在自己家中亲自照料,时时处处关心和照顾妻子。这次发病后,经过长达八九个月的疗养和恢复,伍尔夫才逐渐有所好转,但情绪仍然时好时坏,一直到1915年年底才趋于康复。在那些漫长岁月里,伦纳德充分展现了自己的宽厚仁爱和无私奉献的精神。长期的治疗几乎花光了他们所有的积蓄,经济上十分拮据。为了应付这种捉襟见肘的困难局面,伦纳德还不得不做一些兼职工作以贴补家用。为了满足妻子的愿望,摆脱出版社编辑们的挑剔和刁难,缓解和调节妻子的精神状态,伦纳德于1917年在伦敦创办了霍加斯出版社。夫妻二人学习排版和印刷技术,并开始出版一些书籍。出版社紧张而有节奏的工作不仅给他们夫妇带来了经济上的收入,更重要的是让伍尔夫的精神状态日渐好转。从此,伍尔夫的创作不再受到外界的干扰和编辑们的刁难,可以放开手脚,想写什么就写什么。一位史学家曾经这样写道:"自己来出版不仅是一种医疗手段,它还是她的救星,使她成为一个艺术家——放手来写出自己离经叛道的作品。"①

除此之外,伦纳德还要忍受妻子的种种怪僻和喜怒无常。他任劳任怨,始终竭尽全力照顾着自己的娇妻。即便是已经成为颇有名气的政论家、小说家和正直热心的社会活动家,伦纳德仍然全心全意地照顾妻子,并鼓励和支持妻子坚持走文学创作的道路。为了保证伍尔夫的身心健康,伦纳德为她规定了工作时间,限制宾客的访问,以免她疲劳过度,给身体造成不适。他还专门为伍尔夫制订她爱吃的食谱,以保证她有足够的营养。伦纳德长期的无私奉献使夫妻感情和思想达到了水乳交融的美好境界,他们配合默契,相得益彰,像一对谁也离不开谁的鸳鸯,为了同一个目标同舟共济,共同奋斗。伦纳德不仅是伍尔夫生命中的保护神和生活中的依靠,而且是她作品的第一个,也是最忠诚的读者,总是及时给予赞赏、鼓励和提醒。当外界的评论家

---

① Sally Dennison: *Alternative Literary Publishing: Five Modern Histories*, Iowa City: University of Iowa Press, 1984, p. 73.

提出批评时，作为丈夫的伦纳德也总是及时给予她最贴心的安慰和鼓励。他是唯一可以评价其作品而不会引起她不安的人。

伦纳德不仅是伍尔夫生活中的保护神和文学道路上的支持者，而且还是伍尔夫社会生活中的指导者或领路人。正是在伦纳德的引导和鼓励下，伍尔夫更加积极地参加妇女解放运动，关心下层民众的疾苦，支持伦敦铁路工人的大罢工，反对各种暴力行为，大胆抨击父权统治和各种社会弊端。他始终和伍尔夫一起，通过文学和批评介入公共领域，推动对野蛮专制、武力强权和狭隘民族主义的批判，以及对人性与文明的深入探究。

当德国法西斯的飞机把他们的别墅和出版社夷为平地，夫妻俩躲在地下室避难时时受到死亡威胁的时候，伦纳德几乎寸步不离地伴随和守护着妻子。当伍尔夫的声名超过伦纳德的时候，社会上一提起伍尔夫，人们想到的不是伦纳德而是弗吉尼亚·伍尔夫，伦纳德对此不仅没有丝毫的妒忌，反而为自己妻子所取得的成就感到由衷的高兴，甘愿成为一颗璀璨明星的守护者。从1915年到伍尔夫自杀前这25年期间，是她创作的高峰期，也是她一生最为繁忙的时期，伍尔夫的大部分作品都是在这一时期完成的。虽然也经常因工作压力而感到体力不支，出现头痛、忧郁、焦虑不安等症状，甚至精神几近崩溃，但她都顽强地挺了过来，不断迈向新的征程。如果没有丈夫贴心的呵护、真诚的爱和鼓励支持，伍尔夫很难取得如此显赫的成就，甚至很难想象她能否维持正常的生活。正是伦纳德给了伍尔夫无穷无尽的精神力量和无私的爱，使她毫无顾忌地冲破生活上、创作上和精神上的重重障碍，不断披荆斩棘，让一部部新作如雨后春笋般喷涌而出。因此，从某种意义上讲，如果没有伦纳德倾其全力的照顾、辅助和无边无际的爱，也许就不会有20世纪文化思想史上那颗灿烂的明星——弗吉尼亚·伍尔夫，甚至连她的生命能走多远都很难确定。

1940年，第二次世界大战的炮火已经漫延整个欧洲，旷日持久的空袭使伦敦几乎变成一片废墟。残酷的战争彻底碾碎了伍尔夫的人生理想，彻底打乱了伍尔夫的正常生活，炮火的轰鸣和死亡的威胁已经无法容纳一张小小的书桌，时时扰乱她的心神。在东躲西藏的逃难过程中，伍尔夫还是坚持完成了她最后的绝唱《幕间》。这时她似乎感到自己的灵感和激情慢慢燃尽。没有了创作的冲动，生命还有什么意义呢？她在1940年的一篇日记中极其悲观地写道："生命的终结倒给日常随和的生活带来了些生气，甚至是些喜气和无畏。昨天我就想过，这段日子或许会是我生命中最后的一段旅程。……我想象不出还能活到 1941 年 6 月 27 日。"① 看来伍尔夫的自杀绝非一时的冲动,而是经过了相当长时间的思想斗争后才做出的决定。长时间的精神压力和对战争的痛恨,以及对人类命运和前途的担忧绝望,使她失去了生活的勇气。在这种情境下,伍尔夫的精神状态也每况愈下,已经到了崩溃的边缘。为了不给丈夫带来更多的麻烦,她决定以自杀的方式来结束自己的一生。

伦纳德无怨无悔地守护了自己的爱妻 29 年,但最终仍然没能留住妻子的性命,她还是一个人走了,而且走得那么决绝,那么匆忙!伦纳德承受着巨大的悲痛,把妻子的骨灰安放在院子里一棵大树下,其墓志铭就是妻子的小说《海浪》尾声的一段话:"哦,死亡啊,我要一直向你猛扑过去,永不服输,永不投降!"② 显然,伦纳德认为,这就是妻子一生不向命运低头而不懈奋斗的最好写照。几个月后,在伦纳德的努力下,伍尔夫最后的绝唱《幕间》出版,扉页上是伦纳德留给妻子的一句话:你说过我们要一起死的,你失信了,可我还得陪着你和你的文学。伦纳德对爱情的忠贞谱写了一曲动人的爱情哀歌,让人潸然泪下!伍尔夫虽然离开了这个世界,但她的丈夫还一直不遗余力整理和发表她留下的书稿,继续着她未竟的事业,继续证明着弗吉尼亚·伍尔夫的存在和价值。

机遇向来偏爱那些有准备的辛勤耕耘者,正所谓几分耕耘就会有几分收获。如果不付出巨大的努力和辛苦,再好的外部机遇也会形同虚设,甚至一文不值。伍尔夫以超乎常人的毅力付出了巨大的艰辛,不懈地与命运抗争,紧紧抓住难得的机遇,终于获得了丰厚的回报。这种精神至今令人扼腕叹服,永远值得我们效仿和学习。

每当笔者阅读伍尔夫的作品时,就会不由自主地想起照片中所展示的那张熟悉的面孔。她的容貌是那么的端庄美丽,气质是那么的温文优雅;宽阔的前额彰显出她的聪明和睿智;高挺笔直的鼻梁和轮廓分明的嘴唇,透露出一种刚毅和坚强;一双深陷的眼睛总是投射出忧郁和深邃的目光;一头漆黑散乱的头发令人想起她不拘一格的性格……她优雅的风度既有天赋的成分,更是由后天的文化陶冶和修养所造成。一颗闪闪发光的明星陨落了,斯人已

---

① 弗吉尼亚·伍尔芙著:《伍尔芙日记选》(1940 年 6 月 22 日),戴红珍、宋炳辉译,天津:百花文艺出版社,2005 年,第 232 - 233 页。
② 弗吉尼亚·吴尔夫著:《海浪》,吴均燮译,北京:人民文学出版社,2003 年,第 232 页。

去,世界文学界为之惋惜!我们仿佛仍然能看到,在茫茫的黑夜中她独守青灯黄卷奋笔疾书的身影,又仿佛能看到她在夏日的傍晚沿着花园小路一边散步一边自言自语地构思和诉说小说中人物的情景。通过阅读她的小说、散文和日记,我们依然能感受到她的艺术生命在涓涓流淌。她那些光辉著作中所表达的深邃的思想,对人生和宇宙富有哲理的思考,为后人留下了一笔宝贵的精神财富,阅读这些不朽的作品给人们留下了诸多的启示和思考。特别是她那种勇往直前和顽强坚忍的意志,不断探索和锐意创新的精神,更是后世的楷模。

第二节 伍尔夫的多重性格与精神疾病

伍尔夫生活在一个子女众多、关系复杂的大家庭中,父母亲在结婚前都曾有过一次婚姻,父亲与前妻有一个女儿,母亲与前夫有三个孩子。父母结合后又生下四个孩子。不同性别、不同年龄、不同性格和不同血缘关系的兄弟姐妹之间的矛盾与冲突,再加上父亲的粗暴和严重的父权思想,使幼小的弗吉尼亚天性受到压抑,很少感受到童年自由自在的幸福。她在创作《存在的瞬间》(*Moments of Being*)中曾这样描述道:"我觉得自己就像一只不幸的小鱼与一只巨大而骚动的鲨鱼关在同一个水槽里。"[①] 从某种程度上说,伍尔夫是上帝的弃儿。亲人的相继去世,给年少的伍尔夫带来了难以承受的巨大打击,给她的心灵造成了永远无法愈合的创伤,以致她多次暴发严重的精神疾病,终生饱受痛苦的折磨。伍尔夫始终没有走出父母死亡的阴影,常常在心情不好或精神错乱时产生幻听幻觉,在精神错乱中与逝去的亲人相聚。成年后的一些同道好友也相继离世,在精神上又给了她很大的刺激。进入中年的伍尔夫在日记中经常讨论死亡和人生的问题,对人生感到困惑,对死亡充满恐惧。这些外部刺激对伍尔夫的成长和性格的形成都产生了极大的影响。特别是在少年时代,两个同母异父哥哥的多次性侵犯更是在生理和心理上给她造成了极大的伤害,致使她的性格越发脆弱、敏感和孤僻,并由此产生了对异性的厌恶和恐惧,在男性面前常常表现出焦虑和缺乏安全感,严重影响了她以后的婚姻家庭生活。因此,伍尔夫敏感多变的性格、忽冷忽热

[①] Virginia Woolf: *Moments of Being*, London: Harcourt, 1985, p. 105.

的情感，以及精神病都与其不幸的经历有着直接的关系。

正是伍尔夫痛苦的人生经历造就了她性格和情感的多面性：在社交活动中，她有少女般的羞涩窘迫，缺乏安全感，但又不乏大胆泼辣和直言不讳；她兴奋激动之时容光焕发、神采奕奕，但也会经常陷入郁郁寡欢的状态，精神沮丧，疲惫不堪；她是通情达理的，又偶尔有点神经质，甚至反复无常；她如含羞草一般敏感多变，又如玻璃般脆弱易碎；她有时是温文尔雅的，有时又表现得粗鲁尖刻；有时是神志清醒的，有时却又如梦幻般地自言自语；她时而果断坚强，时而非常怯弱，忧心忡忡；她有时诙谐幽默，有时又咄咄逼人，甚至尖酸刻薄，毫不留情地讽刺挖苦别人；她是个勇敢的女权主义者，终生都在为争取妇女的权利而奋斗，但却又常常不惜笔墨嘲讽那些上流社会的女人；她天生丽质，光彩照人，却不修边幅，对衣着服饰很不讲究；她精力旺盛，喜欢社交活动、郊游和在伦敦街头散步，但有时又会一个人漫步田野，沉思默想；她对夫妻生活充满厌恶和恐惧，希望从女性那里寻求关爱和柔情，甚至在相当长的时间内与女友薇塔保持着特殊的感情；她时而自信满满，时而又失望沮丧；一方面常常因作品得到赞赏而沾沾自喜，一方面又在受到评论家的批评时情绪低落，失望沮丧，甚至耿耿于怀；她有时很在乎外界的评论，有时却又对此不屑一顾；当她构思一部作品时常常精神亢奋、豪情满怀，在写作过程中遇到困难和外界干扰时，又表现得消沉和缺乏信心，而当作品完成时又对自己的写作感到失望、不满、焦虑和缺乏自信；她有时显得大胆奔放，有时又极度谦卑，孤芳自赏；她热爱生活，对生命充满希望，但当面对亲人和朋友的去世和自己精神的疲倦时，又会表现出对死亡的恐惧和对生命的不理解，甚至对人生的本质和意义都充满怀疑；她常常怀念自己的双亲对自己的关爱和培养，但有时又抱怨父亲的暴戾、专横和根深蒂固的父权思想对自己的压抑，埋怨可怜的母亲对父权传统的依附和顺从。她一生都在优雅和疯癫、兴奋和焦虑、痛苦与抗争两个极端之间游走。她的性格始终有着互为矛盾的两面——一面阳光普照，一面黑暗无边；时而热情奔放，时而阴云密布，冷若冰霜；一会儿是信心满满，一会儿又灰心丧气，内心充满失望；一会儿觉得生活之路铺满鲜花，转而又感到地狱般的煎熬。这种相互矛盾的多重性格始终贯穿在她的日常生活和创作活动中。对伍尔夫的复杂多变的性格特征，其丈夫伦纳德感受至深，他曾这样生动地加以描绘：

当她身体健康、无忧无虑、心情愉快、兴味盎然、兴奋激动之时，她的脸上容光焕发，具有一种强烈的、几乎非人间所有的美。当她情绪平静、坐在那儿阅读或沉思之时，她依然极其美丽。然而，当紧张、疾病或忧虑之风拂过她的表面，脸上的表情和形态就骤然发生变化，这脸庞依然是美丽的，但她内心的焦虑和痛苦，使这美本身也充满了痛苦。①

昆汀·贝尔认为，伍尔夫的神经错乱和自杀前的幻视幻听，都与其不幸的经历所造成的无法愈合的创伤有关。

伍尔夫的性格和情感状态常常令读者感到困惑不解。她不可救药地依恋姐姐凡尼莎，姐姐与克莱夫·贝尔结婚使她感到了被冷落，甚至采用一种出人意料的极端方式——与姐夫克莱夫调情，以报复姐姐对自己的"无情"舍弃，期望从姐夫身边夺回姐姐的关爱。伍尔夫和凡尼莎，在布鲁姆斯伯里文化圈，始终是关注的焦点，不论生前还是死后，除了她们的艺术才华，还有她们的生活隐私，都一直是人们津津乐道的话题。特别是伍尔夫的复杂多变和相互矛盾的性格特征，以及不同凡响的精神气质和隐秘的内心世界，给后来的研究者带来了不少的困惑和思考。仔细阅读伍尔夫的小说、日记、书信和散文，研究她在每一次成功或失败时心情的阴晴变化，就可以时时感受到她性格的多面性和丰富多彩的精神生活，人们也由此了解到她走向辉煌的内在和外在原因。

第三节　伍尔夫日记中的自我对话

据现有的相关资料证实，伍尔夫从 1897 年也就是她 15 岁时开始写日记，一直持续到 1941 年她去世，虽有中断，但日记写作贯穿了她长达 44 年的生命历程。日记参与伍尔夫自我意识的觉醒与表达，展示了她的主体多样性。日记写作帮助伍尔夫缓解精神压力、对抗精神疾病，有利于她的身心健康。日记帮助伍尔夫记述阅读心得，构思小说的结构框架、设计场景、讨论写作过程中遇到的困难及情绪的变化，思考解决的办法等。日记的日常叙事看似枯燥乏味，但如果拉开重重帷幔，就能发现其中所蕴藏的深刻含义。日

---

① 瞿世镜著：《意识流小说家伍尔夫》，上海：上海译文出版社，2015 年，第 31—32 页。

记是伍尔夫的一面镜子和忠实伴侣,它承载了伍尔夫生命的整个航程,重现了她的生活、情感和思想的成长过程,记载了她的成功与失落、欢乐与痛苦。

伍尔夫会在日记中随感而发,焦虑、抑郁、失望、感伤等情绪经常会弥漫纸上,兴奋、欣喜、希望之情也会跃然笔端。日记是她本真状态的表露,是她一生的心路历程影像。她在 1937 年 2 月 14 日写给薇塔·萨克维尔·韦斯特(Vita Sackville West)的信中表达了对日记的喜爱和依赖之情:"它是最隐秘的藏身之所,是生命中最甜美的声音,若没有它,生命将变得索然无味。……它的存在无比真实,它的缺点也变得十分可爱,因此失去它简直等于自己进了坟墓。"①伍尔夫不仅把日记看成折射自己内心世界的一面镜子,还把它看成认识自我的工具和缓解精神疾病的良药,因此她的日记具有自我建构和自我治疗的功能。

一、伍尔夫日记与自我构建

后结构主义文学批评家凯瑟琳·贝尔西(Catherine Belsey)在其著作《批评实践》中分析了拉康式主体,她认为拉康式主体是"多个主体的合体,这些主体之间可以不一致,甚至彼此矛盾"②。在其早期的日记写作中,伍尔夫发现了写作者的"我"与被写作的"我"的区别,作为作者的"我"与被写对象的"我"相分离,呈镜像关系。日记是她自我主体多元发展的真实写照。1905 年 5 月伍尔夫这样评价日记:"日记像是面镜子,映照出我这 6 个月的生活风貌,应该能够打动人的吧。"③"镜子"作为一个象征意象重复出现在伍尔夫的日记写作中,这也是拉康式自我成长理论的重要组成部分。伍尔夫视这些日记为自我的一面面镜子,将被写的自我与写作者的自我进行分离,能够更直观地发现自我的多面性。在日记中完成自我意识的觉醒之后,伍尔夫在自我构建的过程中进一步认识到自我的多样性。她在 1923 年的日记中写道:"这是另一个我写的日记,她成为整个有机体的灵

---

① Virginia Woolf, *The Letters of Virginia Woolf*, vol. 6, Nigel Nicolson and Joanne Trautmann, eds., New York: Harcourt Brace Jovanovich, 1980, p. 85.

② Catherine Belsey: *Critical Practice*, 2ed edition, New York: Routledge, 1990, p. 61.

③ Virginia Woolf: *A Passionate Apprentice: The Early Journals*, 1897 - 1909, Mitchell A. Leaska, ed., New York: Harcourt Brace Jovanovich, 1990, p. 273.

魂，而我被简化为机器上的螺丝帽。"①在这则日记中伍尔夫把自我分为两个部分，一个是写作的"我"，一个是被写的"我"。1926年伍尔夫回过头来重新阅读这篇日记后评价到："关于灵魂：我为何那时说要释放它呢？我忘记了，但事实是，人无法直接面对灵魂。如果盯着它看，它就消失了。"②伍尔夫把灵魂等同于那个被写的"我"，并认为只有通过写作，才能看到真正的自我，看到自己的灵魂。之后她又写道："心里一直有个不安分的探索者"③，那个不安分的探索者就是伍尔夫作为写作者的自我。

  自我意识成熟之后的伍尔夫逐渐意识到人的多面性、多变性、隐秘性、复杂性和开放性，1935年她写道："最有意思的就属面对不同的自我，有的自我享受外部世界，有的自我探索内心世界，是的，我的确享受。但拥有这么多自我真奇怪——太神奇了！"④这说明她对自己有着极为深刻和清醒的认识。后现代主义文学理论为研究日记这种形式提供了新的视角，尤其是对"我"的本质性把握。日记和书信中的主体"我"不再是固定不变的，而始终处于流动的状态。伍尔夫在日记里承认自我是多样的、不断变化的，她写道："我们是由一块块各种图案的碎片拼凑起来的镶嵌图像，从不同角度看去，呈现不同的面貌。"⑤因此她认为自我主体的构建永远不会结束，总有某些部分是缺失的。但伍尔夫关注的不是其完整性，而是多样性，她认为互补和矛盾构建了一个人真实的主体。伍尔夫认为人的个性都是立体多面的，在不同的时刻、不同的场合和在不同的人面前的表现并不尽相同。在小说里，伍尔夫让所有的人物都享有性格多样性的自由。而在日记里，她同样给予自己这样的自由。

  在小说《达洛卫夫人》中，伍尔夫以多角度和多层次的独特的立体网络结构，从各个不同的侧面来揭示人物性格的多重性和多变性。正是这种多角度和多层次的创作方式，既可以表现人物互相矛盾的多重性格，又能体现

---

  ① Virginia Woolf: *The Diary of Virginia Woolf*, vol. 2, Anne Olivier Bell, ed., New York: Harcourt Brace, 1978, p. 235.
  ② Virginia Woolf: *The Diary of Virginia Woolf*, vol. 3, Anne Olivier Bell, ed., New York: Harcourt Brace, 1980, p. 62.
  ③ Virginia Woolf: *The Diary of Virginia Woolf*, vol. 3, Anne Olivier Bell, ed., New York: Harcourt Brace, 1980, p. 62.
  ④ Virginia Woolf: *The Letters of Virginia Woolf*, vol. 4, Nigel Nicolson and Joanne Trautmann, ed., New York: Harcourt Brace Jovanovich, 1975-1980, p. 329.
  ⑤ Virginia Woolf: *The Diary of Virginia Woolf*, vol. 2, Anne Olivier Bell, ed., New York: Harcourt Brace, 1978, p. 314.

出每一位观察者的不同身份、个性和立场。彼此相互辉映，相得益彰。也只有如此，才可以尽可能深入地发掘人物内心世界的真实情感、思想状态和潜在的意识流动。在邻居看来，达洛卫夫人是一个雍容华贵、养尊处优的贵夫人；在花店老板的眼中这位老顾客则是一个慷慨大度的阔太太，只是有点衰老；仆人出于崇拜认为她是最美丽可爱的女主人；布鲁顿女士佩服达洛卫夫人敏锐的直觉，认为她有一种特殊魅力；她的女儿却非常反感母亲的虚荣心；生性敏感的艾丽·汉德森却出于猜忌，觉得她是一个势利眼；在家庭教师基尔曼的心目中，她是一个顽固不化的女人，因为她们在教育理念上的观点水火不相容；在从印度穷困潦倒回来的前男友彼得的眼中，达洛卫夫人亦然是青年时代的克拉丽莎，美丽多情却贪图奢华的贵族生活；在丈夫眼中，她是需要宠爱和呵护的娇妻；在她的女友眼中，她是一个多愁善感和心意相通的知己……通过不断的视角转换，读者可以感受到达洛卫夫人性格的不同侧面，从而使这个人物形象更加真实、丰满和鲜活。

而通过对伍尔夫日记的剖析，我们可以清晰地认识到一个真实鲜活的弗吉尼亚·伍尔夫，了解了她如何从一个天真懵懂的少女，经历各种磨难后终于成为一个有独立人格、有理想、有追求的成功作家。日记见证并帮助伍尔夫建构自我意识，使她敢于在日记中发出自己的声音，最后实现自我的多样性。伍尔夫的日记虽然着眼于"我"，但终极目标却是指向大写的"人"，充分表现出她对生命整体的热爱和尊重。

二、伍尔夫日记与自我治疗

伍尔夫生前患有间歇性精神躁郁症，这种精神疾病又被称为双极症，指发病时患者交替出现躁狂和抑郁状态。发病前会出现疲惫失眠、心情郁闷，烦躁不安，处于消沉绝望的状态。在发病阶段会失去理智，时而抑郁绝望，沉默不语，拒绝进食，矢口否认自己有病；时而会出现极度的亢奋和暴躁情绪，口若悬河。在最严重时会语无伦次，甚至出现幻听幻觉或自残行为。

根据心理学的理论，精神抑郁的状态是心理负能量长期淤积的结果，这本身就是一种致病的过程。要治愈精神抑郁就必须及时释放淤积在心里的负能量，精神压力才能得到缓解和消融，身心才能恢复健康。文学、艺术等精神创造活动是心理能量释放的重要途径，而利用日记倾诉内心的情绪就是一种释放心中负能量的最好最直接的方式。这犹如处于痛苦中的人向好友倾诉自己的不幸，倾吐之后心里的负能量得以释放会感到轻松一样。艺术创作可以与日记互为补充，共同起到治疗疾病的作用。

每当伍尔夫感到身体不适，写作便成为她转移病痛和与疾病抗争的良方妙药。她曾这样写道："心烦意乱地折腾许久之后，真的一开始写作，这两三年中从未想到过的构思反而立即清晰起来，使整个脑神经得到了新的平衡。"① 写作的确给她带来战胜疾病的勇气和力量，她也在不断与疾病作斗争的过程中取得了巨大的成就。身患严重疾病的伍尔夫，比一般健康者更加认识到生命的可贵，所以她能够忍受常人难以忍受的痛苦，与生命和时间赛跑，以超乎常人的意志在文学天地里奋力拼搏，这种与疾病抗争的拼搏精神也是一般人难以企及的。

日记作为一种实用性非常强的写作形式，记录作者每日的身体状况、生活起居，分析病情，帮助作者通过写作克服疾病的困扰，从而有效地控制负面情绪的滋长，并在此过程中实现自我修复。日记成为作者一种自我分析和自我休整的重要手段。伍尔夫通过在日记中书写身体疾病，进行自我分析和自我治疗。事实证明，利用这种方法医治精神上的不适确实效果显著。

日记写作能够让伍尔夫进行自觉的自我塑造，增强自我意识，形成多样的主体性，书写疾病，从而达到改善身体和精神状况的目的。伍尔夫从少年时代起就经历了很多不幸和磨难，饱受失去父母、亲人和朋友的痛苦。这些人生变故给伍尔夫带来极大的精神打击，以致严重影响了她的身心健康。但生性坚强的伍尔夫并没有被疾病和困难所击倒，反而磨炼得更加坚强，敢于面对残酷的现实，不屈不挠地与疾病作斗争。伍尔夫的日记常常起到稳定情绪、缓解病痛的作用，并且她通过在日记里书写疾病、分析病症来进行自我治疗，她的日记具有他人日记中所没有的自我建构和自我治疗的功能。在与命运和疾病抗争的过程中，伍尔夫从不放弃对理想的追求，勇敢坚定地在文学创作的道路上披荆斩棘，艰难前行。纵观伍尔夫的短暂一生，她都在与病魔不间断的抗争中度过，以勤奋耕耘和顽强创作作为战胜病痛的武器，而日记便成了她医治疾病的良药。随着女性地位的提高，女性的活动范围由家庭逐渐扩大到公共领域，有了一定的职业，女性的关注点从家庭事务和内心情感转向外部事件，女性的日记内容也随之发生变化，自我书写由内部转向外

---

① 弗吉尼亚·伍尔芙著：《伍尔芙日记选》（1923年9月5日），戴红珍，宋炳辉译，天津：百花文艺出版社，2005年，第51页。

部,由私密转向公开。对于伍尔夫而言,她是一位作家,她的人生经历与创作分不开,因此文学活动是她自我书写的主要对象。伍尔夫极力把自己生命中最重要的部分表达出来,忠实记录了她对文学的创作过程和态度。她在写作生涯中创作了多部小说,每一部杰出作品的诞生往往都经历了极为复杂的写作、出版、遭遇各种评论的艰难历程。题材的抓取、构思的孕育、结构的殚精竭虑、写作过程的中断以及延续,都是作家精神上的磨难和痛苦的过程。伍尔夫写作的辛苦,以及巨大的体力和精力的消耗,都是因为她立志要改变前人的写作窠臼,突破沉闷的固有思维,不顾一切地冒险涉足全新的创作领域。

第二章 伍尔夫与英国文学传统的对话

伍尔夫融汇以往经典文学的思想和创作艺术,其作品充分体现出她对西方古典文学和文化传统的继承和吸纳。但她在作品中并非一味地模仿和继承,而是独具匠心地将其所接受的各种文化传统和文学手法加以内化,并经过自己的分析判断后,创作出新的作品。构成其作品中多元特征的各种文化因子也并非各自独立,而是相互影响、互相渗透和相互关联的。从跨文本文化语境的互文性批评视角来看,伍尔夫的小说创作事实上是一种互文性写作。"对话"是指从各方面吸收消化之后,各种元素在伍尔夫作品里的显现。伍尔夫认真考察了对话精神形成的文学背景,从各个文学经典里认识到对话的重要性,并将这种对话体熟练灵活地运用到自己的创作中。

伍尔夫很重视追溯文学的传统以及文学流派的渊源。F. R. 利维斯(1895—1978)也曾经在《伟大的传统》(*The Great Tradition*,2009)中梳理和阐明了英国小说传统之伟大所在,把"真正的小说大家"殊荣仅给了简·奥斯汀、乔治·艾略特、亨利·詹姆斯和约瑟夫·康拉德四人。我国学者王佐良批判利维斯是"不折不扣的传统主义者",认为他属于精英人物组成的文化统治阶层。这个文化阶层确定了当时英国文学中的"伟大传统",因此受到后来出现的后结构主义者的批判。与利维斯不同,伍尔夫在追溯文学传统的同时,并没有在前人已经盖棺论定的传统中挑选她喜爱的文学前辈,而是作为一个无依无傍却具有独立见解的漂泊者游弋在这片浩瀚的文学海洋中。小说家的个人成就是离不开文学传统的滋润和培养的,不管他是恪守成规还是独树一帜。虽然伍尔夫被公认为现代主义的作家,但是她对文学传统,尤其是英国民族的文学传统却有难以割舍的感情。她在坚持自己美学原则的基础上博采众家之长,吸收不同国家、不同民族的各种文学艺术养分,创立了自己的文学理念和写作风格。对于古典作家,她特别推崇那些揭示人物情感和内心世界的优秀作品,认为只要是塑造了活生生的人物,通过这些人物能够看到他们所看到的世界的作家,都是伟大的作家。

读莎士比亚使她充分体味到人性的高尚与卑劣,发现往昔岁月的优美与宁静。她由衷地赞叹道:"如果真的曾经有人完整地表现了自己的意图,那就是莎士比亚。如果真的曾经有过一个明净的、消除了窒碍的头脑……那必是莎士比亚的头脑。"①《鲁滨孙漂流记》和《摩尔·弗兰德斯》,使她从质朴无华的文字背后,感受笛福那忠实记录人的心理,把人性中最经久不衰的东西当作创作基础的伟大灵魂。以至于当她眺望伦敦,感觉到一派灰暗、紧张、沉重的气氛,听到商业交易中的嘈杂低语,瞥见船桅、城市里的高楼和圆屋顶,除此之外再没有什么东西可看时,就不免想起了笛福。《项狄传》和《多情客游记》,使她由衷地佩服斯特恩破坏小说结构的勇气,欣赏他完全不同凡响、仿佛不受控制、酷似口语而便于传达思想活动的句子结构,钦佩他对小说叙述形式所做的突破,由此她为自己的实验小说找到了参考的范例。伍尔夫也对简·奥斯汀在琐碎之中发现生活的独特本领惊羡不已。在读过《德伯家的苔丝》和《卡斯特桥市长》后,她对哈代在小说中把哲学和诗结合起来的努力给予了极高的赞誉。康拉德的航海小说使她感受到了它们独特的结构模式和自我发现的主题,并尤其重视康拉德背离传统、锐意创新的开拓意识。《利己主义者》使她认识到,梅瑞狄斯擅长叙述具有某种象征意义的个别场面和风景。另外,梅瑞狄斯喜欢在小说领域进行实验,这一点伍尔夫对她十分赞赏,在《一间自己的房间》中,伍尔夫写道:"伟大的诗人不死;他们是不灭的魂灵;一有机会,就会活生生地出现在我们面前!"②

第一节　伍尔夫对英国文学传统的继承

伍尔夫在传统现实主义的文学语境中长大,她熟悉许多著名作家的作品,并且从中受到教育和启发,逐渐成长为一位年轻的作家,因此她与传统文学有着千丝万缕的联系。尽管随着社会和文学艺术自身的发展,伍尔夫也渐渐认识到传统规范的弱点和局限性,并下定决心要改变文学的现状,但她

---

　　① 弗吉尼亚·伍尔夫著:《一间自己的房间及其他》,贾辉丰译,北京:人民文学出版社,2003年,第49页。
　　② 弗吉尼亚·伍尔夫著:《一间自己的房间及其他》,贾辉丰译,北京:人民文学出版社,2003年,第99页。

的改革和创新仍然离不开传统的根基。事实上，伍尔夫的不少文学新理念都是在18、19世纪文学前辈思想的基础上形成的。如关于小说的诗化、非个人化，以及关于人物内心真实的发掘，大多都是从文学前辈那里继承而来的。伍尔夫认为，关于小说的形式和技巧，小说家各有各的想法和安排。有些方式是从传统中直接继承过来的，有些是在传统的基础上加以改进而成的，有些方式则是小说家根据自己的理解创造出来的。但无论是哪一种形式，都不可能完全脱离旧有的传统，总是与原来的文化传统有着无法割裂的联系。伍尔夫对旧传统有着极为深刻的了解，十分重视继承、改造或创新之间的关系。她并非不分青红皂白地一概继承，对改革和创新也并非随心所欲地标新立异。伍尔夫认为，在内容和形式中，最重要的是内容，即如何发掘人物真实多变的内心世界。既然一切事物都是发展变化的，那么文学艺术也绝不是一成不变的，它同样应该随着时代的发展与时俱进，扬弃和改造是事物发展的必然。如何通过不同的形式和技巧来为内容服务，便成为有远见的和思想敏锐的文学家的重要任务。伍尔夫坚定地认为，继承、改革和创新都要围绕着一个中心目标，那就是力求更加真实地把现代人的内心世界反映出来。

伍尔夫对传统始终采取一种开放的态度，在继承与创新之间始终保持着必要的张力。她在批判旧传统的弱点和局限性的同时，始终对文学前辈抱有尊重、敬畏和感激之情。因为她知道文化的血脉是无法割断的，传统与创新之间是有紧密联系的。创新不是无本之木、无源之水，它必须建立在继承的基础之上，完全抛弃传统的创新，只能是空中楼阁或胡思乱想。她所倡导的是要打破传统文学长期以来一统天下的局面，为现代主义文学赢得一席之地。伍尔夫之所以在这场文学变革中独具慧眼，成为现代主义文学的带头人，原因就在于她在音乐、绘画、戏剧、诗歌、散文、小说等诸方面都具有深厚的文化艺术修养，能够融会贯通。更为重要的是她具有求变和创新精神，因此伍尔夫在实践中正确地引领了文学发展的方向，以不懈的努力探索大大丰富和发展了西方的文学传统。

一、伍尔夫与《坎特伯雷故事集》

杰弗里·乔叟（Geoffrey Chaucer, 1343—1400）被誉为英国文学之父，是文艺复兴早期最伟大的诗人和小说家。乔叟的代表作《坎特伯雷故事集》

(*The Canterbury Tales*),无论是其个性化的语言还是喜剧式的效果都充满了人文主义的思想光芒。他不顾宗教的庄严肃穆,以插科打诨的动物寓言讽刺了封建教义的荒唐和丑陋。乔叟的作品在英国文坛上一直称雄到莎士比亚时代。伍尔夫在散文《帕斯顿家族和乔叟》("The Pasfons and Chaucer", 1925)中高度评价了乔叟的作品:"乔叟有一种本领,他把最平常的词句和最单纯的感情排列在一起,各自都熠熠生辉;如果拆开来,就会光彩顿失。因此,乔叟给予我们的愉悦与其他诗人不同,因为它和我们的所感所见更加贴近。吃,喝,好天气,五月,公鸡,母鸡,磨坊主,老农妇,花朵——看到这些寻常事物这样排列在一起令人有特殊的感动,因为它们如同诗一般触动我们,而又像野外所见一般鲜明、清晰、准确。这种非修辞的语言散发着一种辛辣的气息;那无所遮掩的词句彼此相连,仿佛身披轻纱的女子们,走动时看得见身体的线条,有着庄严的令人难忘的美。"① 伍尔夫十分欣赏乔叟把最平常的事物排列在一起的技巧,并且语言朴实无华,不加修饰,却能给人以鲜明、清晰和准确的印象,平庸之中不乏英国式的诙谐、智慧和幽默。这与莎士比亚绚丽多彩的戏剧语言相比,显然是别具一格的,二者各领风骚。这也是为什么乔叟没有写出《李尔王》或《罗密欧与朱丽叶》,而是《坎特伯雷故事集》的原因。

二、伍尔夫与约翰·多恩的对话体诗歌

约翰·多恩(John Donne, 1572—1631)是英国文艺复兴时期著名的人文主义诗人。伍尔夫非常欣赏他的作品,还专门为多恩写了一篇散文《多恩三百年祭》,收入《普通读者》II中。伍尔夫称赞他的诗歌蕴含深意,有某种更纯粹的东西,"他的诗歌劈头就具有极强的震撼力。没有开场白,不兜圈子,以最迅捷的方式径直跃入诗的境界。一个短句就取代了所有的铺垫"②。伍尔夫喜欢多恩,其中一个原因是他是一位边缘人,不论是从出身,还是从成长的环境来看,他都是一个叛逆者,属于伍尔夫的"局外人阵营"。

---

① 弗吉尼亚·伍尔芙著:《伍尔芙随笔全集》I,石云龙等译,北京:中国社会科学出版社,2001年,第21页。
② 弗吉尼亚·伍尔芙著:《伍尔芙随笔全集》I,石云龙等译,北京:中国社会科学出版社,2001年,第243页。

第二章
伍尔夫与英国文学传统的对话

伍尔夫认为，多恩的作品并不遵循刘易斯所推崇的甜美、悦耳动听的传统诗歌模式，而是具有口语化特点及对话性，多恩继承了英国口语化传统。从乔叟起，莎士比亚、蒙田这些作家都是采用民间方言和口语化的语言来创作，而这种语言更适合女性。当时拉丁文是官方和宗教用语，是权威的象征。多恩则拒绝用这种语言来创作，转而使用英语口语和方言。伍尔夫认为多恩的诗歌是用来听而不是看的，并且能与读者交流。他的对话体诗歌就是对单一权威声音的反叛。在伊丽莎白时代，靠稿酬为生的专业作者还没有出现，作家们多依靠所谓的保护人的资助进行写作，多恩也不例外。他依靠一些家世显赫的女主人勉强维持生计，当然也会为她们写诗。他的读者群大多是贵妇人和有教养的女性，他始终保持与这些女性读者的交流和对话。多恩的诗歌与女性读者互动，引起她们想回答诗人问题的欲望。这种对话诗歌消解了作者的男性权威，而是将女性读者考虑在内，并且依赖她们的回馈。与他同时代的其他诗人写的诗歌都是为男性读者而作，但多恩却为女性写作。

在《多恩三百年祭》中，伍尔夫指出，多恩诗歌的特性是"纯净、直接"，能够紧紧抓住读者的眼球。"多恩能够突然间使读者震惊，并征服读者，在这方面他比大多数诗人更为出色——这是他与众不同的特质。正是这一特质抓住了读者，也正是我们能够精练地概括有关他诗歌的精髓。"[①] 多恩在《讽刺诗》里反对老一辈的保守和同时代的迂腐。他注重细节，对生活观察入微，并且尽量使用口语化的语言。伊丽莎白时代的诗人们喜欢用甜美的诗歌体来拔高、美化英雄，多恩却恰好相反。"他不仅注意到损坏了的优美的轮廓上的每一个斑点和皱纹，他还以极大的好奇心记录下自己对这种鲜明对照的反应，并迫切地把两种相互冲突的表象放在一起，让它们显示出不和谐。正是这样一种在崇尚绚烂的时代里表达苍白的欲望；正是这样一种不是去记录构成一个完整的、漂亮的、整体的相似处，而去表现破坏那个相似处的不和谐一致的决心；正是他同时让读者感到爱、恨、笑的不同情感的能力，让多恩区别于他的同时代作家。"[②] 以描写女性为例，伊丽莎白时代典型的爱情诗里的女性无论是外貌还是性格都是完美无瑕的，而多恩笔下的女性却复杂多样："她性情孤独但同样合群；她既有农村土气又喜欢城市生

[①] 弗吉尼亚·伍尔芙著：《伍尔芙随笔全集》Ⅰ，石云龙等译，北京：中国社会科学出版社，2001年，第244页。

[②] 弗吉尼亚·伍尔芙著：《伍尔芙随笔全集》Ⅰ，石云龙等译，北京：中国社会科学出版社，2001年，第248页。

活,既怀疑宗教又非常虔诚,既富有激情又内敛保守——简言之,她就像多恩本人一样复杂而多彩。"① 伍尔夫对多恩的评价非常高,在散文的最后,她说:"这也是我们在 300 年后的今天或更长时间之后依旧可以穿越时空清晰地听到他的声音的原因。……他的形象穿过岁月的废墟,比他自己的时代更加巍峨挺拔,更加气度不凡,更加不可捉摸。甚至大自然都似乎对他表示敬重。伦敦大火几乎毁坏了圣保罗大教堂里所有的纪念碑,而他的雕像却丝毫无损,仿佛火焰本身觉得他这个结太难解,他这个迷太难破,他那尊雕像完全是属于他自己的,不可能变成普普通通的泥土。"② 多恩从小信奉天主教,其诗歌一直保持其创作初期的一些特点,比如口语化风格、开放的思想、饱满的感情、讥讽的语气和新奇的比喻(conceit)。多恩喜欢在诗歌里同人辩论,他不喜欢当时流行的绮丽诗体。在语言上他经常采用口头谈话方式,将读者拉进诗里。他涉及各种文体,同琼森等同时代的诗人相比,多恩实现了一次诗歌上的大变革。

三、伍尔夫的诗化小说与莎士比亚

英国文艺复兴时期最杰出的作家当数威廉·莎士比亚(William Shakespeare, 1564—1616)。他的全部作品包括两首长诗, 154 首十四行诗和 38 部戏剧。莎士比亚的主要剧作有四大喜剧《仲夏夜之梦》《威尼斯商人》《皆大欢喜》《第十二夜》,四大悲剧《罗密欧与朱丽叶》《哈姆莱特》《奥赛罗》《李尔王》,历史剧《亨利四世》,传奇剧《暴风雨》等。莎士比亚塑造了性格鲜明的人物形象,展现了封建制度和资本主义制度交替时期波澜壮阔的历史画面,宣扬了人文主义和个性解放。他的剧作思想内容深刻,艺术表现手法精湛,语言优美动人,虽历经几个世纪,却长盛不衰。莎士比亚是语言大师,他娴熟地运用英语,将英语的丰富表现力推向极致,不愧为英国戏剧的鼻祖。

伍尔夫对莎士比亚的戏剧推崇备至:"这是个非常可爱的夏日,晴空万里。寒冷的气候伴随着呼啸的北风,一起回到了它们的大本营——北极。昨

---

① 弗吉尼亚·伍尔芙著:《伍尔芙随笔全集》Ⅰ,石云龙等译,北京:中国社会科学出版社,2001 年,第 249 页。
② 弗吉尼亚·伍尔芙著:《伍尔芙随笔全集》Ⅰ,石云龙等 译,北京:中国社会科学出版社,2001 年,第 259 页。

晚看了《奥赛罗》，其文字铿锵有力、妙语连珠吸引了我。要是为《泰晤士报》作书评的话，要说的话可太多了。气氛松弛时，他把那一串串妙语穿插进来。在一些著名的场景里，一切都是那么天衣无缝。脑子里没有压力时，思绪游刃有余地在词语间翻腾着。我是那位语言大师的大脑，他才思如涌，而小作家则文思有限。我虽仍然为莎士比亚所动，可此时我脑子里的词语——英语词语贫乏，它们重重地击打着我，我眼巴巴看着它们弹起然后跳开。"① 她十分赞赏莎士比亚的语言表达能力，也为他深刻的思想和张扬的个性所折服。伍尔夫还带着无限崇敬之情亲自到莎士比亚的墓地——华威克郡，去拜谒这位名垂千古的英国戏剧鼻祖，她似乎感受到莎翁的呼吸和存在："莎士比亚花园里鲜花盛开。看守人说，这就是他创作《暴风雨》时，他的书房窗户面对的花园。……这儿就是莎士比亚的家，他在这儿散步过，坐过。……（他）瞬间出现，瞬间消失，他的灵魂笼罩着我。是的，在花丛里，在陈旧的大厅里，但无法说出他准确的藏身之处。我们去了教堂，那儿有他的俗艳的半身塑像。…… 莎翁似乎又弥漫在空气和阳光中，安详地微笑着；然而就在离我一英寸的地方放着他那些细小的遗骨。……他依然没有销声匿迹；而那些细小的遗骨依旧躺在那里。这使我浮想联翩：想想他写《暴风雨》时俯瞰着整座花园的情景，谁能不思潮澎湃呢。"②

伍尔夫虽然对莎士比亚的崇敬一如既往，十分赞赏他戏剧的感染力和震撼力，但同时也指出了戏剧的局限性，并希望把戏剧的表现手法移植到小说中，以便使小说的表现手法更加丰富多彩，更符合时代的特点，更富有生命力和震撼力。莎士比亚的美学思想给伍尔夫的创作产生了直接而深远的影响，伍尔夫自己也承认莎士比亚对自己潜移默化的熏陶。伍尔夫在日记中谈及关于莎士比亚的一点想法时说："戏剧要求来自于生活表象——所以它注重一种小说所不要求的真实，但它或许也应与现实表象相关，并将其上升至一定的高度。这引发了我的关于写作不同层次以及如何将它们融会于一体的理论，因为我开始认为融合为一体很有必要。与生活的特殊关系是作为一种必要性强加于戏剧作家的，这一点对莎翁的影响到底有多深？我想我可以根据这些话而创立一种小说创作理论，同时又想，不管是否协调一致，我毕竟

---

① 弗吉尼亚·伍尔芙著：《伍尔芙日记选》（1928年4月24日），戴红珍、宋炳辉译，天津：百花文艺出版社，2005年，第102页。

② 弗吉尼亚·伍尔芙著：《伍尔芙日记选》（1934年5月9日），戴红珍、宋炳辉译，天津：百花文艺出版社，2005年，第173页。

已尝试了几次不同层次的写作。"① 伍尔夫正是从莎士比亚的戏剧表现形式中领悟出把戏剧和小说相结合的想法,并创立一种关于写作不同层次以及将它们融为一体的理论。实际上在伍尔夫的不少作品中都依稀可以看到莎士比亚的影子,如《夜与日》与《仲夏夜之梦》、《海浪》与十四行诗、《岁月》与《暴风雨》,无论是在内容上还是在写作方法上都有许多相似的之处。

如果我们把《哈姆雷特》与《达洛卫夫人》加以对比,就不难发现伍尔夫的诗化小说的观点是从何而来的。这两部作品都很少有对人物的外部描写,两人对哈姆雷特和克拉丽莎的住处、穿着、衣食都没有什么交代。作品的焦点是人而不是物,是人的内心活动,而不是外部形态。克拉丽莎关于生和死的独白,好像也脱胎于哈姆雷特"生存还是毁灭"那段著名的独白。他们所发出的疑问,并非关于个人的命运,而是关于全人类的生存状态。哈姆雷特觉得,"整个时代脱榫了","全世界变成了一所牢狱",需要由他来重整乾坤,拯救人类。克拉丽莎觉得第一次世界大战后的世界简直"像一座黑暗的地牢",因此她要"点亮灯火,照明屋宇",通过举行宴会,给人们带来一点光明和温暖。虽然她的努力微不足道,无法与哈姆雷特的重整乾坤相提并论,但其想法却有异曲同工之妙。

四、伍尔夫与《失乐园》

伍尔夫还认真阅读了英国诗人、政论家约翰·弥尔顿(John Milton, 1608—1674)的作品,并在日记中对其名著《失乐园》(*Paradise Lost*)进行认真的评论:

> 在萨塞克斯不会只有我一人拜读过弥尔顿的作品。可我还想趁热打铁,记下对《失乐园》的印象。我能较好地描述我心中留有的那份印象,但有许多谜尚未解开,我读得太快,没能欣赏到全部的意韵,但我以为——也有几分相信,这完整的韵味只是对造诣最深的学者的奖赏。在我看来,它与其他诗作之间有天壤之别。而这种差别是由情感的极度超脱和淡泊引起的。我从不坐在沙发上阅读卡普尔的作品,沙发的惬意

---

① 弗吉尼亚·伍尔芙著:《伍尔芙日记选》(1934 年 4 月 17 日),戴红珍、宋炳辉译,天津:百花文艺出版社,2005 年,第 172 页。

第二章
伍尔夫与英国文学传统的对话

也同样不适合《失乐园》。弥尔顿以大师的手笔，对诸天使的身形、战争、飞行及住所给予优美的描述，构成了这部作品的主要内容，令人神往。恐怖、永恒、卑劣、至尊都属于他的范畴。可他却从未涉足过人类内心深处的激情。难道一部巨作就不能反映人类自身的喜怒哀乐？我从此书中没能得到什么启迪以镜鉴生活。我觉得弥尔顿没有真正地生活过，也从未真正了解过男人和女人。唯一的例外是，他就婚姻及女性责任所做的乖戾的评论。弥尔顿可谓是最早的男权主义者。由于命运不济，他对妇女满怀鄙视，就像夫妻争吵时的结束语一样充满了恶意。但这部诗作又是如此流畅、遒劲而精炼，还有什么能与之相提并论呢？自这篇巨作问世之后，甚至连莎翁的作品似乎都显得有些主观浮躁、美玉含瑕。我以为超然正是它的精华所在。相形之下，其他的诗歌就像被稀释过一样，淡而无味。弥尔顿的文采斐然，任何赞誉似乎都不过分。诗歌的表面情节逝去很久以后，一个又一个微妙之处依然韵味盎然。光这些就足以让人凝视良久了。体味至深处，还能捕捉到情感的交织、作者的评判标准、措辞的巧妙及大师的文采。这部作品中既没有麦克白斯夫人的恐惧，哈姆莱特的高声独白，也没有怜悯、同情或冲动；人物形象却依然壮观。人类在宇宙中的地位，人对上帝的责任和对宗教的义务，这些问题的答案都在这些人物身上得到具体显现。①

伍尔夫高度赞赏弥尔顿的极度超脱和淡泊，喜欢这首长诗的博大雄伟和浪漫无羁，认为它流畅、遒劲而精炼，甚至认为这部巨著的出现使莎翁的戏剧都显得有些"主观浮躁、美玉含瑕"。从这些语言中足以看出伍尔夫对弥尔顿和他的《失乐园》评价之高！她赞赏该诗对诸天使的身形、战争、飞行及住所的优美描述，认为弥尔顿对人物的描写优美壮观，意味盎然，相比之下，其他诗作都显得黯然失色。人类在宇宙中的地位、人对上帝的责任和对宗教的义务，都在这些人物身上得到了具体的显现。但伍尔夫同时也提出了自己的疑问或困惑，她以犀利的眼光批评早期现实主义作家弥尔顿在诗中没有涉足人类内心深处的激情，没有反映人类自身的喜怒哀乐。伍尔夫认为，作家应该努力挖掘人物内心世界的真实情感和想法，并作为自己孜孜以

---

① 弗吉尼亚·伍尔芙著：《伍尔芙日记选》（1918年9月10日），戴红珍、宋炳辉译，天津：百花文艺出版社，2005年，第6—7页。

求的奋斗目标。伍尔夫还毫不留情地指责弥尔顿从未真正了解过男人和女人,说他是最早的男权主义者,批评他用夫妻争吵时的话语对女性表达恶意。由此看来,从小受男权制度束缚且生性敏感的伍尔夫对男权主义始终充满着本能的厌恶。

五、伍尔夫与维多利亚文学的互文与对话

弗吉尼亚·伍尔夫从小在传统现实主义文学规范的浸泡中成长,因此十分推崇18、19世纪英国现实主义作家的作品。她曾高度评价伤感主义小说家斯特恩[①]的名著《项狄传》,并从斯特恩那里继承了在生活中后退一步的宏观透视现实的方法,紧紧抓住诗意的想象和幻想,在感情基调的复杂变化和散文、诗歌之间自由转换,而弃细节的真实于不顾。斯特恩还主张,在小说中,情节的发展无须遵守严格的时间顺序和连续性。在《项狄传》一书中,他嘲弄了传统小说的情节结构,在运用"内心独白"的深度方面颇具独创性。斯特恩的这种忽视传统小说的情节结构和善于运用内心独白的写作手法,对于伍尔夫意识流小说创作的影响是很大的。同样,在伍尔夫的作品中,还可以发现拜伦那种"飞马奔腾,随心所欲"的创作风格,也可以发现勃朗特姐妹、简·奥斯汀、乔治·艾略特和托马斯·哈代的影子。他们的文学理念和创作方法都给伍尔夫以深刻的影响。

1. 拜伦式英雄:飞马奔腾,随心所欲

伍尔夫十分推崇拜伦(Lord George Gorden Byron,1788—1824)的诗歌,并在她的日记中对其作品多次加以评论:

> ……不管怎样,真高兴可以继续读拜伦了。至少,他具备了男性的优点。事实上有趣得很,我可以轻易地想象出他对女人的魅力,尤其是愚昧无知的女人,她们根本无力抗拒拜伦的吸引力。也有许多女人期盼赢得他的心。自从孩童期起,我就幻想着有个"他",我嗜好收集书报上有关"他"的所有片言只语,以期建立一个完整的个人档案,在心目中勾勒出"他"的形象来。……但不管怎样,拜伦的诗歌键劲有力,

---

[①] 劳伦斯·斯特恩(Laurence Sterne,1713—1768),英国小说家。

第二章
伍尔夫与英国文学传统的对话

其语言风格证明了这一点，而且在其他许多方面也都具有良好的秉性。好像没有人敢嘲笑他，使他摆脱孤傲之气，因而他也超乎人们意料地变得更像他笔下的霍拉斯·科尔了。他只能让女人嘲笑他，而她们又只会倾慕他。我还没有读到有关拜伦夫人的文章，可我想她只会不赞同他，而不会笑话他。因而拜伦就成了拜伦式的英雄。①

显然，伍尔夫非常喜欢拜伦的人格魅力和他笔下的人物形象。他们个个热情奔放、勇敢坚强、高傲倔强、叛逆，敢于孤身奋战，与社会和命运抗争；但这些人却又忧郁、孤独、彷徨苦闷、我行我素。"拜伦式的英雄"实际上也是拜伦个人的写照。拜伦式英雄的性格和气质在许多方面与伍尔夫颇有相似之处，这大概也是她特别喜欢拜伦作品的一个重要原因吧！

百无聊赖，日子过得祥和安宁。还是继续读拜伦吧。我已说过，即使在其身后一百年以后，我还是随时愿意爱上他。或许我对《唐璜》的评价会有失公正，我认为它是同样篇幅的作品中可读性最强的诗篇。它犹如"飞马奔腾，随心所欲；轻快利落而又不落窠白"。该诗的可读性部分应归功于这种写作方法，而这种方法本身就是一大创新。许久以来，人们一直在寻找一种有力的载体，以盛载任何意欲装进去的内容，只有拜伦做到了这一点，因而心情的阴晴不定，随时都可以流诸笔端，所有的想法都可以及时一吐为快。他并非刻意要成为诗人，他的天才般的创造避免了虚假的浪漫和玄秘，躲过了类似的灾难。他认真而诚挚，可以随意抨击一切现象；他无须外界压力，就写下了这十六章的长诗。无疑，正如我父亲莱斯利爵士所说，他的头脑机智敏捷，充满阳刚之气。我坚持认为这类禁书远比任何总是对幻象和错觉虔敬不已的所谓正当书籍要有趣得多。但若照此效仿，似乎并不容易。事实上，如同一切着来随意平常之事一样，只有娴熟的老手才能成功地驾驭。不过拜伦的脑袋里塞满了各种念头，因而他的诗读起来相当困难。我常常在读到一半时就会走神它顾，思绪会转向旁边的风景或房间上去。很高兴今晚总算要看完了，尽管《唐璜》的每个篇章我几乎都喜欢，但不知为何又

---

① 弗吉尼亚·伍尔芙著：《伍尔芙日记选》（1918年8月7日），戴红珍、宋炳辉译，天津：百花文艺出版社，2005年，第2-3页。

有一种如释重负的感觉。不过不管读的书是好是坏,读完时总会都有一种轻松感。①

从这两篇日记的字里行间,我们可以感受到伍尔夫对拜伦本人的气质和作品的赞美。她非常欣赏拜伦"飞马奔腾,随心所欲""轻快利落而又不落窠臼"的创作风格,赞赏他把讽刺、叙事和浪漫抒情融为一体的写作方法。这种写作方法可以包容各种内容,并且以轻捷明快的笔调对英国的社会现状、政治制度、道德风尚、生活习惯给予深刻的评判。如果我们仔细阅读伍尔夫的小说或散文,一定可以找到那位浪漫主义诗人拜伦的身影。

2. 维多利亚时期的女作家

伍尔夫十分敬佩勃朗特姐妹②。1904 年 9 月,伍尔夫曾专程前往位于英格兰北部约克郡的一个荒原山村参观和拜访她们的故居。后来她在回忆勃朗特故乡之行时说,像霍沃斯这么荒凉的地方,只有好奇者才会涉足,只有虔诚者才会保存。勃朗特故乡荒原的气息终于使伍尔夫的精神获得复苏,也唤醒了她内心深处潜伏着的对写作的强烈渴望,她的文学天分正在觉醒、萌动。在勃朗特姐妹永眠的霍沃斯荒原,伍尔夫受到震撼,获得人生的感悟和理想的激励。她勇敢地从这里开始扬帆起航,文学创作激情一发而不可收。从此,她不再仅仅埋头写日记,开始勇于向公众剖析自己的心灵活动,接连不断地向报刊投稿发表文章。

从霍沃斯回到伦敦后,伍尔夫仍然激情难抑,伏案奋笔疾书,很快写就了一篇充满情感的《霍沃斯访问记》。伍尔夫没有署名便将稿子寄了出去。这篇访问记作为匿名稿发表在 1904 年 12 月 21 日的伦敦周刊《卫报》上。这是伍尔夫公开发表的"处女作"。她赞扬夏洛特·勃朗特的小说富有诗意,认为艾米莉·勃朗特是一位更伟大的诗人。艾米莉的非个人化写作风格,不只关注个体的男女,而是倾注对整个人类的情感,具有世界的广度。"艾米莉和夏洛蒂两人常常乞求大自然的帮助。她们都感到需要借助于某种比人的语言行动更为强大的象征力量来表达出人性当中那许许多多还在沉睡

---

① 弗吉尼亚·伍尔芙著:《伍尔芙日记选》(1918 年 8 月 9 日),戴红珍、宋炳辉译,天津:百花文艺出版社,2005 年,第 3-4 页。
② 勃朗特姐妹一般指夏洛特·勃朗特(1816—1855)和艾米莉·勃朗特(1818—1848),其代表作分别为《简·爱》和《呼啸山庄》。

的情感和欲望。……她们笔下的暴风雨、荒原、夏日的美好天气。都不是为了点缀一下枯燥的文字，或者显示作者的观察能力，而是用来贯通作者的情感，亮明书中的意图。"① 勃朗特在小说中表达自己强烈的感情，"我爱！""我恨！""我受苦！"，而艾米莉则"不仅仅是'我爱'，'我恨'，而是'我们'——整个人类"②。勃朗特姐妹感到需要一种言语或行动都无法表达的、"象征着人性中浩瀚无垠而又蛰伏的热情"的因素。于是她们就借助于大自然来描绘一种用其他形式无法表达的精神状况，运用自然的象征如暴风雨、荒野等，表现人物的心理状态和情感，这样感情强烈，更富有诗情。这种诗化、非个人化以及借助自然景色来表达思想感情的象征手法，不仅被伍尔夫的小说理论所吸收和继承，而且也渗透到她的小说创作中。她的诗化小说《海浪》就充分体现了这种影响。

伍尔夫认为简·奥斯汀（Jane Austen，1775—1817）是"最完美的女艺术家"。奥斯汀能在琐碎的生活之中发现其本质，认为生活中的细节也同样包含深刻的意义。"简·奥斯汀实际上比表面看来要远远更为通达人情。她督促我们把小说里没有写出的东西补充起来。表面上，她写的是区区小事，然而这小事又包含着一点儿什么——它在读者心中扩大发展，变成具有永恒形态的生活情景。"③ 奥斯汀通过一些场景如宴会、舞会、野餐将人物复杂的性格表现出来，隐藏作者的主观倾向，让读者通过阅读自己做判断。伍尔夫在《达洛卫夫人》《到灯塔去》《海浪》《幕间》中，也都利用各种聚会、宴会或戏剧演出等将人物联系起来，把那些碎片式的叙事连接在一起，以反映生活的本质。伍尔夫把奥斯汀视为威廉姆·詹姆斯和普鲁斯特的先驱，因为奥斯汀注重对人物内心的现实挖掘。

乔治·艾略特（George Eliot，1819—1880）以比较低的社会身份进入女性作家的队伍，让伍尔夫感到钦佩，认为她是"女性中的骄傲和典范"。艾略特的一生坎坷、压抑，但她还是尽力追求所向往的生活。"她要伸出手去，越过圣堂，采摘那奇妙而光辉的艺术与科学之果。她把它们紧抓在手

---

① 弗吉尼亚·伍尔芙著：《伍尔芙随笔全集》Ⅰ，石云龙等译，北京：中国社会科学出版社，2001年，第147页。
② 弗吉尼亚·伍尔芙著：《伍尔芙随笔全集》Ⅰ，石云龙等译，北京：中国社会科学出版社，2001年，第148页。
③ 弗吉尼亚·伍尔芙著：《伍尔芙随笔全集》Ⅰ，石云龙等译，北京：中国社会科学出版社，2001年，第124页。

中，很少妇女像她抓得那么紧；她决不放弃自己继承下来的东西——那不同的观点、不同的标准——也决不接受任何不恰当的报偿。……当我们回想起她所敢于承担和业已完成的一切，回想起她曾经怎样不顾一切障碍——性别、健康、传统——仍然不断追求着更多的知识和自由，直到身体在双重负担的重压下终于筋疲力尽倒下，我们自当献出我们的小小心意，作为桂冠和玫瑰花，安放在她的坟头上。"① 艾略特同情普通人的命运，描写平常人的喜怒哀乐。"她那广阔的胸怀孕育着一大批人性的主要因素，她用一种宽容而健全的谅解态度将它们松松散散地聚集在一起。"②

女性在19世纪开始进行小说写作，这是一个里程碑式的进步。小说适合女性表达自身情感和心理状态，对后来的意识流小说很有促进作用。她们对主体性的追求，对自由权利的诉求，激起伍尔夫对重建女性文学史的热情。而伍尔夫非常关注在她之前的英国女性作家，给予她们很高的评价。尽管伍尔夫看了如此多的小说作品，也写了大量书评和评论文章，却不像利维斯的《伟大的传统》那样将某些作家视为英国杰出作家的代表，她从未讨论或标榜自己的"伟大传统"或列出一系列所谓伟大的作家。因为她只把自己看作是有自我判断、为乐趣而阅读的普通读者，书评也是作为一个普通读者从自己的角度所做出的欣赏。她不希望制定教条的标准约束他人，让他们受到文学偏见的污染。

3. 托马斯·哈代：一种深刻的诗意

在19世纪的英国文学大师中，伍尔夫特别推崇托马斯·哈代（Thomas Hardy，1840—1928）。早年他曾经是她父亲莱斯利的密友和座上客，而且一直与伍尔夫保持着联系。伍尔夫认为，在阅读哈代的作品时，"人类心灵的另外一面——孤寂中凸显的阴暗面，而不是群居时显示的光明面——得以充分暴露出来。这里展示的不是人与人之间的关系，而是人与自然、人与命运之间的关系"③。伍尔夫指出，在哈代的每一部小说中，总有三四个人物处

---

① 弗吉尼亚·伍尔芙著：《伍尔芙随笔全集》Ⅰ，石云龙等译，北京：中国社会科学出版社，2001年，第161-162页。

② 弗吉尼亚·伍尔芙著：《伍尔芙随笔全集》Ⅰ，石云龙等译，北京：中国社会科学出版社，2001年，第156页。

③ 弗吉尼亚·伍尔芙著：《伍尔芙随笔全集》Ⅰ，石云龙等译，北京：中国社会科学出版社，2001年，第468页。

于主宰地位,"他们作为个体而生存,他们作为个体而个别;但他们也是作为一个类型而生存,作为一个类型而有其共同点"①。他们既是受到自己热情和癖性所驱使的特殊的个人,又是具有我们大家所共有的象征性因素的典型。伍尔夫认为,哈代的这种把个性和共性融为一体的能力,是真正小说家的能力,她在自己后期的创作中也特别致力于发挥那种人类所共有的象征性因素。伍尔夫还认为,哈代的贡献不在于细节的真实,而是在于某种更为宏观的因素。他所给予我们的不是关于某时某地生活的写照,而是世界和人类的命运,展现出一种丰富的想象力,一种深刻的诗意的天才,一个温柔而富于人性的灵魂面前所显示出来的幻象。在伍尔夫后期的作品中,她不仅执意追求这种宏观的、诗化的视野,并且把这种视野进一步加以扩展。

第二节 伍尔夫对英国文学传统弊病的批判

继承、批判与创新,三者相互依存,相互促进,这是人类社会和科学技术得以延续和发展的最基本的规律。继承是知识的积累和历史得以延续和发展的前提,没有继承一切都无从谈起;人类总是在积累和继承的基础上不断认识到不足,以审视的目光对历史不断地加以审查和批判,只有批判地继承才能发现问题,提出改革或创新,才能不断把历史推向前进。这就是历史发展的辩证法。批判则是创新的前提,没有批判就没有创新。创新是批判的归宿,没有创新又何来发展?创新是建立在继承和批判的基础之上,没有继承的创新就是缺乏根基的空中楼阁;没有创新而一味强调继承,则是因循守旧,历史的发展就会失去前进的动力。这是事物发展的基本规律,无论是社会、文学或科学的发展都概莫能外。

伍尔夫是一个天才的改革家,她不仅善于从前人那里汲取知识和智慧,而且更善于在继承的基础上以批判的眼光审视文学发展的历史,对英国传统文学的弊病加以揭露,继而标新立异,独树一帜,从中找到创新点。作为一位坚定的女权主义者,伍尔夫很早就对男性主导的英国文学史表示出强烈不满,她曾打算重写一部英国文学史,表明自己的观点。

---

① 弗吉尼亚·伍尔芙著:《伍尔芙随笔全集》Ⅰ,石云龙等译,北京:中国社会科学出版社,2001年,第458页。

伍尔夫博览群书，受传记作家父亲的影响，从小便树立了献身文学的崇高理想。她和许多文学名流都有密切的交往，其中不乏男权主义者。她熟悉英国文学传统和现实中文人们的生活、品性等，从小对男权至上的英国传统深恶痛绝。正是基于广博的学识、坎坷的经历和坚定的信念，伍尔夫成功创作了《奥兰多》。正如瞿世镜先生所说："浏览一下奥兰多所经历的四个世纪，我们可以看到，伍尔夫用讽刺嘲弄的笔触勾勒了文学领域和社会历史的发展概貌。伊丽莎白时代的贵族忽视贫民的痛苦。安妮女王时代的社交活动是令人厌倦的；那些18世纪的纨绔子弟缺乏真正的机智，他们只会玩弄辞藻。"① 学者大卫·戴切斯也认为："《奥兰多》中充满了对文学史的微妙的艺术表达，以及对早期英国文明的各个方面的拐弯抹角的表达。"②

伍尔夫在1928年发表了传记小说《奥兰多》，借作品主人公之口对英国15世纪末至20世纪初以男性为中心的文学传统进行了无情的嘲讽，大胆批判了英国四百余年沿袭下来的功利主义、因循守旧和男权主义等弊病，深刻揭示了产生这些弊病的社会根源，并表达了自己的文学创作理想。

一、英国文学传统中的功利主义

小说《奥兰多》以虚构的人物和荒诞的故事情节揭露和批判了英国一些作家所表现出的功利主义。小说中虚构的尼克·格林就是贯穿英国传统文学四百年沿袭下来的功利主义和守旧势力的代表。

在伊丽莎白时代，市井文人格林闻名遐迩。奥兰多怀着崇敬之情邀请他到宅院来做客，希望得到指教，结果却大失所望。因为格林俗不可耐，和奥兰多心中作家诗人的形象大相径庭。格林热衷于追逐名利，他在和奥兰多谈话的过程中，不是讨论诗歌创作的主旨和表现手法，而是大谈诗歌创作的商业价值。他认为："诗歌比散文更难卖出去，此外就是诗行虽短，写起来却更费时间。"③ 言外之意就是说写诗费力不讨好，不如写别的赚钱。他仰慕并攀附权贵，极力表明自己的祖上也"曾是法国的名门望族"④。并且他诋

---

① 瞿世镜著：《意识流小说家伍尔夫》，上海：上海译文出版社，2015年，第158页。
② 转引自杨莉馨：《弗吉尼亚·伍尔夫的女性写作之梦——论〈奥兰多〉与文学传统的对话》，载《妇女研究论丛》，2013年第4期，第104页。
③ 弗吉尼亚·吴尔夫著：《奥兰多》，林燕译，北京：人民出版社，2003年，第46页。
④ 弗吉尼亚·吴尔夫著：《奥兰多》，林燕译，北京：人民出版社，2003年，第46页。

毁同道，对莎士比亚、马洛、布朗、多恩等著名作家极尽诽谤之能事。胡说当代文学已经死灭，实际上就是要贬低当代作家，抬高自己。他一边说自己推崇作家不计报酬只为荣耀而写作，一边却要求奥兰多付他300磅的年金才能帮他修改诗稿。完全是一副心口不一、沽名钓誉的丑恶嘴脸。

经过几个世纪处心积虑的经营，格林到维多利亚时代已经成为当时最有影响的文学评论家。他衣着光鲜，居高自傲，因循守旧，早已经失去过去流落市井时还残存的一点躁动和鲜活的生命力。维多利亚时代的格林依然对贵族阿谀逢迎，继续对功名利禄穷追不舍。对奥兰多的同一本诗集《大橡树》，格林的评价截然不同。过去，他对年轻奥兰多的诗作嗤之以鼻；而今，当他知道奥兰多显赫的家世后，就说此诗集可与艾迪生的《卡托》、汤姆逊的《四季》相媲美，必须立即出版。他还暗示，如果他给一家名气很大的出版社的编辑贿赂一下，"他们会很乐于把这本书列入他们的书单。他或许可以安排两千册以下百分之十、两千册以上百分之十五的版税"①。

格林代表了维多利亚时期的一批作家，这些作家通过投机钻营，已经跻身于上流社会。他们争先恐后利用各种手段自抬身价，甚至许多人编造的家谱就有王侯奥兰多家谱的一半厚。当时文人圈子里风行一些无聊而奢靡的玩意，如用十英镑的钞票来裹方糖，以显高贵和风雅。这些作家经常被邀请参加各种宴会，养得脑满肠肥，已经成为养尊处优、脱离民众、高高在上的知识贵族了。

在爱德华时代，格林依然是英国最有权威的文学评论家。但他和他众多追随者的著作却空洞无物，毫无深度。奥兰多读了他们的作品后，"她莫名其妙地得出这样一个感觉，即永远、永远不应说实话"，"写作时必须永远言不由衷"②。

在安妮时代及以后，伍尔夫选取的代表功利主义作家的典型是蒲伯、艾迪生、德莱顿、斯威夫特、切斯菲尔德等人。小说中奥兰多从吉卜赛部落回到英国后，有幸混迹于这些文人举办的沙龙。对于蒲伯等男性作家的表现，她感到无比的失望。因为这些人思想僵化，言行卑俗。小说中有这样一个情节，当时最著名的才子蒲伯在R女士举办的宴会上不断重复他作品中的陈词滥调，遭到R女士的斥责，与会者不欢而散。蒲伯在受到斥责后，他被

---

① 弗吉尼亚·吴尔夫著：《奥兰多》，林燕译，北京：人民出版社，2003年，第165页。
② 弗吉尼亚·吴尔夫著：《奥兰多》，林燕译，北京：人民出版社，2003年，第168页

描述为:"那瘦削、畸形的身体因种种感情而瑟瑟发抖,眼睛射出恶毒、狂怒、得意、机智和恐惧(他浑身像一片树叶在战栗)的光"①。

奥兰多在和这些名人周旋的过程中,发现他们一如既往地热衷于名利,要求别人把他们视为神一般的天才加以顶礼膜拜,稍有不恭,便视为侮辱,立即还以颜色。奥兰多在圆形客厅设宴款待他们,她煞费苦心把他们的肖像绕室悬挂一周,以免蒲伯先生说她偏向艾迪生先生。他们教给奥兰多一些写作上的雕虫小技,以换取其丰盛的款待和不菲的支票。和一些文学名流交往后,奥兰多非常失望,感到"他们也不似人们可能想象得那样不同寻常","他们对等级并无反感。赞美则多多益善"②。

奥兰多还痛心地批评一些作家常常在"乏味的起居室,整天同一些英俊小伙子聊天,给他们讲些小小的趣闻轶事,譬如杜波说了斯迈尔斯什么,然后再叮嘱他们此事不可外传"③。伍尔夫借奥兰多之口痛斥这些文人像长舌妇一样热衷于拨弄是非、毁损同道的恶行。她对此深恶痛绝,发出了自己的愤慨:"我虽然已经够恶毒,但我永远学不会像他们那样恶毒,所以我怎能成为批评家,写出我们时代最好的英语散文呢?"④ 总之,这些文人都不同程度地存在心胸狭隘、品格低下、追名逐利、投机取巧、圆滑世故的特点,令人大倒胃口。

伍尔夫认为,文学家只有抛开功利主义,才能具有独立的品格,不趋炎附势,不投机钻营,不循规蹈矩,勇敢地表达自己真实的思想,如此,才能创作出优秀的作品。她强调,创作为热爱所驱使,创作是自己心灵对大自然、对人类社会生活的感应,是心灵的自由表达,是非常神秘、美好的精神活动,是奉献给人类的宝贵精神财富,而不是为了沽名钓誉。

文学在作家奥兰多心中是千变万化、神奇瑰丽和无比高尚神圣的事业,文学家要想很好的操弄这门神圣的艺术,必须具有良好的职业操守,对自己的作品精益求精,不允许粗制滥造或敷衍了事,更不能以追求名利为目的。

---

① 弗吉尼亚·吴尔夫著:《奥兰多》,林燕译,北京:人民出版社,2003年,第116页。
② 弗吉尼亚·吴尔夫著:《奥兰多》,林燕译,北京:人民出版社,2003年,第119页。
③ 弗吉尼亚·吴尔夫著:《奥兰多》,林燕译,北京:人民出版社,2003年,第168页。
④ 弗吉尼亚·吴尔夫著:《奥兰多》,林燕译,北京:人民出版社,2003年,第169页。

二、英国文学传统中的因循守旧

在《奥兰多》中,作者嘲讽男性权威作家常常以缪斯自居,要求年轻作家必须遵循他们千百年来固守的文学艺术创作的清规戒律,必须为他们泥古不化的理论"献上赞美之辞"。以格林为代表的文学权威总是喋喋不休地赞美旧时代,诋毁新时代。他大肆宣扬"我们所有的青年作家,如今都被书商雇了来生产卖得出去的垃圾";"伟大的时代已经结束。我们的时代每况愈下。我们必须珍惜往昔,尊重那些效法古代的作家"①。而对于奥兰多这样具有强烈革新意识的年轻作家,尼克·格林之流不是褒奖扶持,而是始终在摇头耻笑。

几个世纪以来,物质主义作家们因袭传统,在小说创作上总是千篇一律地拘泥于情节的编造和人物外部琐碎细节的描写,依靠情节的曲折离奇吸引读者,把大量的笔墨花费在无关紧要的琐事描写中以显示真实,而不注重挖掘人物心灵深处的思想意识的流动。物质主义的作家如同写实派画家一样,描写景物常常是机械地复制临摹,认为这样的描写才能反映客观真实。伍尔夫受到后印象派画家的影响,认为突出景物在特定的环境中使人的头脑产生的种种意识和感受才是体现了艺术的"真实"。于是伍尔夫在《奥兰多》中,辛辣地讽刺那些声名显赫的诗人和小说家只注重表面的真实,而不注重心灵的真实,认为他们是"不需要真实,或不尊重真实的人"②。

思想、情感、欲望是人性中最重要的元素。伍尔夫主张小说要深挖人物心灵的洞穴,表现人物内心深处的思想情感和欲望。在她的笔下,花朵有欲望,开花授粉;翠鸟有欲望,忙着筑巢产卵;人自然也有天生的欲望,追求自由和幸福。这些欲望像田野里的烈火熊熊燃起。而男性小说家却对人类命运的观照缺乏热情,他们不重视揭示人的思想情感和欲望,其作品所表现的几乎是千篇一律的思想空洞、情感麻木、浑浑噩噩的人生:"没有梦,只有活着、沾沾自喜、滔滔不绝、循规蹈矩,仿佛生活在遮天蔽日的大树之下"③。伍尔夫痛斥男性小说家的作品只能使人"愈加衰老、愈加冷漠"④。

---

① 弗吉尼亚·吴尔夫著:《奥兰多》,林燕译,北京:人民出版社,2003年,第163-164页。
② 弗吉尼亚·吴尔夫著:《奥兰多》,林燕译,北京:人民出版社,2003年,第110页。
③ 弗吉尼亚·吴尔夫著:《奥兰多》,林燕译,北京:人民出版社,2003年,第174页。
④ 弗吉尼亚·吴尔夫著:《奥兰多》,林燕译,北京:人民出版社,2003年,第159页。

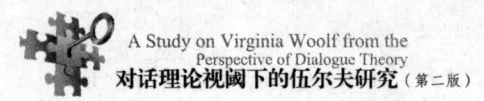

她大声疾呼:"无论男性小说家怎样说,欢呼幸福吧!穿梭于两岸之间的翠鸟,一切天生欲望的实现。"①

在传记写作中,物质主义作家要求只能写"实",不能写"虚"。所谓写实,就是要详细罗列传主的生平琐事,不能虚构情节,不能发挥想象,也不能描写传主的思索遐想及情绪,否则传记就不真实。因此,伍尔夫慨叹道:"任何一个值得我们去请教的人,都会同意生活是小说家或传记作家唯一适当的主题。这些权威人士还言之凿凿地说,生活与坐在椅子上胡思乱想毫不沾边。思想与生活,是相去甚远的两极。"② 伍尔夫讥讽物质主义作家为了追求所谓的真实,只写大头针掉在地上、蝴蝶从窗子飞进来等琐碎小事,而不描写传主思索遐想及由此而引起的情感骚动,如"叹气、喘息、脸红一阵白一阵、目光时而灼灼炯炯,时而昏昏蒙蒙"③。伍尔夫还挖苦物质主义作家们所主张的类似背日历或记流水账的写作方法,"眼下是十一月。十一月过后是十二月。之后是一、二、三、四月。……这样写传记,有其好处,却也多少空洞无味"④。伍尔夫认为这样写传记不能充分展现传主真实的精神世界,因此那种自然主义的机械写实手法是不可取的。

伍尔夫的《奥兰多》虽然是一部传记小说,但却完全仿照传记的形式,勇敢地突破了传统传记的清规戒律,大胆创新,虚构情节,并根据人物性格的发展赋予主人公大量的思索、遐想、情绪以及种种奇闻轶事,以虚构和狂放想象塑造了一个血肉丰满、情感丰富、特行独立、栩栩如生的奥兰多,更好地表达了奥兰多人性的真实。这本身就是对物质主义作家思想僵化的一种有力的批判。

因循守旧、墨守成规必然会被历史的发展所抛弃。临近小说结尾,伍尔夫意味深长地暗讽道:"英格兰的富豪权贵,正头戴礼帽、身披大氅,正襟危坐在四驾马车、维多利亚式马车和四轮四座敞篷大马车中。仿佛一条黄金的河流凝固了……这些庞然大物如何繁殖?它们显然会很讨厌紧张、变化和活动。……但这时,警察的手放了下来;车水马龙开始流动起来;由各种辉煌之物组成的巨大凝结物开始运动、疏散,最后消失在皮卡迪利广场。"⑤

---

① 弗吉尼亚·吴尔夫著:《奥兰多》,林燕译,北京:人民出版社,2003 年,第 174 页。
② 弗吉尼亚·吴尔夫著:《奥兰多》,林燕译,北京:人民出版社,2003 年,第 156 页。
③ 弗吉尼亚·吴尔夫著:《奥兰多》,林燕译,北京:人民出版社,2003 年,第 157 页。
④ 弗吉尼亚·吴尔夫著:《奥兰多》,林燕译,北京:人民出版社,2003 年,第 156 页。
⑤ 弗吉尼亚·吴尔夫著:《奥兰多》,林燕译,北京:人民出版社,2003 年,第 170 页。

历史总是在不断与陈旧习俗的斗争中发展变化，一切僵化和守旧之物最终会被历史的车轮碾压，这是任何人也无法阻挡的。

三、英国文学传统中的男权主义

伍尔夫在《奥兰多》中指出，在男权至上的社会，女性作家的成就常常被掩盖在男性作家的阴影之下。"她经常被当作'某爵士'出现在某现代回忆录中，而那位爵士其实是她的表亲。她的慷慨大度常被归之于他的名下，她的诗歌也常被说成出自他的手笔。"① 在男权至上的社会，时代精神时时桎梏着女人的写作。"她边写边感到有个精灵在她身后探头探脑，窥视她的写作。……拿了一把家庭女教师用的戒尺，从头开始评说。"② 男权社会时时处处监视着她们的一举一动，严格检查她的写作，绝不允许有任何违禁作品出现。

男权主义即当时的时代精神，它"给所有试图抗拒者都带来巨大创痛"③。在这种时代精神的改造下，奥兰多从一个英俊矫健、惯于骑马驰骋、敢于疆场厮杀的男子变成了一位害怕鬼魂出没的胆小娇弱女子。在时代精神的桎梏下，她终于要穿上沉重灰暗碍手碍脚的圈环衬裙，戴上戒指，找个男人结婚。经过多年的抗争，奥兰多呕心沥血创作的诗集《大橡树》终于出版了。《大橡树》的手稿上面满是"大海、血和旅行的污渍"④，这象征着女性作家成长的历程充满血泪和艰辛。

在《一间自己的屋》中，作者写道："（男性）胸中收养着一只鹰，一只兀鹰，那兀鹰总是在撕裂肝脏，啄剥肺叶——那就是那种要占有的本能，那种要获得的狂怒，这驱使他们渴望要永远地获得别人的田地和货物，驱使他们划定疆界、制造旗帜、制造战舰和毒气，驱使他们把他们自己的生命和他们子女们的生命奉献出来。"⑤ 伍尔夫认为，正是由于男性的自私、贪婪与虚荣，才挑起了战争。在《奥兰多》中，作者谴责那些干公贵族皆是靠

---

① 弗吉尼亚·吴尔夫著：《奥兰多》，林燕译，北京：人民出版社，2003年，第127页。
② 弗吉尼亚·吴尔夫著：《奥兰多》，林燕译，北京：人民出版社，2003年，第155页。
③ 弗吉尼亚·吴尔夫著：《奥兰多》，林燕译，北京：人民出版社，2003年，第141页。
④ 弗吉尼亚·吴尔夫著：《奥兰多》，林燕译，北京：人民出版社，2003年，第136页。
⑤ 弗吉尼亚·伍尔芙著：《伍尔夫散文全集》Ⅱ，王义国等译，北京：中国社会科学出版社，2001年，第523页。

抢夺与杀戮才赢得了巨大的财富和荣誉。这样的社会所产生的文学，其主流必定是鼓吹男尊女卑的，必定是颂扬武力与战争的；必定是依附贵族，和贵族沉瀣一气的。而且，英国的大多数作家皆出生于上流社会家庭，他们的作品不可避免地存在依附权势、追名逐利、狭隘自私、庸俗无聊、脱离广大劳苦群众的弊病。正如伍尔夫所说："从乔叟开始起直至现在，所有的作家，只有屈指可数的几个例外，坐的都是同一种椅子———一把高高在上的椅子……他们全都出身于中产阶级家庭；他们都受过良好的（至少是花费昂贵的）教育。他们都是在一座远远高出于绝大多数人的、精心粉饰过的塔上被养育出来的。"①

由于功利主义、因循守旧和男权主义等弊病的影响，英国文学在 19 世纪和 20 世纪显得比较芜杂浅薄。伍尔夫曾在《对于当代文学的印象》中一针见血地指出："我们这个时代只有精彩的片段。只有几节诗歌，几页作品，零零落落的一些篇章，这本小说的开头，那本小说的结尾，能与任何时代、任何作家的杰作势均力敌……这是一个荒芜不毛而且疲惫不堪的时代。"②《奥兰多》对英国文学传统弊病的批判是鞭辟入里、发人深省的，至今对我们仍有巨大的启迪和警醒作用。

第三节　伍尔夫与英国女性文学传统的对话和构建

伍尔夫始终如一地关注妇女和女性文学。作为一位新女性，她敏锐而自觉地把目光转向了英国文学中的女性和女性文学。她在自己的小说、散文、随笔和日记中进行理论创新，阐明自己的女性主义文学主张。她在《一间自己的房间》中系统提出了她的女性主义思想，该文是伍尔夫女性主义的宣言。而《三个基尼金币》是她更为深入的一本女性主义文本，她在作品中毫不隐讳地批判父权制的同时，对战争、民族、爱国等观念进行了认真严肃的思考。尽管这篇论文曾经遭到布鲁姆斯伯里团体某些成员的不满和批评，但伍尔夫仍然不改初衷，坚持自己的观点。"我真的好想写这本书，这

---

① 弗吉尼亚·伍尔芙著：《伍尔夫散文全集》Ⅱ，王义国等译，北京：中国社会科学出版社，2001 年，第 715 页。

② 维吉尼亚·吴尔夫著：《书与画像》，刘炳善译，南京：译林出版社，2008 年，第 129 - 130 页。

种愿望是多么强烈，多么执着，多么紧迫，多么冲动，我自己也说不清楚。我有一种安详之感，就好像已经说出了自己的全部想法。"① 在《妇女和小说》中，伍尔夫全面阐述了女性与写作的问题。她从社会历史角度着眼，探讨英国女性的社会经济地位、文化修养和受教育程度，并深入意识形态领域对妇女和文学创作的各种关系问题进行了细致而全面的考察，提炼出自己的女性历史观、女性文学史观和女性创作观。她认真总结了英国女性文学的历史，追溯了英国女性写作的传统，在自己的探索和尝试中为女性主义文学理论的形成和发展开辟了道路。伍尔夫是把女性主义全面引入文学领域的第一人，在女性文学及理论的构建方面起到了奠基者的作用。

一、英国女性写作境遇

伍尔夫呼吁妇女不要做父权社会中温柔贤惠、听凭男性摆布的"房间里的天使"，鼓励女性要养成独立的自我意识，"要有一间属于自己的屋子"，即争取经济上的独立是构建女性自我独立的基础，只有经济上独立才能真正拥有独立自由的空间，以女性的观点和手法写出优秀的作品。"钱"和"房间"不仅是女性进行创作的基本需要，也是女性对现实生活中自由和平等的渴望。换言之，女性如果不能冲破父权制所设置的种种桎梏，就根本无法唤醒自我意识，即使天资聪慧，也会被淹没在传统规范的汪洋大海之中。伍尔夫在《自己的一间屋》中，虚构了一个莎士比亚妹妹的故事：莎士比亚有个叫朱迪思的妹妹，和莎士比亚一样才华出众，博览群书，想象力丰富。但父母把哥哥送进文法学校接受正规的教育，却让她待在家里做家务，使她失去了学习文法和逻辑学的机会。她偶尔拿起哥哥的一本书来读上几页，父母亲就会要她去补袜子或者照看炉子上的炖肉。她只能偷偷涂抹几笔，还得仔细收藏，要不就毁掉。莎士比亚后来成为伟大的戏剧大师，而朱迪思则被许配给了一个羊毛商的儿子。她因为违抗父命，被残暴的父亲痛打一顿，离家出走。在伦敦，她也想同她哥哥那样做一个演员，却受到男人们的嘲笑，并且被经纪人引诱而怀孕。最后，她的美梦被残酷的现实击得粉碎，不得不在一个冬夜里自杀身亡。伍尔夫通过这个编造的故事说明，莎士

---

① 弗吉尼亚·伍尔芙著：《伍尔芙日记选》（1938年4月11日），戴红珍、宋炳辉译，天津：百花文艺出版社，2005年，第214页。

比亚妹妹的悲惨遭遇实际上隐喻了无数具有文学天分的妇女的不幸命运。女性如果不能冲破父权制所设置的藩篱，不能像男性一样享有政治、经济和受教育的平等权利，即使你是天才也会遭到扼杀。伍尔夫还以自己的成长经历现身说法，多年后当以平静的心情回忆少年时代的生活时，她在日记中写道："今天是父亲的生日。要是他还活着的话，今天该是96岁了。……他的在世或许完全扼杀了我的生活。那将会是什么样的局面？没有写作，没有作品——简直不可想象。"① 如果父亲活到现在，伍尔夫根本不可能成为一个伟大的作家，甚至很有可能像莎士比亚的妹妹一样下场悲惨。

由于长期受到婚姻、家庭、经济、社会、法律、习俗等因素的禁锢，英国妇女几乎被剥夺了创作的机会和能力，在诗与小说面前只能保持沉默。即使在18世纪以后，她们中极少数人终于有了一点创作机会，但也还是不可避免地受到传统观念的束缚，难以发挥出自己的才能。简·奥斯汀在写作时需时时提防门口，在有人进来的时候就迅速藏起她的手稿，甚至在小说完成后都不敢签署自己的真实姓名。乔治·艾略特视野过于狭窄，只是着眼于家庭这个极小的范围。《简·爱》出版时，作者还得用男性化名"柯勒·贝尔"来掩盖自己的真实身份。在这种羞羞答答和小心提防的情况下，女性如何能够解放思想写出优秀的作品呢？伍尔夫认为，要想彻底与旧规范决裂，就必须首先"杀死房间里的天使"，即克服自我贬抑、妄自菲薄的心理，这是树立女性信心的先决条件。她反复提醒大家，不要低估这个"房间里天使"的力量。对于社会强加给女性的种种偏见和评判，女性本身要拒绝臣服，敢于抗争，自强不息。

二、重构英国女性文学史

伍尔夫认为女性在人类历史和文学史的长河中始终是缺席的，"英国的历史是男性家系的历史，而不是女性的历史"②。女性作品的题材往往侧重于家庭生活，但在男性批评家看来过于狭隘，因此她们的历史和文学传统被男性历史编纂者和文学批评家所忽略或贬低。伍尔夫认为，这是以男性为中

---

① 弗吉尼亚·伍尔芙著:《伍尔芙日记选》(1928年11月28日),戴红珍、宋炳辉译,天津:百花文艺出版社,2005年,第114页。

② 弗吉尼亚·伍尔芙著:《伍尔芙随笔全集》Ⅳ,王义国等译,北京:中国社会科学出版社,2001年,第1627页。

心的价值观在作祟,导致无数女作家在文学史上被抹去。因此她强烈呼吁女性必须有自己的历史,必须重新构建女性文学传统。在此,伍尔夫是一位勇敢的拓荒者:"进行写作的妇女就是通过她的母辈往回进行思考。"[①] 这是伍尔夫在女性主义宣言《一间自己的房间》中提出的解决问题的关键,作为女性作家,必须通过挖掘"母亲"的历史来了解女性的历史和传统。只有考察了普通女性的生活情况,才能构建她们的历史谱系。伍尔夫不仅发现且推崇伟大的英国女性作家,还发掘大量隐匿的无名女性的作品。除了阅读她还做了大量的笔记和评论,详细阐述自己的女性主义文学观。《伍尔夫随笔全集》中有多篇文章都评价了这些寂寂无闻的女性作者的作品,其中有小说、日记和诗歌,如《伊丽莎白女王的少女时代》《斯特拉齐夫人》《一位宫廷侍女的日记》《美国妇女》《海斯特·斯坦诺普小姐》《格雷老太太》《写个不停的妇人》《简·奥斯丁》《多萝西·奥斯本的〈信札〉》。伍尔夫认为,我们需要通过写作来重构女性历史。因为女性的生活轨迹仅限于家庭,烹饪出的食物会被吃掉,生养的孩子成人后会离开家庭,女性的一生无法把握,只有文字才能再现女性的生活状态。

伍尔夫坚信女性日常生活叙事是女性文学传统的重要组成部分,日常生活是女性经验的源泉,因此要寻找女性文学传统和构建以女性为主体的历史,应该从女性的日常生活经验出发。记录日常生活和内心情感的日记便是承载女性经验和历史的最佳写作形式之一,阅读日记和写日记是了解和重构女性历史的有效方式。除了伟大女作家的日记,伍尔夫对无名女性的日记也非常感兴趣。不仅如此,她还身体力行坚持日记写作。日记是她最长的作品,既展现了她的生命轨迹,也是她毕生思想的结晶。多达 30 本的手写日记不仅记录了伍尔夫的家庭生活和社会交往,还记载下一位女作家的写作生涯。如果想了解一个女作家的性格脾性,想一探她的小说背后的故事,研究她的日记是最好的选择。

伍尔夫通过挖掘英国女性先辈的日记并撰写自己的日记,来重建女性文学史。日记是一个女性一生的再现,它能够还原女性的真实生活,可以说是这个女性的自传,是她的个人历史。要想构建女性历史和文学传统,就要回归女性写作和女性经验本身,书写女性历史就是对女性历史、女性文学传统

[①] 弗吉尼亚·伍尔芙著:《伍尔芙随笔全集》Ⅱ,王义国等译,北京:中国社会科学出版社,2001 年,第 577 页。

的重建与还原,一个女性作家个人的自述,是对女性自我意识、生活经历与感悟的陈述,只有靠写作才能重建女性文学的历史。日常生活也有审美价值,作者应该将精力放在每一个普通的日子。伍尔夫几十年来经年累月地写日记,对她而言,日记已然成为与空气和水同等重要的事情,写日记便是撰写她的个人史,便是书写大写的女性史。日记本来就是个人日常生活的记录,承载了作者对内心世界和外部世界的感悟。伍尔夫将自己生活中所发生的大大小小的事件都记录在日记之中,不论是日常琐事,还是国家政治,都表达了自己的理解、感悟和态度。日记还原了女性的日常生活,总结了女性经验,重现了女性的历史。

三、伍尔夫的女性主义文学理论

弗吉尼亚·伍尔夫的女性主义文学理论的形成,一方面受当时社会的女权主义运动日渐高涨的影响,另一方面源自她从小就养成女权主义意识。她通过对历史和现代女性文学的不断思考,形成勇于革新、不断超越自我的决心。伍尔夫分析了父权制影响下女性在文学作品中的形象,指出女性在语言和形式上不同于男性写作。伍尔夫还提出了女性写作的终极目标是要做到双性同体,即在创作思维机制上既要具有男性气质又要具有女性特质。伍尔夫把双性同体作为一种消除男女性别对立的根本方法。她认为只有双性同体的思维方式才能创造出伟大的作品,最正常、最适宜的境况就是达到这两种力量的均衡和谐及精神上的相互配合。伍尔夫双性同体的文学理念在她的小说《奥兰多》中得到了充分的体现。

在《奥兰多》中,伍尔夫通过一个虚拟的、能穿越时空的双性同体的人物奥兰多,暗示和证实自己的双性同体理论的可行性。奥兰多从还是男儿身的时候起,就一直在酝酿和创作诗作《大橡树》,但是进展甚微。在经历了世事沧桑的变迁和自身性别的改变等各种磨难之后,奥兰多以女儿身回到了大橡树下,终于完成了长诗《大橡树》的创作。在奥兰多身上,伍尔夫寄予了自己双性同体的理想,试图通过创作实践来说明只有通过两性合作,相互取长补短,才能取得最为理想的文学艺术成就。

伍尔夫考察了女性与男性在生活阅历和性格上的差别。从生物学的属性上看,她认为女性的思维方式和表达方式与男性不同。女性更注重情感和直观感觉,因此女性语言只能也必然从感觉、情感和直觉的潜意识深井中寻找

第二章
伍尔夫与英国文学传统的对话

源泉,在语言表达上也因而具有朦胧性、隐秘性、细腻性、暗示性、隐喻性和诗性的特征。伍尔夫充满激情地写道:"英国妇女从一种无可名状的波动而模糊的存在变成为选举人、领取工薪者和有责任感的公民,这一转化使她们的生活和艺术都趋向非个人化。她的人际关系不再只是感情的,而且也是知识的和政治的了。社会牛虻的角色过去一直专由男人担任,我们可以指望今后妇女也将发挥这一作用。她们的小说将涉及社会的弊端及其政治措施。这一变化将会使女性的作品充满她们所缺乏的诗意的精神,会使她们投向诗人所试图探讨解决的有关我们的命运和生活意义的更广博的空间。妇女的写作体裁和题材因此会开始宽泛。"[①] 伍尔夫把语言看作一种可以确切传达思想、情感和经验的工具,在作品中着力表现心灵、本能、直觉等女性精神气质,探寻"隐秘的深处",捕捉"重要的瞬间",描绘人物浮想联翩、千变万化的精神世界。根据女性情感细腻的特点,女性作家完全可以采用诗化的语言来描述人物内心最深处的真实,并以此作为区别于男性文学规范的主要表现形式。她甚至认为,女性描写客厅里女人的情感并不比男人描写战争场面逊色。可以看出,在伍尔夫那里,语言就是一个独立的系统,一个稳定的媒介。她试图借助自己所理解的女性的语言方式摆脱现存语言体系的束缚,确立女性在语言表达方面的独立地位。

伍尔夫号召妇女在创作时应努力建构女性话语和价值观念。她指出,"这是男人的语句,在它背后人们能够看见约翰生、吉本和其他人。它不适合妇女使用。"[②] 这种方式女性运用起来并非得心应手。"批评家断定某书重要,因为它写的是战争;某书无足轻重,因为它写的是在起居室里女人的感情。"[③] 对于这种观念,妇女在写作时会不由自主地去进行更正。她们想认真地对待那些在男人们看来无关紧要的事情,并使那些男人认为重大的事显得渺小。而一旦这么去做,她便立刻受到男性批评家的征伐,他们根本不能理解,也不能容忍女性破坏他们的传统。在这种男性霸权文化的压制下,女作家或者温顺羞怯,或者愤怒焦虑,始终不能心平气和地在作品中自由表达

---

① 弗吉尼亚·伍尔芙著:《伍尔芙随笔全集》Ⅳ,王义国等译,北京:中国社会科学出版社,2001年,第1633—1634页。
② 弗吉尼亚·伍尔芙著:《伍尔芙随笔全集》Ⅱ,王义国等译,北京:中国社会科学出版社,2001年,第558页。
③ 弗吉尼亚·伍尔芙著:《伍尔芙随笔全集》Ⅱ,王义国等译,北京:中国社会科学出版社,2001年,第555页。

自己的思想。

　　为了对抗男性话语霸权，伍尔夫自己开始了不间断的探索和实践，并与贝内特、威尔斯和高尔斯华绥等自然主义作家展开论战，批评他们只关注物质的现实主义创作方法，推崇一种从人的内在精神世界出发的意识流创作方法。她深入探索人物内心隐秘的深处，捕捉人物生命中的重要的瞬间。她从不满足于现有的成就，而是不断地创新，力图寻找新的艺术形式和技巧，以突破占统治地位的男性文学规范，为女性寻找到适合的话语和表达方式。她通过反复试验，把小说、散文、诗歌、戏剧、音乐、绘画等多种文体融为一体，创作了如《到灯塔去》《海浪》《岁月》《幕间》等寓意深远、韵味盎然的诗化小说。这种体裁更加新颖、语言更加优美的写作手法，为女性主义文学开辟了一条崭新道路。伍尔夫认为，在争取女性话语权和价值观的同时，还要扩大女性的生活空间，即丰富女性自身的体验和阅历。女性应该走出封闭的狭小的个人世界或家庭的小圈子，步入广阔的社会生活，不仅关心身边的家庭情感生活，更为重要的是，体验社会、政治乃至世界的各方各面，增加与周围各种人的联系，丰富自己的阅历，以获取更多第一手的写作素材。所以，伍尔夫不满足简·奥斯汀、勃朗特姐妹和乔治·艾略特的写作题材，因为在这种情况下，根本不可能写出规模宏大、气势宏伟、意义深远的伟大作品。

第三章　伍尔夫与世界文学思潮的对话

本章将重点探讨伍尔夫在创作过程中与西方文学传统及国外经典作品之间的互文性对话，通过运用互文性理论和巴赫金关于互文性的观点来探讨伍尔夫的作品与古希腊文学、文艺复兴文学、俄国文学、西方散文传统之间的互文对话及传承发展的关系。伍尔夫除了在作品中通过对经典文本的引用、戏仿和重写来体现文本之间的对话性外，更重要的是，她抓住了这些经典文学传统的精髓——对话。例如，古希腊戏剧中体现的狂欢化特征、柏拉图的对话体、俄国文学对人物内心冲突的关注和开放式结构等使作者与读者的对话成为可能。伍尔夫之所以选择与这些国外文学经典互文，是因为它们大多处于文化转型期，多元文化思潮的不断碰撞与交锋，科技进步带来的社会文明进步和深刻变革，促使一些文学艺术家颠覆固有的僵化秩序，变革文学形式和写作方法。而伍尔夫也正处于维多利亚传统文学向现代主义文学过渡的时期，她紧紧把握时代的脉搏，通过对文学传统的继承与创新，强调对主体性的对话性建构，打破主流文化与边缘文化的壁垒，实现精英与大众的对话，从而重建女性文学传统，开创现代主义小说的新时代。

第一节　伍尔夫与古希腊文学的互文与对话

古希腊以它独特的风采和所取得的卓越成就享誉全世界，古希腊精神和古希腊文化创造了人类社会发展史上的一个高峰，成为欧洲文明当之无愧的摇篮和发源地。西方精神宝库中的自然精神、浪漫精神、自由精神、神秘精神、理性精神、科学精神和思辨精神等，都发端于古希腊精神。

伍尔夫的一生都在与古希腊文学对话，她人生的每个阶段都在学习、阅读和研究古希腊文学，并不断从中汲取营养。1897年10月，伍尔夫开始了她人生中的第一堂希腊文课,并在国王学院的附属教学楼里跟随乔治·沃尔(George Warr)学习了两年希腊语。正是这两年的学习经历让她彻底爱上希腊文和古希腊文学。1900年,伍尔夫在给朋友的信中写道:"希腊文就如同面包一样不可缺少,让我感到愉悦。"① 之后伍尔夫又先后跟随克拉拉·佩特(Clara Pater)、珍妮特·凯斯(Janet Case)和简·哈里森(Jane Ellen Harrison)继续学习希腊语。值得一提的是,克拉拉·佩特是现代美学家瓦尔特·佩特的妹妹,瓦尔特·佩特是研究希腊文学的专家,其著作《文艺复兴史研究》(1873)、《柏拉图和柏拉图主义》(1893)、《希腊研究》(1895)等,掀起了当时英国人研究希腊文学的热潮。伍尔夫曾阅读过佩特的著作,并深受影响。伍尔夫自17岁时就开始阅读希腊原著作品,如索福克勒斯、欧里庇得斯的戏剧、柏拉图的对话录等。1902年,哥哥索比(Thoby)送给她一本麦凯尔(J. W. Mackail)编辑的《希腊选集警句》,她在回信中说:"我非常喜欢这些警句,我会从女性的视角去解读它们。"② 索比是剑桥大学"使徒社"的成员,不仅给妹妹讲解他所学的关于希腊的知识,而且将智辩的精神传授给她,两人经常就某个问题展开对话和讨论。伍尔夫在1906年由索比陪同到希腊游历,不幸的是索比在当地染上伤寒,回国不久便英年早逝,因此伍尔夫在此后研究希腊作品时倾注了对哥哥的思念之情,并于1932年再次踏上希腊的土地。在创作的后期,她对古希腊文学的热情依然有增无减。在1934年的一则日记里,她说:"我正在读《安提戈涅》,希腊语的魅力仍然这么强,谢天谢地我在年轻的时候学会了它——它总是带给我其他语言无法给予的情感。"③ 即使在第二次世界大战爆发的前期,她的精神几近崩溃,仍然希望希腊文学能给她带来安慰。每当她感到不适,"就尝试将注意力转向古希腊作者上,这样会好受一些"④,古希腊文学是她缓解压力的港湾。

伍尔夫不仅阅读古希腊神话、戏剧和诗歌原文,还亲自编辑、评价甚至

---

① Virginia Woolf: *The Letters of Virginia Woolf*, vol. 1, ed., Nigel Nicolson, New York: Harcourt Brace Jovanovich, 1975, p. 35.

② Virginia Woolf: *The Letters of Virginia Woolf*, vol. 1, ed., Nigel Nicolson, New York: Harcourt Brace Jovanovich, 1975, p. 57.

③ Virginia Woolf: *The Diary of Virginia Woolf*, vol. 4, ed., Anne Olivier Bell and Andrew McNeillie, London: Penguin, 1982, p. 257.

④ Virginia Woolf: *The Diary of Virginia Woolf*, vol. 4, ed., Anne Olivier Bell and Andrew McNeillie, London: Penguin, 1982, p. 236.

教授古希腊文学，而且她的大部分小说都与古希腊文学有着互文关系。早期她将自己对《安提戈涅》《斐多篇》《会饮篇》等作品的理解和感悟编辑成册，成为后来的《希腊笔记》（*Greek Notebook*）。随着对希腊文学认识的不断加深，伍尔夫用两篇散文《完美的语言》（"The Perfect Language"）[1]和《论不懂希腊文》（"On Not Known Greek"）来详细论述希腊语和希腊文学的特征，阐明了古希腊精神对英国文学的影响。伍尔夫在第一部小说《远航》中，借安布鲁斯之口强调了希腊文学的价值："如果你看不懂希腊语，那看别的又有什么用呢？说到底，只要你看过希腊语，你就再不需要看其他东西，那纯粹是浪费时间。"[2] 古希腊神话中的典故和人物形象更是经常被伍尔夫借用。例如在小说《到灯塔去》中，伍尔夫将拉姆齐夫人和莉莉的关系等同于农业女神德墨忒尔（Demeter）和珀耳塞福涅（Persephone）的母女关系。珀耳塞福涅被冥王从德墨忒尔身边抢走，后者悲痛万分，导致来年大地颗粒无收。而坦斯利（Charles Tansley）就将拉姆齐夫人（生育了8个孩子）与丰饶的大地联系在一起，当在集市上见到她时，坦斯利如此描述道："她的眼里星光闪烁，头发上笼着面纱，胸前捧着樱草花和紫罗兰……她从万花丛中轻盈地走来，怀里抱着凋谢的花蕾和坠地的羔羊。"[3] 拉姆齐夫人被比喻为花儿和果实，但同时又与凋零、失去相关。

在伍尔夫几乎所有的小说中都有一位研究希腊文学的专业学者，如《远航》里的帕波先生（Mr. Pepper）、《雅各的房间》中的索普韦斯（Sopwith）、《到灯塔去》中的班克斯（Mr. Bankes）、《岁月》中的爱德华和安布罗斯先生（Mr. Ambrose）等。但作者用嘲讽的笔触刻画出他们刻板、僵化的形象及对古希腊精神的误读，意在颠覆当时学院派精英的男性权威，鼓励普通读者和女性读者从多个角度来理解和阐释古希腊文化。伍尔夫不像其他贵族小姐那样拜访穷人并给予物质上的施舍，她选择去学院教书，把古希腊文化传授给那些劳动妇女，赠予她们宝贵的精神财富。

---

[1] 这篇文章是对古典版本《希腊神话》的书评，曾于1917年5月24日发表在《时代杂志》的文学副刊上，但如今已经遗失。
[2] 弗吉尼亚·吴尔夫著：《远航》，黄宜思译，北京：人民文学出版社，2003年，第192页。
[3] 弗吉尼亚·伍尔夫著：《到灯塔去》，瞿世镜译，上海：上海译文出版社，2009年，第12页。

一、伍尔夫对古希腊文明的接受

伍尔夫认为，古希腊文学的原创性在于它以质朴的艺术形式表现了"稳定的、持久的、原初的人"①。她通过点评和对比索福克勒斯、欧里庇德斯、埃斯库罗斯的作品，重点揭示了古希腊文学四大原创特性：情感性、诗意性、整体性、直观性。情感性主要体现在剧中人物的对话之中。富有激情的人物对话交集着绝望、欢喜、仇恨等多种极端情绪，将人物的性格、外貌、内心冲突和信念全都鲜活地呈现出来："我们看到毛茸茸的黄褐色身体在阳光下的橄榄树丛中嬉戏，而不是优雅地摆放在花岗岩底座上，矗立在大英博物馆暗淡的走廊上。"②诗意性体现在它以合唱队方式将人物情感从个别、具体的层面升华到普遍、不朽的诗意境界的过程中。如索福克勒斯用合唱表达所要强调的东西："他的合唱从他的剧本中自然地生发出来，美妙、崇高、宁静，没有改变观点，而是改变了情绪。"欧里庇德斯用合唱超越剧本本身，发出"怀疑、暗示、质询的气氛"③。整体性体现在它作为"一个没有美丽细节或修辞强调的整体"的形式特征中。它"较多考虑整体，较少考虑细节"，"直接地从大处着眼，而不是细致地从侧面观察"。它能够"把我们带到一种狂喜的精神状态，只有当所有力量都调动起来营造整体效果的时候才能达到的状态"④。直观性体现在"每一个词都带着橄榄树、神庙和年轻的身体奔涌出的活力"的创作形态中。"那些语词……大海、死亡、花朵、星辰、月亮——如此清晰，如此坚实，如此强烈，令人觉得要想简单而准确地表述，既不模糊轮廓又不遮蔽深度，希腊文是唯一适当的表达方式。"⑤古希腊文学的原创性就体现在形神合一的完美特性。在那里，声音与心灵、境与意、形与神、言与意是浑然一体的；换句话说，其文学表现

---

① Virginia Woolf：*The Essays of Virginia Woolf*, vol.4, ed., Andrew MeNeillie, London：The Hogarth Press, 1994, p.56.

② Virginia Woolf：*The Essays of Virginia Woolf*, vol.4, ed., Andrew MeNeillie, London：The Hogarth Press, 1994, p.69.

③ Virginia Woolf：*The Essays of Virginia Woolf*, vol.4, ed., Andrew MeNeillie, London：The Hogarth Press, 1994, p.44.

④ 弗吉尼亚·伍尔芙著：《普通读者》Ⅰ，马爱新译，北京：人民文学出版社，2003年，第29页。

⑤ 弗吉尼亚·伍尔芙著：《普通读者》Ⅰ，马爱新译，北京：人民文学出版社，2003年，第31页。

形式与被表现的生命精神是浑然一体的。这既是最高境界的文学,又是最具原创性的文学。

　　古希腊文学饱含着对美与真的追求,而对话精神就是从古希腊发端的。从希腊传统的非个人化(去权威化)、辩论戏剧、合唱,可以看出伍尔夫的写作理念与对话精神的契合。在《论不懂希腊文》中,伍尔夫分析了希腊人外向进取、热爱自然、喜欢交谈和辩论、崇尚理性、追求真理的精神,并与希腊文化精神与希腊文学人物等互文。在该文中,伍尔夫第一次提到非个人化。希腊文学是非个人化的,既不受祖先的影响,也不带有作者的个人色彩,读者无须依赖作者的提醒,自己展开想象。古希腊人崇尚真理,追求非个人化文学,喜欢户外辩论。古希腊文学是公众化的,戏剧直接与观众交流,在对话中体现性格情感,合唱队是各种声音的混杂。柏拉图希望在辩论中追求真理,以整体论的自然观来探讨宇宙和世界万物的起源,展示了博大精深的哲学精神。

　　希腊语言简洁有力,希腊词语发音饱满、清晰。伍尔夫认为希腊语的单个词语、现象、符号与其意义不是一一对应的,一个词可以有多个意义。希腊合唱超越单个声音,超越性别,是集体、匿名的杂语现象,并被伍尔夫运用到小说中。如《海浪》中的鸟叫、《岁月》里孩子的合唱、《幕间》中既是观众又是演员的村民。《海浪》是伍尔夫将合唱融入小说最成功的一部,由6种不同的声音组成,每个人都有意识地加入合唱中来。小说中长得好看的男性被描述成神话里的人物,如《夜与日》中的拉尔夫、《雅各的房间》中的雅各、《岁月》中的爱德华等。古希腊人祭祀酒神时,演唱为酒神事迹谱写的赞歌,角色对白和合唱相结合的希腊戏剧由此逐步形成。希腊戏剧与城邦的政治活动紧密相连,公民通过观看戏剧来参与民主制度的讨论和评价。虽然这反映出古希腊人对民主政治的高度重视,但由于参演和观赏的都是男性公民,女人、奴隶和外来人都被隔离在外,公民内部的民主建立在奴隶制的基础上,可见奴隶制社会中等级森严。因此,伍尔夫要在自己的小说里让女性等边缘人物融入合唱团,站到舞台上发出自己的声音。她从女性视角叙述,通过对合唱团传统的颠覆来颠覆男性权威,让不重要的人物,甚至乞讨的老妪也可以发出自己的声音。

　　希腊民族一直保持着高度的开放和外向进取的性格,希腊人与外邦,如埃及、巴比伦等文明古国都有广泛的接触和联系,学术交流和贸易往来频繁。希腊许多名垂千古的哲学家、文学家和自然科学家几乎都有过出国游学的经历。各种宗教，不同的思想、风俗、价值观念并存和碰撞，形成了古希腊特有的兼容并蓄的文化氛围，在哲学、文学和自然科学领域出现了百花齐放和百家争鸣的大好局面。他们尊重异域文化，兼收并蓄。雅典人喜欢在露天看戏，在集市听人辩论。伍尔夫小说中就有类似场景，如《幕间》的露天剧、公园里的辩论等。希腊的公共空间空前繁荣，如市政广场、神庙、祭坛、议事大厅、露天剧场、体育场。公民可以自由、平等地交流和辩论，辩论中唯一遵循的原则是符合逻辑或言之成理。辩论和交流不仅可以表达自我的看法和实现自我价值，还能在群体中与他人形成认同感，产生集体感，加强人与人之间的联系。通过戏剧表演，公民可以对城邦的公共事务进行讨论，甚至提出质疑和建议，批判政治阶层所制定的政策。伍尔夫在小说中也描写了很多公民在公共场所的场景，但这些公民多数是沉默不语的，对皇室只有崇拜没有质疑的声音。

古希腊哲学家赫拉克利特（Heraclitus）第一次提出"人不能两次踏进同一条河流"的哲学观点，被列宁誉为辩证法的鼻祖，他最先提出了逻各斯这一概念，认为它是一种隐秘的智慧，是世间万物变化的一种微妙尺度和准则。斯多亚学派是逻各斯的提倡者和发扬者。他们认为，逻各斯是宇宙事物的理性和规则。柏拉图（Plato）和亚里士多德（Aristotle）虽然并未使用逻各斯这个概念，但是希腊哲学中潜藏的认为宇宙万物混乱的外表下有一个理性的秩序、有一个必然的规则和本质的观念却和逻各斯概念是潜在相通的。比如，柏拉图思想中的"理念"就可以被视作"逻各斯"这一概念的变种，而晚期希腊一些哲学思潮，就直接把"逻各斯"看作柏拉图所说的诸理念的统一。在小说中，伍尔夫将世界运行的规则以图示的方式展现出来，如达洛卫夫人、拉姆齐夫人的缝纫，海伦的刺绣，莉丽的绘画。这些女性角色都在致力创造一个和谐的秩序，创造与男性统治下的不同世界。《达洛卫夫人》的主题之一是探寻个人与群体的关系，叙事结构、人物内心意识的交集就是伍尔夫要描绘的一个图景。《远航》中特伦斯发现了生活的图示，他这样说道："'我写小说想要做的，和你弹钢琴想要做的很相似'，他一边回过头冲着雷切尔一边说：'我们想弄清楚藏在事物后面的是什么，不是吗？——就说下面的那些灯光吧，'他继续说，'你看，它们是散开的。我感到事物对于我来说就像灯光一样，我想把它们联系起来。你见过焰火的图案吗？我也想编织这样的图案。'"① 对于特伦斯来说，事物的背后有个图示，人物按照这个秩序运行，人们不再孤独，不再隔离，而是一个相互联系的社团。

每周的布鲁姆斯伯里聚会是大家对话交流的平台，各路精英聚集在一起讨论哲学、文学、艺术、历史等问题，这显然是对古希腊精神的传承和发扬。古希腊的哲学和文学自然是最热门的话题，如希腊人的探索精神、柏拉图式对话追求的真理与美、柏拉图的精英主义和完美主义等。

二、伍尔夫与柏拉图式对话

伍尔夫在《往事素描》(*The Sketch of the Past*) 和《海德公园门 22 号》(*22 Hyde Park Gate*) 中较为详细地描述了她儿时阅读《柏拉图对话录》的情形。大约在 16 岁的时候，伍尔夫就开始接触《柏拉图对话录》。她在《海德公园门 22 号》中写道："年幼时参加一个晚会，席间与哥哥乔治（George Duckworth）谈论柏拉图的对话录。"当时在英国，年轻女士阅读柏拉图的行为尚未得到公众的认可，因此她担心"自己对对话录的评价会受到后者的嘲讽"②。伍尔夫在《论不懂希腊文》中介绍她深受柏拉图式对话的影响，相信并坚持在对话中寻找真理。对话精神不仅促使她与外界积极交流，还始终贯穿在其文学创作之中。下文将从对话与真理、文体混杂和柏拉图式隐喻三个方面论述伍尔夫与柏拉图的互文。

1. 对话与真理

伍尔夫在《论不懂希腊文》中十分推崇柏拉图在对话中寻求真理的主张，并指出真理并非绝对唯一，重要的是达到真理的过程和方法而非最后的结果。在谈及苏格拉底与他人智辩的过程时，她说："真理是变化多端的，真理以不同的假象来到我们面前，我们要发现它，靠的不仅仅是智慧……真理需要我们用整个身心去追逐。"③ 我们不应该放弃爱好自由、娱乐的天性，应该与外界广泛接触，释放听觉、触觉才能更快地找到真理。柏拉图的

---

① 弗吉尼亚·吴尔夫著：《远航》，黄宜思译，北京：人民文学出版社，2003 年，第 250 页。
② Virginia Woolf: *Moments of Being*, London: Harcourt, 1985, pp. 174–175.
③ 弗吉尼亚·伍尔芙著：《伍尔芙随笔全集》Ⅰ，石云龙等译，北京：中国社会科学出版社，2001 年，第 34 页。

对话录总共 40 多篇，都是围绕苏格拉底与他人的辩论展开。对话录虽然是由柏拉图所创作，但却被称作"苏格拉底式的谈话"。古希腊的思辨性对话文体非常盛行，西密阿斯等哲学家也在运用，但唯有柏拉图运用得最为得心应手。在《柏拉图对话录》中柏拉图本人很少出场，他借自己的老师苏格拉底与他人的对话来阐述自己的哲学理念，且塑造的对话者个性鲜明。古希腊哲学写作的文体有很多种，包括哲学论文、史诗、格言体、演说体、书信体等。之所以柏拉图始终用思辨性对话这一文体阐释哲学问题，是因为他相信对话中出真知，真理愈辩愈明。柏拉图式的对话过程是不断被反驳推翻的过程，其中悬念丛生，容易勾起读者阅读和求知的欲望。很多问答对话没有结果，开放的结构给读者提供了参与和思考的空间，增强了读者的主体性。正是这种无最终结论的对话，促进后世继续对这些关乎人类终极真理的问题不断地进行思考和探索，从而推动了人类文明的发展。黑格尔认为其对话体极具魅力，就是因为柏拉图式对话体中的对话双方是平等的主体，"充分避免了一切肯定、独断、说教的作风"[1]。加达默尔则从柏拉图的对话录中发现："谈话艺术的第一个条件是确保谈话伙伴与谈话人有同样的发言权。"[2] 他赞赏柏拉图的《斐多篇》："希腊人今天仍然是我们的典范，因为他们抵制概念的独断论。"[3] 柏拉图式对话的特点是开放性和多元化，开放性指结构的开放。

柏拉图的对话录对伍尔夫的哲学思想和创作都有很大的影响，并促使《普通读者》中对话思维的形成。对那些没有受过高等教育和希腊语训练的普通读者来说，《论不懂希腊文》拉近了伍尔夫与普通读者的距离。虽然希腊语语法晦涩难懂，但伍尔夫还是希望普通读者去学习，以打破精英学者对古典文学的垄断和诠释权，颠覆男性学院派的权威。她在散文中与读者对话的技巧就是借鉴了柏拉图式的对话形式，如小说与戏剧元素的融合、上下文语境、修辞、人称代词的运用、提问、引用、诘问、反复提问等。伍尔夫在《论不懂希腊文》里讨论了柏拉图式对话中的苏格拉底式诘问，指出这个问答的过程是"一个累人的过程，费力地紧抠语言的准确含义，判断每个陈述的内涵，专心而挑剔地注视着观点一步步缩小和变化，逐步硬化和加强，

---

[1] 黑格尔著：《哲学史讲演录》（第二卷），贺麟、王太庆译，北京：商务印书馆，1997 年，165 页。

[2] 加达默尔著：《真理与方法》，洪汉鼎译，上海：译文出版社，1999 年，第 471 页。

[3] 加达默尔著：《哲学解释学》，夏镇平等译，上海：译文出版社，2004 年，129 页。

变成真理。……当辩论一步步升级,普罗泰哥拉招架不住,苏格拉底紧追不舍,重要的不是结果,而是我们达到这结果的方式。所有人都能感到——那不屈不挠的诚实、勇气、对真理的热爱,使苏格拉底能够带我们登上绝顶"①。

柏拉图与苏格拉底都不喜欢演说体,转而选中对话体,认为一对一、面对面的对话才是真正的哲学活动,才能找到真理。求真是希腊理性主义最突出的表现,古希腊人抱着探索真理的热情,通过对话与辩驳来实现自我的反思,这是追求真理的必经之路。"提问—回答—追问—修正"的对话模式,是一个反复交替的动态过程。真理不是那么容易得到的,这个辩证的过程否定了真理的绝对性,帮助我们认识到真理的相对性和多样性。在对话中,苏格拉底自称"无知",而与他对话的一方则自称"有知"。苏格拉底向对方求教,即提出问题,对方做出回答,这是对话的第一阶段;接着苏格拉底就对方的回答提出质疑,展开论辩,这是对话的第二阶段;最后苏格拉底通过不断追问,迫使对方对自己深信不疑的观点进行反思,并承认自己的无知,这是对话的第三阶段。这一对话模式的最大优点就在于它使人不但看到辩论所得出的最后结论,而且看到人的思想的辩证发展过程。提问成为柏拉图对话的中心环节,推动对话深入进行。对话的双方是独立的主体,对话得以成立的重要一点就是保证双方具有同样的发言权。虽然有一方对某一方面的认知为零,向对方社会地位较高的"智者"提问,但两者却是平等的,后者无法将观点强加于对方,前者有自己判断质疑的权利,从而避免了一切权威主义、独断、说教的嫌疑。其中出现的反思是自己与自己的对话和争辩,是一种双声语,并且充满对他人话语的指涉。这种对自我的疑问是去权威的表现,其中没有伟人。对话者之间的关系比较随性,可以讥讽、嘲笑。"笑"可以消除两者的距离,打破等级区分,使两者趋向平等。

在《伊安篇》中,柏拉图否定诗人作为叙事者的权威和全知全能,对里面的人物进行限定,所有人物各说各的,不能被别人替代。对话录中苏格拉底的形象是一无所知的,别人让他对某一问题做出回答时,他总是不能给出确定的说法,总是说不知道,然后用讨论的语气与对方探讨。例如在《国家篇》中,当格劳孔恳求苏格拉底对"善"做出解释时,苏格拉底说他

---

① 弗吉尼亚·伍尔芙著:《普通读者》Ⅰ,马爱新译,北京:人民文学出版社,2003年,第27-28页。

恐怕能力不足，轻率的热情会使他出乖露丑，所以还是暂且不管自身的实在本性。这种交流方式与伍尔夫的《一间自己的房间》中的开头何等相似！没有肯定，只有对话，与读者共同寻找真理。真理诞生在共同寻找真理的人们之间的对话中。柏拉图、巴赫金、加达默尔都明确指出真理是无止境的：人是一种开放的存在。正如巴赫金所说："世界上还没有过任何终结了的东西；世界的最后结论和关于世界的最后结论，还没有说出来；世界是敞开着的，是自由的；一切都在前头。"① 柏拉图对话中的苏格拉底并没有提出关于世界和人的最终真理，并非仅仅由于"时代的限制"，而是由于世界和人是一种开放的存在。加达默尔在《哲学解释学》中赞扬柏拉图的《斐多篇》"开始了西方形而上学真正的转折"；"希腊人今天仍然是我们的典范，因为他们抵制概念的独断论和'对体系的强烈要求'"②。在加达默尔看来，"我们的思想不会停留在某一个人用这或那所指的东西上。思想总是会超出自身"③。只有从这个角度，我们才能更为深刻地理解苏格拉底反复强调的德尔菲神庙上那句众所周知的名言"认识你自己"。

　　对话体出现在希腊文化转型时期，当时民主力量升起，质疑旧贵族的权威，自由辩论的风气盛行。而唯我独尊、自我封闭的话语模式终将被自由开放的对话模式取代，以适应转型期的社会文化需要。任何理论只有在对话和交流中才能生存发展。对话产生的社会环境是希腊文明，对话是希腊人的日常生活方式和公共生活的主要交流方式，是公民高度自由民主的象征。黑格尔非常认可对话："……我们谈话的每个人有充分的自由和权利自述和表现他的性格和意见。……无论我们怎样固执地表达我们自己，我们总必须承认对方也是有理智、有思想的个人。"④ 柏拉图在《克拉底鲁篇》中指出真理不能被任何人所占有，而对话可以提供唤醒显现真理的可能，在对话中可以对盛行的、权威的观念进行质疑、批判，对话可以无限接近真理。柏拉图推崇口头谈话，认为这更接近真理，容易与读者交流，更具真实本原性。例如，柏拉图在《斐多篇》中说："我说的是伴随着知识的谈话，写在学习者

---

　　① 巴赫金著：《巴赫金全集》（第五卷），白春仁等译，石家庄：河北教育出版社，1998年，第221页。
　　② 加达默尔著：《哲学解释学》，夏镇平等译，上海：译文出版社，2004年，第129页。
　　③ 加达默尔著：《真理与方法》，洪汉鼎译，上海：译文出版社，1999年，第798页。
　　④ 黑格尔著：《哲学史讲演录》（第二卷），贺麟、王太庆译，北京：商务印书馆，1997年，第165－166页。

的灵魂上,能为自己辩护,知道对什么人应该说话,对什么人应该保持沉默。""你指的不是僵死的文字,而是活生生的话语,它是更加本原的,而书面文字只不过是它的影像。"① 因此柏拉图选择了对话文体,"它保留了口头谈话的鲜活特点,而舍弃了文字作品僵死的缺陷,使思想的交流也是在一定的情境和特定的对象之间展开的"。与论断式的僵硬的书面写作相反,柏拉图式的对话邀请读者参与对真理的追寻、对问题的探讨,能给读者的每次阅读都带来不同的感受。"作为一种文体,柏拉图式的对话就这样用自我消解的方式克服了逻各斯的弱点,使自己不是作为写成的作品,而是作为实际说出的话的准确生动的摹写呈现在人们面前。"②

2. 文体混杂

伍尔夫认为柏拉图具有戏剧家的能力,欣赏他自由松散的文体形式,认为柏拉图在对话录中运用戏剧营造了整体效果。文体混杂,各种文学体裁都被柏拉图引渡过来。柏拉图本来是一个戏剧家,后来转向哲学。因此对话体里有戏剧的影子,对话录里有多个人争辩的声音。他们的观点、角度不同,所以有很明显的冲突和交锋。对话录中柏拉图用诗性的语言创作,用隐喻、暗喻、反讽、幽默,甚至插科打诨来吸引读者的注意力。克莱因在《柏拉图的三部曲》中认为,柏拉图曾经创作过戏剧,因此他的对话体严肃与戏谑并存。伍尔夫主张把散文、诗歌、戏剧等文学形式融进小说的思想,显然与柏拉图文体杂糅的思想一脉相通。另外,伍尔夫在小说创作中吸收了柏拉图的象征、隐喻、暗喻、反讽、幽默等修辞手法,使得小说语言更加丰富多彩,引人入胜。

3. 柏拉图式隐喻

伍尔夫借鉴柏拉图的隐喻,用洞穴、光、火焰代表人类的善与理性之光。在日记中,伍尔夫多次用洞穴象征探索人物内心世界的秘密,用光象征胜利:"如何从人物的外在表现中向纵深处发掘,挖掘那幽深的洞穴。人生、幽默与深刻性。这些正是我感兴趣的东西,我想山洞与山洞该是相通

---

① 柏拉图著:《柏拉图全集》(第二卷),王晓朝译,北京:人民出版社,2003年,第199页。
② 张隆溪著:《道与逻各斯》,南京:江苏教育出版社,2006年,第27页。

的,而在此刻,每个洞穴都已露出了曙光。"① 她还用"隧道发掘法"比喻自己终于"钻进了那座油井的深处"②。

在长篇小说《到灯塔去》中,伍尔夫赋予灯塔以多重象征意义:首先灯塔的明灭象征着阴阳互补的完美融合和不可抗拒的自然规律。灯塔之光是神秘的、美丽的、虚幻的,有时是柔和的、阴性的、女性的;而塔体则是坚实的、挺立的、阳性的、男性的。塔与光构成了刚柔相济的阴阳两极,象征着伍尔夫双性同体的思想;灯塔象征着理性与感性相结合的和谐统一的精神融合,情感丰富的拉姆齐夫人和富于理性的丈夫拉姆齐在精神上的两性同体,才是完美理想的婚姻生活。灯塔是人生的见证者,阐释着人生短暂、生死必然和自然永恒的博大精深的哲理。灯塔的一明一暗,显示着时间移动的脚步,展现着宇宙的真谛。对女主人公拉姆齐夫人来说,"灯塔"是她生活的精神支柱。每当摆脱了繁重的家务劳动,摆脱了外界的干扰时,她就会经常在海边别墅倚窗而立,独自面对远处高高耸立于大海中的灯塔,从它的光芒中获得勇气和力量。她凝视着海上忽明忽暗的灯塔,依稀感到自己和灯塔之间有着一种亲切而神秘的联系。在拉姆齐先生心目中,"灯塔"是他和妻子在精神上相会合的地方。光阴流逝,海滨别墅也在风雨的剥蚀下逐渐破败,而耸立的灯塔却依然闪耀,给人们指明前进的航向。战争结束后为了却孩子们的心愿,拉姆齐先生带着两个儿女泛舟海上,向灯塔挺进。当帆船乘风破浪逐渐驶近灯塔时,拉姆齐先生想起了死去的妻子,想起了自己的软弱和对子女的冷漠,他不禁百感交集。他仰望灯塔,心中豁然开朗:人们不仅需要理性,而且更需要温情与理解。他终于明白,理性应该与情感互相结合,一个人在讲究事实与逻辑的同时还应具有直觉与灵感。经过一番痛苦的思索、大彻大悟之后,他与子女之间的隔阂和积怨也逐渐消融了。此刻,拉姆齐先生希望通过到达灯塔实现与妻子在精神上的重新团聚,建立一种和谐与完美的关系。他所见到的灯塔不只是单纯的物质意义上的一种航海标志,而且是一个精神意义上的灯塔。小说中的主要配角莉丽也在拉姆齐与孩子们即将到达灯塔的同时,眺望灯塔突然得到启示,一挥而就,终于完成了那10年前因受思想的困扰而不能完成的绘画,使自己的思想得到升华。

---

① 弗吉尼亚·伍尔芙著:《伍尔芙日记选》(1923 年 8 月 30 日),戴红珍、宋炳辉译,天津:百花文艺出版社,2005 年,第 50-51 页。

② 弗吉尼亚·伍尔芙著:《伍尔芙日记选》(1925 年 4 月 20 日),戴红珍、宋炳辉译,天津:百花文艺出版社,2005 年,第 60 页。

在《岁月》中，1917年，正值第一次世界大战伦敦遭受空袭时，埃莉诺到妹妹玛吉家里拜访，他们在客厅点起炉火取暖，围着火炉默默地坐着，感觉像"洞穴里的跛足动物"。埃莉诺想问尼古拉斯："什么时候这个新世界才会来到？什么时候我们才会自由？"而尼古拉斯就像那第一个走出洞穴的人，会带回给大家希望，因为埃莉诺觉得"他（尼古拉斯）似乎把她身上的什么东西释放出来了；她感觉到的不仅是一段新时间，而且是一股新力量，她身上的一种未知的东西"。当看到一股火星蹿上烟囱时，她心里默念："我们会自由的，我们会自由的。"①

在《斐多篇》中，苏格拉底把灵魂比作两匹马拉的马车，一匹象征善，一匹象征恶。驾驭马车的车夫必须平衡两匹马，避免被欲望和恶意蒙蔽，心怀善意才能得到永生。在小说《雅各的房间》中，雅各就骑着一匹马，"仿佛你的身体冲进了马的身体，跳跃的是和马的前肢长在一起的你的前肢……两个身体合成一块肌肉，然而你也在控制局面"②。

三、伍尔夫小说与古希腊神话的互文

古希腊神话是原始氏族社会的精神产物，是关于神、英雄、自然与宇宙历史的神话传说，是欧洲最早出现的文学形式。这些神话展现了人文精神、集体意识、对自然界的理解和对宇宙的敬畏，对西方文学和思想的影响深远。它是古希腊人智慧的结晶，也是世界历史文化遗产中的瑰宝。古希腊文学经典作品一直受到英国大学的高度重视，尤其是在伍尔夫生活的年代，像牛津、剑桥这样的高等学府，都设置了多门与希腊文化相关的必修科目。因此学习希腊文学逐渐成为上流贵族社会的时尚和特权，而这种学院式的正统教育，造成了男性精英们对希腊文化诠释的僵化和误读。伍尔夫非常敏锐地发现了希腊文化教育背后所渗透出的专制色彩，于是在小说中塑造了多位男性希腊文学专家，通过对他们人物形象的嘲讽和扭曲，批判了当时男性权威在文学领域的统治。

《远航》中威廉·帕波和雷德利·安布罗斯是剑桥校友，前者是希腊语

---
① 弗吉尼亚·吴尔夫著：《岁月》，蒲隆译，北京：人民文学出版社，2003年，第256页。
② 弗吉尼亚·吴尔夫著：《雅各的房间》，蒲隆译，北京：人民文学出版社，2003年，第97页。

的狂热分子,后者是研究希腊文学的专家。雷德利本应该在南美洲享受度假生活,却将自己关在别墅里,足不出户,编辑希腊诗人品达的抒情诗。"他独自一人长时间孜孜不倦坐在白色书堆里,就像空荡荡的教堂里的一尊雕像"①,而他的妻子却在暗处照顾他的起居生活。这是伍尔夫小说中经常出现的家庭生活模式:丈夫忙着体面的工作,妻子则与这些工作保持距离。比起男性的工作,女性的劳动毫无价值可言。保守刻板的学者形象同样出现在《雅各的房间》中,剑桥大学的老教授赫克斯塔布尔每到晚上便按部就班地研究希腊文,他可以一连枯坐好几个钟头,有时"因为鸡眼一阵刺痛,抑或痛风发作而紧紧抓着椅子扶手",有时像个"满嘴谎话的老农妇"②。

《海浪》里的奈维尔做了一辈子教师,却被作者描绘成像一条蛆,在索福克勒斯和欧里庇得斯的脑壳里钻来钻去。伍尔夫认为希腊文化能够带给人类光明、智慧和希望,但如果被一群教条的人掌握并传授,那么就是冷冰冰的僵死的知识。她在信中说,"讨厌这些苍白的学者们"③。这些希腊专家们故意将希腊文学精英化、神秘化,与普通人之间挖下一道鸿沟。在帕吉特的家庭聚会上,埃莉诺、诺斯和爱德华讨论《安提戈涅》,爱德华"突然把头往后一扬说了几个希腊字:'ουτοι συνεχθειν, ἀλλὰ συμφιλετν εφυν.'诺斯抬头一望。'把它翻译出来,'他说。爱德华摇了摇头。'就是这种语言,'他说"④。爱德华拒绝把希腊文翻译成英文,埃莉诺和诺斯这样的普通文学爱好者就无从得知其真正的含义,可见当时英国的学者对文化的专制。

伍尔夫非常喜欢阅读古希腊悲剧作家索福克勒斯的名作《厄勒克特拉》,她在日记中写道:"它的精致每每给我留下新的印象。不将这部作品搬上舞台,演绎成一出好戏似乎是不可思议的事。也许因为这出戏的传统情节经过无数著名演员、著名编剧和评论家之手,不断地被改编、提炼、去粗取精、精雕细凿,直至最后已精致之极,仿佛大海中的一块玉石,被浪沙打磨得圆润光滑。……希腊文化的独特魅力依旧,仍是那么撩人而难以捉摸。一读上几行,人们就会意识到原文与译本相去甚远。希腊文学中的女主角与

---

① 弗吉尼亚·吴尔夫著:《远航》,黄宜思译,北京:人民文学出版社,2003年,第190页。
② 弗吉尼亚·吴尔夫著:《雅各的房间》,蒲隆译,北京:人民文学出版社,2003年,第34页。
③ Virginia Woolf: *The Letters of Virginia Woolf*, vols. 1, ed., Nigel Nicolson, London: Hogarth Press, 1975, p. 386.
④ 弗吉尼亚·吴尔夫著:《岁月》,蒲隆译,北京:人民文学出版社,2003年,第362页。

英国的非常相似，和爱米丽·勃朗特笔下的差不多。"① 伍尔夫在指出希腊文化的博大精深和影响深远的同时，也不忘抨击父权制度的蛮横和荒谬："厄勒克特拉属于视氏族（当然还有其父亲）高于一切的女性，和家族中男孩子相比，她更重视伦理，觉得自己是与父亲而非与母亲血肉相连。我很奇怪地注意到：尽管那些道德传统彻头彻尾地荒谬，他们却一点也不显得低贱卑微。"② 厄勒克特拉和弟弟杀死了谋害自己父亲的亲生母亲，不承认自己是母亲所生，坚称自己是从父亲宙斯头里跳出来的。雅典娜却支持了厄勒克特拉的说辞，判她们姐弟无罪。可见父权社会由来已久，连希腊诸神都很难逃脱其束缚。

希腊语和希腊文学不仅是当时英国高等教育的必修课程，并且如果想进入政府部门和医学领域工作，或者成为神职人员，希腊语也是必备的条件之一，这更加深了男女教育的不平等。在《雅各的房间》中，有一个场景是雅各在大英图书馆里读书，室内非常安静，"因为毕竟柏拉图在泰然自若地继续着他的对话，哈姆雷特在念他的独白"，而窗外则是喧闹的街道。当雅各认真地读着柏拉图的《斐多篇》时，楼下有个"女人喝得醉醺醺地回家，彻夜喊叫着：'让我进去！让我进去！'"③。伍尔夫将男性学习希腊文学与女性无法进门两个空间并置，进一步控诉了女性一直被排斥在高等教育的大门之外，得不到应有的教育的事实。在《远航》中出现了男性教女性希腊字母的情节。达洛卫夫妇登上威洛比的欧佛洛绪涅号轮船打算做短途旅行，船上闲来无事与安德罗斯先生交谈，当他得知达洛卫夫人对希腊文一窍不通时，就主动提出教她希腊文。"'我能在半个小时内教会你字母表，'雷德利说，'不出一个月你就能读荷马了。'"④ 安德罗斯以教会达洛卫夫人希腊文为荣，这一方面说明学习希腊文是男人的专利，另一方面也说明男女之间地位的不平等。两人当即约定第二天便开始教学，当天晚上达洛卫夫人梦见巨大的希腊文字母在她的屋子里大摇大摆地走，而且"这些希腊字母都是真

---

① 弗吉尼亚·伍尔芙著：《伍尔芙日记选》（1918年8月19日），戴红珍、宋炳辉译，天津：百花文艺出版社，2005年，第4-5页。

② 弗吉尼亚·伍尔芙著：《伍尔芙日记选》（1918年8月19日），戴红珍、宋炳辉译，天津：百花文艺出版社，2005年，第5页。

③ 弗吉尼亚·吴尔夫著：《雅各的房间》，蒲隆译，北京：人民文学出版社，2003年，第106页。

④ 弗吉尼亚·吴尔夫著：《远航》，黄宜思译，北京：人民文学出版社，2003年，第43页。

人，他们就睡在离自己不过几码以外的地方"①。达洛卫夫人已经在潜意识中将希腊文与安德罗斯、帕波等同，伍尔夫借小说人物之口批判了男性对教育的垄断。

　　古希腊神话是经过漫长的历史演变逐渐形成的，神的性格和职责以及故事情节都有所发展变化。可以说古希腊神话是整个西方文学的源头，后世几乎所有的作家都曾从古老的神话中汲取养分。古希腊神话，即口头或文字上一切有关古希腊人的神、英雄、自然和宇宙历史的神话，包括如《荷马史诗》中的《伊利亚特》《奥德赛》，赫西俄德的《工作与时日》《神谱》等。神话中谈到诸神与世界的起源、诸神争夺最高地位及最后宙斯获得胜利的争斗、诸神的爱情与争吵、神的冒险与力量对尘世的影响等。古希腊神话是由古希腊人集体创造的，这种西方世界最早的文学形式大约产生于公元前8世纪以前，它在希腊原始初民长期口口相传的基础上形成基本规模。希腊神话大体可分为神的故事和英雄传说两大部分。希腊神话中的神祇像人一样，有情欲，有善恶，有计谋，互有血缘关系，都是人格化了的形象。英雄传说中的英雄都是神和人所生的后代，具有半神半人的特点，显示出过人的才能和非凡的毅力。英雄传说以不同的家族为中心形成许多系统，主要包括赫拉克利特的传说、忒修斯的传说、伊阿宋的传说等。

　　伍尔夫用希腊神话中的人物来刻画其小说中的女性，揭示当时英国女性的处境。例如《远航》中的女主人公雷切尔是典型的维多利亚时期的女性，她从小生活在三位姨妈的精心呵护之中，从未与外界接触。直到24岁，才随父亲首次踏上去南美洲度假的旅程。在航船上，雷切尔遇到了下议院的议员理查德·达洛卫。没有任何与男性交往经验的雷切尔，被理查德的学识和风度吸引，却不曾想到理查德趁其不备，对她实施了性骚扰。这段痛苦的经历一直伴随着雷切尔，直到她死亡。那是在一个夜晚的风暴声中，理查德进入雷切尔的房间，因垂涎她的美貌而对她进行侵害。雷切尔遭到性侵之后非常恐惧，当晚她"梦见自己正沿着一条长长的隧道走着，越走隧道越窄，她双手能同时触到两边湿漉漉的砖墙。最后，眼前豁然出现一个地窖；她这才发现自己被困在里面了，不论她转向哪个方向，眼前都是砖墙，还有一个独自蹲在地板上嘴里叽里咕噜说个不停的畸形小男人。他脸上满是麻子，而且像一个动物的脸。在他身后的墙上，湿气集中起来变成了无数小水滴，向

---

① 弗吉尼亚·吴尔夫著：《远航》，黄宜思译，北京：人民文学出版社，2003年，第53页。

下滑动。她一动不动冰冷地躺在那里，像死了一样"①。雷切尔这个噩梦中的怪兽就是希腊神话中的弥诺陶洛斯（Minotaur），是克里特岛上的牛头人身怪。弥诺陶洛斯是克里特岛国王弥诺斯之妻帕西法厄与波塞冬派来的牛所生。由于弥诺斯的另一个儿子安德洛革俄斯在阿提喀被人阴谋杀害，弥诺斯起兵攻打阿提喀为儿子报仇，希腊人伤亡惨重。为了平息弥诺斯的愤恨，不再生灵涂炭，他们许诺每隔九年送七对童男童女到克里特岛，弥诺斯将这些童男童女关进弥诺陶洛斯居住的克里特迷宫里，让牛头怪把他们杀死。在这个神话故事的观照之下重新来解读雷切尔的梦境，便可理解伍尔夫把理查德看作是牛头怪弥诺陶洛斯的化身，而雷切尔则是被进贡的少女，她被困在阴暗潮湿的迷宫里，等待死亡。

弗勒（Rowena Fowler）认为《远航》是伍尔夫第一部探索希腊语与英国女性之间关系的小说。② 小说中出现的开往南美洲的轮船"欧佛洛绪涅"（Euphrosyne）号，这个名字来自希腊神话中的欢乐女神欧佛洛绪涅③，本寓意欢乐和节庆，但它给女主人公带来的不是快乐，反而是严重的创伤，并载着她走向死亡。伍尔夫在《远航》之前曾为这部小说取过另一个名字"Melymbrosia"，这是一个伍尔夫自创的希腊语单词。伊泽贝尔·格林迪（Isobel Grindy）认为"ambrosia"这个词根暗示神圣和陶醉，但加上表示"不好、不吉利"的前缀"mel"，整个单词就暗示了主人公悲惨的结局。④ 伍尔夫试图通过自己对希腊文化的深刻理解和运用来打破精英学者对古典文学的诠释权，颠覆男性学院派的权威。

柏拉图在《会饮篇》中讲述了一个古希腊的神话故事：最初的人是球形的，一半是男一半是女，男女背靠背黏合在一起。球形人智慧超凡，宙斯担心球形人会冒犯神灵，便将其劈成两半。于是缺少女性一半滋润的男人虽然巍峨如山，但却少了似水柔情，变得狂野而具有侵略性；而少了一半男人支撑的女人，虽然温柔仁慈，却少了一种铁骨铮铮的男子气概。这个神话故事说明双性同体拥有令神都恐惧的威力。所以柏拉图认为人本来是雌雄同体

---

① 弗吉尼亚·吴尔夫著：《远航》，黄宜思译，北京：人民文学出版社，2003年，第82页。
② Rowena Fowler: "'On Not Knowing Greek': The Classics and the Woman of Letters", *Classical Journal*, 1983, 78 (4), p.346.
③ 大神宙斯（Zeus）与广袤女神欧律诺墨（Eurynome）之女。
④ Isobel Grindy: "'Words without Meaning—Wonderful Words': Virginia Woolf's Choice of Names", in *Virginia Woolf: New Critical Essays*, Patricia Clements and Isobel Grindy, ed., London: Vision, 1983, p.211.

的，终其一生都在寻找缺失的另一半。这种追求不仅是男女在生理上的需要，更重要的是男女结合会使人变得聪明智慧，增强人改造世界的能力。伍尔夫后来形成的双性同体的思想很有可能是受到柏拉图所讲述的神话故事的影响，主张将男人的勇敢与女人的柔情相结合，消除男性霸权，共同建立自由平等的和谐社会。

第二节 伍尔夫与文艺复兴文学的互文与对话

从公元5世纪到15世纪，即西罗马帝国灭亡至文艺复兴之前的一千多年，被称为欧洲千年漫长的黑夜，这是欧洲各国封建社会从形成、发展到灭亡的时期。西欧封建社会突出的特点是教会拥有极大的权力。罗马教皇是天主教的最高首领，不仅掌握着各国教会的领导权，甚至发展到可以废黜国王和皇帝的程度。统治阶级推行蒙昧主义政策，宣扬"不学无术才是真正虔诚的母亲"。他们下令烧毁图书馆、古建筑和雕像，残酷迫害科学家，主张一切为神学服务。教会的教条就是政治信条，圣经的词句在各法庭中都具有法律效力。触犯了圣经就会被杀头问罪。古希腊所崇尚的科学精神，酷爱理性思维、多思善辩的社会风尚，热爱自由民主、主张个性多样化的风气荡然无存。哲学、文学都成了神学的附庸，科学也沦为神学的婢女，备受歧视和侮辱，被剥夺了生存和发展的权利，封建统治阶级的倒行逆施成为欧洲社会发展的绊脚石。

从14世纪开始，随着工场手工业和商业的发展，在封建社会内部出现了资本主义的生产方式。新兴资产阶级为了争取生存和发展的权利，借助科学的力量与封建统治阶级展开了一场生死大搏斗，迎来了启蒙的曙光。从14到16世纪，出现了从意大利开始逐渐波及整个欧洲的文艺复兴运动。它是以封建社会的普遍解体和资本主义工商业的兴起为基础，是新兴资产阶级为维护和发展自身的经济利益和话语权，在意识形态领域内掀起一场反对宗教神学的革命，是欧洲近代史上一次伟大的思想文化运动。这一运动以复兴古希腊的文学艺术为口号，其目的是要从古代文化中汲取适合资产阶级所需要的养分，以造就一种新的世界观和意识形态，与宗教神学相抗衡。他们提出了人文主义的口号，主张以人为核心，提倡思想和言论自由，反对以神为核心和禁欲主义。

第三章
伍尔夫与世界文学思潮的对话

文艺复兴的影响首先是促进了资本主义工商业和航海贸易的大发展。航海探险不仅开辟了新航路，满足了资本主义进行原始积累的"黄金渴望"，极大地促进了经济的繁荣，而且大大加快了航海、地理、海洋、天文、气象和动植物学的发展，也体现了追求真理的科学冒险精神。从此以后，科学插上了腾飞的翅膀，开始了突飞猛进的发展。文艺复兴的另一个影响就是直接造成了欧洲文学艺术的高度繁荣。恩格斯曾这样描述那个激动人心的时代："这是一次人类从未经历过的最伟大的、进步的变革，是一个需要巨人而且产生了巨人——在思维能力、热情和性格方面，在多才多艺和学识渊博方面的巨人的时代。"① 但丁（1265—1321）、达·芬奇（1452—1519）、米开朗琪罗（1475—1564）、拉斐尔（1483—1520）、薄伽丘（1313—1375）、塞万提斯（1547—1616）、乔叟（1340—1400）、莎士比亚（1564— 1616）、马丁·路德（1483—1546）、蒙田（1533—1592）等都是这一时期的风云人物。

伍尔夫从小就接触经典文学，特别是文艺复兴时期的文学作品。文艺复兴时期的人文主义者们，借助恢复古希腊文学传统来颠覆神学统治，反对封建教会的专横与独裁。文艺复兴所宣扬的人性解放，主张以人为本，肯定人的价值和尊严，自由民主和解放的人文主义精神给伍尔夫反抗当时19世纪的父权统治和物质主义文学提供了重要支撑。从手工印刷到机器印刷，从口头文学到文字文学，多元文化交织。人文主义者们借助重读古希腊文学来对付圣经文学的大一统，重建新的文化秩序。多种思想潮流的碰撞、科技发明等给社会带来深刻变革，也给文学艺术的发展带来巨大的冲击。伍尔夫要颠覆维多利亚时期的现实主义文学传统，重新变革文学形式，开创现代主义小说的新形式，还必须从这些文艺复兴时期的不朽人物身上汲取智慧和营养，以建构现代主义文学的新秩序。

伍尔夫阅读了西班牙作家塞万提斯（Miguel de Cervantes Saavedra）的《堂·吉诃德》（*Don Quixote*）后，在日记中评论道："我想这正是《堂吉诃德》的创作目的所在，即不惜任何代价逗人们开心。就我看来，小说的美感与思想是在不知不觉中融进去的。塞万提斯几乎没有意识到小说的严肃性，并且他看堂吉诃德的视角也与我们迥然不同。真的，这才是我的困难所在，即这种哀伤与讥讽在多大程度上是我们自己感到的，而不是作者设置，

---

① 恩格斯著：《自然辩证法》，中共中央马恩列斯编译局，北京：人民出版社，1984年，第6页。

或者说，这些不朽人物的内涵是否也须随不同时代所持的不同观点而做出相应的改变？我得承认，故事内容大部分很乏味，有趣的不多，只有第一部的结尾部分才分明是作为一个完整的故事来讲述并令人心满意足的。这本小说所表达的思想少得可怜，多数内容都被咽了下去，似乎塞翁不愿对小说的那一面做进一步的展开。作为例子，苦役前进的场面可以解释我的意思，塞翁本人是否也像我那样感到了所有的壮美与哀伤。我已第二次说到哀伤了。"①塞万提斯是现代小说之父，他以讽刺的手法揭露了封建制度的专横与黑暗，讥讽和抨击了骑士制度的荒诞不经。伍尔夫在肯定了《堂·吉诃德》的"美感与思想"的同时，也明确指出其内容和思想上的缺陷或不足，并进一步认识到，随着时代的变迁，封建主义的骑士们早已寿终正寝，作家所表现的内容、形式和创作方法也应该随之发生相应的改变。

第三节　伍尔夫与俄国文学的互文与对话

托尔斯泰、屠格涅夫、陀思妥耶夫斯基、契诃夫等是俄国 19 世纪批判现实主义文学的巨匠。他们大胆批判腐朽的农奴制度，揭露俄国上流社会的黑暗和荒淫无耻，展现了俄罗斯民族对美好社会的向往。俄国这些伟大作家的作品对英国的影响是巨大的。伍尔夫在《论现代小说》中说："对于现代英国小说最肤浅的评论，也几乎不可避免地要涉及俄罗斯的影响。……如果我们想了解灵魂和内心，那么除了俄国小说之外，我们还能在什么别的地方找到能与它相比的深刻性呢？如果我们对我们自己的物质主义感到厌倦的话，那么他们的最不足道的小说家，也天生就有一种对于人类心灵的自然的崇拜。"② 伍尔夫给予俄罗斯作家以极高的评价，认为俄国作家的目光会穿透血肉之躯，直逼人物内心，把灵魂揭示出来。他们的小说抓住了人物的灵魂，捕捉了人物性格的本质。伍尔夫认为托尔斯泰是最伟大的小说家："除了这个称号之外，我们还能给《战争与和平》的作者以什么别的称呼呢？"③

---

① 弗吉尼亚·伍尔芙著：《伍尔芙日记选》（1920 年 8 月 15 日），戴红珍、宋炳辉译，天津：百花文艺出版社，2005 年，第 22 页。

② 弗吉尼亚·伍尔芙著：《论小说与小说家》，瞿世镜译，上海：上海译文出版社，2009 年，第 20 页。

③ 转引瞿世镜著：《意识流小说家伍尔夫》，上海：上海译文出版社，2015 年，第 269 页。

她称赞托尔斯泰的小说以高远的立意展现了人物内心的全景,努力探索人类生活的意义,给人的感觉就像站在高山之巅,用望远镜将远景和近景都尽收眼底。①

一、托尔斯泰、陀思妥耶夫斯基:与心灵对话

伍尔夫在 1910 年开始读托尔斯泰(1828—1910)的作品。1928 年她在信里说:"20 年前的夏天,我躺在床上读《战争与和平》,被作品吸引住了,连续一周接一周地阅读,我认为托尔斯泰是最伟大的作者。"② 伍尔夫被托尔斯泰笔下宏大的战争场面、众多的人物刻画和深刻的心理描写所震撼,心情久久不能平静。她在 1926 年阅读了《安娜·卡列尼娜》,并写了读书笔记。1939 年,伍尔夫计划重读《战争与和平》。③ 在 1920 至 1923 年期间,霍加斯先后出版社发行了八部俄国小说的英文版本,其中就有四部托尔斯泰的作品,即《自传》《与托尔斯泰的谈话》《托尔斯泰的情书》,以及托尔斯泰的散文集《论社会主义》。这些小说很受英国读者的欢迎,大大推动了俄国小说在英国的传播和接受。托尔斯泰激发了伍尔夫要对英国小说的内容和形式进行革新的欲望,即如何再现人物内心的真实情感和思想。伍尔夫并非完全模仿,因为英俄两国的社会文化背景不同,所以她在散文里奉劝英国的作家不要盲目跟从。在创作《达洛卫夫人》时,伍尔夫在日记里思考,自己是否像托尔斯泰一样表达出对人性的热情,并能将人物的外在撕开,探寻他们的内心真实。

陀思妥耶夫斯基(1821—1881)是 19 世纪与托尔斯泰齐名的伟大作家,也是俄国文学史上最复杂矛盾的作家,他的小说代表了俄国文学的深度。其代表作品有《罪与罚》《双重人格》《白痴》《被侮辱与被损害的》《群魔》《卡拉马佐夫兄弟》。陀思妥耶夫斯基最擅长描写人物的心理活动,尤其是对病态心理和处于精神危机中人物的描写更是精细入微。陀思妥耶夫

---

① Virginia Woolf: *The Essays of Virginia Woolf*, vol. 4, ed., Andrew Mc Neillie, London: Hogarth Press, 1992, p. 188.
② Virginia Woolf: *The Letters of Virginia Woolf*, vol. 3, ed., Nigel Nicolson, London: Hogarth Press, 1977, p. 570.
③ Virginia Woolf: *The Letters of Virginia Woolf*, vol. 6, ed., Nigel Nicolson, London: Hogarth Press, 1980, p. 361.

斯基的这种文学天才对后来的心理意识描写与心理叙事产生了巨大影响。鲁迅先生称他是"人类灵魂的伟大的审问者"。

伍尔夫认为，陀思妥耶夫斯基的小说是一部部关于灵魂的诗篇，每一部作品都是对一个个心灵的拷问，将植根于人的心灵深处的各种矛盾和隐秘都呈现出来。陀思妥耶夫斯基从注重现实转向注重表现人的主观自我，表现人的内心，特别是潜意识、病态心理甚至神经错乱等。在表现手法上，他不注重客观描写，不采用主观叙述，而多用象征、暗示、直觉、梦幻、变形、怪诞和意识流等来揭示人物变幻莫测的内心活动。他忽视人物的表面特征，擅长挖掘人物的深层意识，描绘人物内心的全部深度。伍尔夫特别佩服他善于抓住人物瞬间内心的意识流动，表现人物的性格特征。"在所有的作家中，唯有陀思妥耶夫斯基一人能够重新构想出那些昙花一现、刹那间的复杂的精神状态，能够重新把握瞬息万变的思想之流，捕捉它时现时隐的、逝去的轨迹；因为他有非凡的能力，不仅能够追踪已经形成的生动念头，更能为我们指向大脑的意识之下的那个阴暗而隐约中似有无数不明之物攒动着的地下世界，那是欲望和冲动于黑暗中盲目驰骋的所在。"① 伍尔夫认为，陀思妥耶夫斯基擅长以独特的方式将有形的现实世界与无形的心灵世界巧妙相连，让读者直接感受灵魂的搏动。他的作品就像"水面上的一圈浮子，真正的内容在水下，那里一张大网在探寻着海底，要捕捉那巨大的海怪，比一切我们所见过的都更加奇特的海怪"②。其作品的深邃和博大体现在对人类灵魂的完整性和复杂性的透彻表现之中。

伍尔夫十分赞同陀思妥耶夫斯基的文学观："跟随陀思妥耶夫斯基追踪人物的心理，我们一次又一次地失去踪迹；我们停下来，询问自己可否认得他展示给我们的是什么样的感情，而我们也一次又一次惊讶地发现，这就是我们以前在自己身上经历过的，或是直觉地感到别人曾有过的。但我们从来没有把它表达出来过，所以我们才惊讶。直觉，这个词最好地概括了陀思妥耶夫斯基的天才。当他完全被直觉的灵感所充满时，他能够释读最黑暗的心

---

① 弗吉尼亚·伍尔芙著：《伍尔芙随笔全集》IV，王义国等译，北京：中国社会科学出版社，2001年，第1946页。
② 弗吉尼亚·伍尔芙著：《伍尔芙随笔全集》IV，王义国等译，北京：中国社会科学出版社，2001年，第1944页。

灵、最难懂的心史。"①

1910年，由于当时英国主要翻译的是托尔斯泰的作品，所以英国读者对陀思妥耶夫斯基并不熟悉，到1912至1925年期间，他的作品才开始在英国受到关注，并让当时的英国小说家和读者感到震惊，因为陀氏的写作手法新颖，与传统的维多利亚小说有很大不同。他对英国现代小说的发展有很大的推动作用。当时正处于英国作家要挑战维多利亚时期的现实主义文学的关键时期，陀思妥耶夫斯基的新颖和颠覆性的写作手法正好为伍尔夫等一批英国现代主义作家提供了契机和样板。为了更好地理解陀思妥耶夫斯基的作品，伍尔夫在1912年开始学习俄语，并与一名俄国翻译家一起翻译陀思妥耶夫斯基的作品。尽管她做的多是一些校对的工作，但仍然对她研究陀思妥耶夫斯基的作品有很大的帮助。当伍尔夫创作《达洛卫夫人》时，更是有意识地与陀思妥耶夫斯基的小说相比较，反思自己的作品是否达到俄国文学的"深度"，是否触摸了人物的"灵魂"和"心理现实"。

二、屠格涅夫：删去无关紧要的细节

屠格涅夫（1818—1883）是19世纪俄国伟大的批判现实主义作家，主要作品有长篇小说《罗亭》《贵族之家》《猎人笔记》《前夜》《父与子》《处女地》，中篇小说《阿霞》《初恋》等。伍尔夫在阅读屠格涅夫的著作后在日记中畅谈了自己的看法：

> 我读完了屠格涅夫的作品，想讨论一下作品的结构。……那么，结构即是环环相扣的感觉，部分地是逻辑。屠格涅夫写作后修改，将无关紧要的细节删去。可陀思妥耶夫斯基会说，所有的事都是利害攸关的，但现在人们不再读陀氏的作品，甚至莎翁作品的艺术形式也因舞台的局限而受到限制。（陀氏认为，人们必须为旧题材找到新的表现形式。可在此，我想形式与结构不是一回事。）在一个场景里最重要的是将原有风格体现出来。你怎么知道这是何种形式？我们怎么知道陀思妥耶夫斯基的结构要比屠格涅夫的结构更高明或者更糟些？看来不是绝对的。屠

---

① 弗吉尼亚·伍尔芙著：《伍尔芙随笔全集》Ⅳ，王义国等译，北京：中国社会科学出版社，2001年，第1947页。

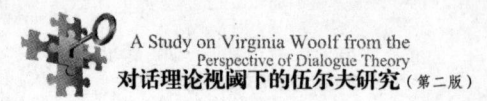

氏的观点是,作家应选择最重要的东西并将它写出来,其余的事情则让读者自己去做;而陀氏则向读者提供了另一种可能的帮助与暗示。我们的评论只是对冰山尖顶的概观,其余部分则在水底下。我或许可以试试下面这种做法:行文较以往更零散,更少平稳。①

显然,伍尔夫不仅阅读了屠格涅夫的作品,而且还熟悉陀思妥耶夫斯基的文学思想,并通过对他们作品和文学理论的分析,吸收了屠格涅夫"将无关紧要的细节删去",以及善于捕捉人物性格特征、展现人物的内心世界的写作方法,继而提出自己的观点,"行文较以往更零散,更少平稳",提出不仅要观赏冰山尖顶的风景,还要挖掘和研究水下更隐蔽的世界。伍尔夫正是通过不断分析评论别人的作品,寻找更符合时代发展的创作形式,从而丰富了自己的创作理论。

三、契诃夫:展现人物隐秘心理

伍尔夫还特别欣赏契诃夫(1860—1904)短篇小说的简洁明快、精练通俗与思想深刻。她认为它们虽然故事情节很简单,甚至缺少完整的情节,却感人肺腑、震撼人心。契诃夫的作品看似平淡却意味深长,随意平常和无结局的故事下隐藏着浑然天成的结构、鲜活的人物、精妙的构思和无尽的言外之意。伍尔夫十分喜欢契诃夫的短篇小说《苦恼》《万卡》《一个官员之死》《变色龙》等。这些作品故事情节简短精悍,却反映了人物内心世界最深处的思想情感。契诃夫的小说基本上属于一种无情节的小说,一番对话、一个场景、一串印象,都可以构成一部作品。契诃夫的小说常常是开放性的,没有结尾,但每个细节、音符都是有用意的,需要读者认真揣摩,从整体来把握小说。作家看似冷漠无情,读者却处处可以感受到他对作品中人物的一往情深,对人物灵魂的深刻感悟,他的作品总是能给读者以心灵上的震撼。伍尔夫正是从契诃夫的小说中感受到他的那份执着和沉重感,力求把契诃夫的写作方法运用到自己的小说创作中来。

美国学者罗伯塔·鲁宾斯坦(Roberta Rubenstein)在《伍尔夫与俄国

---

① 弗吉尼亚·伍尔芙著:《伍尔芙日记选》(1933年8月16日),戴红珍、宋炳辉译,天津:百花文艺出版社,2009年,第166-167页。

视角》(Viginia Woolf and the Russian Point of View, 2009)这本论著中指出，正是由于受到陀思妥耶夫斯基等俄国文学家的影响，伍尔夫才能在现代文学史上取得如此卓越的成果，才能将现代小说推进到新的水平。她早期接触俄国文学作品之后，被深深吸引并将其借鉴到自己的实验创作中，伍尔夫对英国现代小说内容及形式的创新与俄国作品有非常大的联系。托尔斯泰、陀思妥耶夫斯基和屠格涅夫等俄国作家推动了伍尔夫意识流的运用和写作手法的创新，使她成为推动现代主义文学发展的旗手。在对时间的处理方面，托尔斯泰不像传统小说以物理时间为准，而是常常以心理时间为序。伍尔夫受其启发，时而用一部小说的篇幅记录一天所发生的事情，包括人物的内心意识和对过去的回忆，时而又用几句话匆匆带过几十年的时光。伍尔夫的人物塑造也同样受到托尔斯泰的影响，在随笔《贝内特先生和布朗太太》中，伍尔夫就提到托翁的作品使她对人物的理解产生改变。她认为在读了陀氏的《罪与罚》这样的小说之后，就无法接受维多利亚时代作品中的人物了，因为这些人物空有其表，无法探知其内心。俄国作家对人物的外部形象细节并不重视，他们所关注的是人物复杂的心理状态。伍尔夫正是借鉴了俄国文学注重人物心理刻画的特点，孜孜不倦地追求表现人物内心世界最隐秘、最复杂多变的情感和思想。

1919年正值伍尔夫对俄国文学最狂热的时期，她在《论现代小说》中写道："从每个俄国大作家身上，我们似乎都能看出宗教圣徒的风貌。"[①]英国大众对俄国文化的热爱，除了文学还有音乐、戏剧、芭蕾、绘画等其他艺术。1912至1920年是俄国文学在英国流行的鼎盛时期，俄罗斯的芭蕾舞剧和绘画展在伦敦轮番上演。伍尔夫在此期间经常去伦敦大剧场欣赏加吉列夫芭蕾舞团的演出，并为第二次后印象主义画展赞助。刚步入写作生涯的伍尔夫适逢俄国文化热潮，在小说写作技巧、人物内心情感刻画、叙事形式和时间运用上深受其影响。伍尔夫在写小说之前，先是进行文学评论，通过对英国经典作品以及国外文学的研究来奠定自己的写作风格。针对俄国文学，伍尔夫先后写了15篇文学评论、两篇随笔，而这些评论文章时间跨越了20年，可见俄国文学对她的影响持续时间之久。伍尔夫认为，俄国文学的特点包括"自我反省和自我意识"、真诚、对真理的崇拜、人类的苦难、悲伤、

[①] 弗吉尼亚·伍尔芙著：《伍尔芙随笔全集》1，石云龙等译，北京：中国社会科学出版社，2001年，第141页。

开放性和精神性。正是俄国作家的作品为伍尔夫挑战维多利亚时代文学传统提供了契机和依据，她从他们作品中找到了灵感来对抗文学旧传统。俄罗斯作家在重视人物心理刻画而非情节结构，以及在主题的开放性和人性的渗透等方面，都给伍尔夫的创作以全面的启发。

伍尔夫在一篇《俄国人的观点》的论文中，高度赞扬了俄国作家善于抓住灵魂、捕捉人物性格的能力。她认为，俄国作家的创作方法反映出一种优雅精致的创造性和令人佩服的艺术趣味。伍尔夫认为托尔斯泰、陀思妥耶夫斯基、契诃夫这三位都是揭示人物内心世界的高手，但她还是把"最伟大的小说家"的桂冠给予了托尔斯泰，认为他的《战争与和平》中规模宏大的场面、对众多不同人物的刻画和细致的心理描写，都是其他作品难以企及的。如果说伍尔夫从托尔斯泰、陀思妥耶夫斯基和契诃夫那里借鉴了一种重视心灵的精神主义，以及对人生目的严肃思考，那么她从屠格涅夫那里则沿袭了严肃的创作态度、优美动人的散文风格和简洁完美的结构形式。伍尔夫认为，屠格涅夫既有"平衡"，又有"深度"，因为他能够摆脱他个人和文化的各种偏见。这种平衡和深度也正是伍尔夫苦苦追求的。

综上所述，伍尔夫从19世纪俄国现实主义小说中继承了两个极其可贵的特点：一是努力揭示小说中人物的灵魂和内心世界，二是对人生提出一些重大的问题。在《战争与和平》中，皮埃尔和列文不断地追问："人为什么活着？""生活的意义是什么？""人生的目的又应该是什么？"但这些追问常常没有明确的结论。这种开放性的讨论不仅给读者留下了无穷的思考空间，也成为伍尔夫小说中一再探讨的主题。

伍尔夫与古希腊、文艺复兴、英国、俄国等经典文学进行广泛互文对话，她阅读了大量著名作家的作品，从相互比较和参照的角度分析了它们不同的特点。不仅能够站在更高的角度审视各种文学的发展，而且根据英国社会的发展和文学艺术自身的矛盾运动，认清了传统物质主义文学所面临的困境和危机，从而确立了自己现代主义文学的方向，并在这条道路上不畏险阻，不断探索和创新，成为那个时代文学领域的弄潮儿，为文学的发展做出了卓越的贡献。

第四章　伍尔夫文体的对话性

"文体是指一定的话语秩序所形成的文本体式，它折射出作家、批评家独特的精神结构、体验方式、思维方式和其它社会历史、文化精神。"① 作家应该认识到，文体是不断演变的，每种独立的文体形式都具有一定的张力，并且各种文体之间相互渗透，相互对话，作家可以根据需要去丰富和改造原有的文体规则，因此文体应该既独立又开放。

伍尔夫认为英国当代的文学理论应该建立在主观真实、以人物为中心以及非个人化理论的基础上，朝着诗意化、散文化、戏剧化的文体综合的方向发展，进而提出了多种文学艺术综合的理论。客观世界丰富多彩，人物内心意识流动更是瞬息万变，单一的文体结构很难支撑起内容丰富和思想深刻的作品。被描写对象的复杂性和广泛性要求作家必须调动各种艺术手段或多种文体来表达。伍尔夫在探讨人生的复杂性后，分析了小说与其他文学形式之间的关联。她认为每一种形式都不足以将"情感"注入"语言和行为"之中，不足以反映人性的复杂。任何单一的艺术形式都无法完整地记录下人的内心生活，只有能"吞掉多种艺术形式的、杂食性"的现代文学才可以抓住人物每一瞬间的心理状态。要使作品包含广阔的社会内容，就必然要求作者利用文体的对话性来阐明主题。因此，伍尔夫的作品，包括小说、日记、散文，都体现出其文体的对话性。

第一节　伍尔夫小说的对话性

巴赫金认为，体裁在历史发展中与社会活动息息相关，任何体裁都在与

---

① 童庆炳著：《文体与文体的创造》，昆明：云南人民出版社，1999年，第1页。

其他体裁的对话中不断完善。他提出文学体裁要多样化，而小说中各种文体的并置与对话就能体现不同文学思想的互补与交融。小说这种综合艺术是所有文学体裁中最具可塑性和未完成性的，巴赫金认为小说是一种混合性产物，可以包含一切诗类，是混合型体裁的艺术性诗歌，是唯一的正在形成中的和还未成熟的体裁。小说是诸多体裁对话的平台，是各种基本语言体裁的百科全书。

伍尔夫不仅是20世纪前半叶著名的意识流作家，而且也是一位现代文学理论的开拓者。她认真分析了诗歌、散文、戏剧等多种文体的优点和局限性，希望把它们，甚至包括音乐、绘画等元素也融入小说中，创立一种可以包罗万象的综合文体，以丰富小说的表现力。她在日记中曾多次表达了文体杂糅的思想，在创作《岁月》时，伍尔夫就设想："我也许可以将戏剧、诗歌、书信、对话全部吸收进来，必须创造出生动的人物，不仅有理论，还要有对话和争论。"[1] "从《此时此地》写作中取得的收获是，我可以在一部作品中使用各种不同的形式。因此在下一部作品中，我可以集诗歌、写实手法、喜剧性因素、戏剧手法、叙述和心理描写等于一体。"[2] 她努力将散文、诗歌和戏剧等多种文体融入小说创作中，使多种文体之间实现对话，充分发挥各种文体的作用，以表达现代人内心的复杂情感，满足现代读者对文学的需求。

一、散文式小说

1. 作为"杂食动物"的散文

关于散文这种文学体裁，阿多诺（T. W. Adorno）做出了20世纪以来较为权威的判断。他认为散文是现代主义文学的主要形式，是可以把科学与艺术完美结合的桥梁："散文记录碎片化的片段，这是因为现实是碎片化的。而散文所能做的并非把这些碎片抚平粘贴在一起，而是在这些碎片的缝

---

[1] 弗吉尼亚·伍尔芙著：《伍尔芙日记选》（1933年5月31日），戴红珍、宋炳辉译，天津：百花文艺出版社，2005年，第164页。

[2] 弗吉尼亚·伍尔芙著：《伍尔芙日记选》（1933年5月31日），戴红珍、宋炳辉译，天津：百花文艺出版社，2005年，第177页。

隙中往来穿梭并将这些片段串连成一个整体。"① 在阿多诺之后的克莱尔·奥贝迪娅（Claire de Obaldia）提出，泛散文化的形式能够轻松自然地融入其他文体形式，尤其是小说，"散文式小说"便是两者的有机结合。

当伍尔夫思考现代主义文学的未来应该采取何种文体时，她认为散文式小说是最好的选择之一。她在《狭窄的艺术桥梁》中写道："是否诗歌能够胜任于我们现在在安排给她的任务。或许在这儿以非常粗的线条勾勒出来并且归因于现代头脑的情感，更容易听从于散文而不是诗歌的摆布。下述情况是可能的，即散文要接管——而且确实已经接管了——一度曾是由诗歌来完成的一些任务。"② 她在接下来的另一篇随笔《充满激情的散文》中进一步解释道："我们谈到散文的时候，实际上指的是散文小说。"③ 伍尔夫认为格律严谨押韵的诗歌如今无法适应人性已经发生巨大变化的现代主义时期，而"能够与日常生活中的人性的兴味和癖好保持着联系"的散文却完全能够胜任。④ 她把散文这种文学形式比作能吞掉各种艺术形式、包罗万千的"杂食动物"（a cannibal），小说"将是用散文写出的，但又是用带有诗歌的许多特征的散文写出的。它将多少具有诗歌的升华，但又具有大量散文的平凡。它将具有戏剧性，但又并不是戏剧。它将被人阅读，而不是被人演出"⑤。伍尔夫在批判以贝内特、威尔斯和高尔斯华绥为代表的物质主义写实手法的同时，也谴责传统文学理论家将散文、诗歌、小说和戏剧等文体严格区分的僵化观点。她认为如果散文能够具有戏剧性⑥，那么散文与小说就可以妥帖地融合在一起。

伍尔夫清楚地意识到，现代主义小说的技巧有别于传统小说，如意识流、内心独白、碎片化、作者与读者的对话，其实这些也都是现代散文的特征。维多利亚和乔治时期小说的叙述声音以作者为中心，而散文的叙述声音却倾向于作者的自省和与读者的交流。《牛津英语词典》对"散文"的定义

---

① T. W. Adorno: "The Essay as Form", *New German Critique*, 32 Spring (1984), p. 164.
② 弗吉尼亚·伍尔芙著：《伍尔芙随笔全集》Ⅳ，王义国等译，中国社会科学出版社，2001年，第1558-1559页。
③ 弗吉尼亚·伍尔芙著：《伍尔芙随笔全集》Ⅳ，王义国等译，中国社会科学出版社，2001年，第1576页。
④ 弗吉尼亚·伍尔芙著：《伍尔芙随笔全集》Ⅳ，王义国等译，中国社会科学出版社，2001年，第1564页。
⑤ 弗吉尼亚·伍尔芙著：《伍尔芙随笔全集》Ⅳ，王义国等译，中国社会科学出版社，2001年，第1559页。
⑥ 事实上萧伯纳和易卜生已经戏剧性地使用了散文形式并且获得了成功。

是"就某一主题而展开的中等篇幅的写作，带有一定程度的开放性和未完结性。蒙田于 1580 年首次发表这一类型的散文"①。正是散文的"未完结性"为伍尔夫提供了其他文体都无法达到的高度自由和多样性，成为她终生在文学道路上不断改革创新的实验场所。伍尔夫在《当代散文》中这样写道："随笔这种形式可长可短，它能容纳的内容又是千变万化，可以高论上帝和斯宾诺莎，也可以漫谈海龟和契普赛大街。"②

散文的特点除了结构松散、语言优美、意境深远和风格生动活泼之外，还在于它并不注重因果顺序的条理性。与传统物质主义小说成鲜明对比，散文并没有义务向读者逻辑清晰地讲述出一个拥有开头、高潮和结尾的完整故事。散文家并非学者或某个领域的专家，他的使命是把自己感兴趣的话题付诸纸上，并真诚地希望能与读者一起探讨。散文的目的是让读者愉悦，"随笔里的一切都应该为读者而写，而且还是为了世世代代的读者"③。每一篇散文的结尾都是开放的，为读者留出思考的余地，而作者绝不会把自己的观点强加于他人。传统小说反而拉远了与读者的距离，因为面对一个已经完结的故事，读者能做的只有被动地接受。伍尔夫不仅创作出大量高品质、风格独特的散文，成为英国散文大家，并且将散文的这些特质成功地融入小说文体之中。她的很多长篇小说都具备散文的因素，其中《岁月》便是伍尔夫散文式小说的典型代表。

2.《岁月》：一部散文式小说

《岁月》是伍尔夫晚期创作的编年体长篇小说，代表着她成熟的小说理念和成功的小说实践，而其坎坷复杂的创作过程体现出伍尔夫对小说和散文这两种文体兼容性的先锋式探讨。1931 年 1 月伍尔夫受邀为劳动妇女协会做了一次演讲，随后她一直思索着写一部讨论社会问题的随笔。她在 1932 年 11 月 4 日的日记中兴奋地写道："我要写一部散文式小说——《帕吉特家族》将网罗从 1880 年至今所有的社会问题：两性、教育、艺术、历史和

---

① J. A. Simpson and E. S. C. Weiner: *Oxford English Dictionary*, 2nd ed., Oxford: Clarendon Press, 1989.
② 弗吉尼亚·伍尔芙著：《伍尔芙随笔全集》Ⅰ，石云龙等译，北京：中国社会科学出版社，2001 年，第 196 页。
③ 弗吉尼亚·伍尔芙著：《伍尔芙随笔全集》Ⅰ，石云龙等译，北京：中国社会科学出版社，2001 年，第 198 页。

第四章
伍尔夫文体的对话性

政治!"① 从这段话可以看出,伍尔夫开始直面长久以来小说和散文两种文体对立的问题,希望通过《帕吉特家族》创造出一种文体杂糅的散文式小说。

《帕吉特家族》是《岁月》的前身,小说的内容分为六篇论辩性随笔和五个小说章节。这些穿插在小说章节中的随笔直接面对读者,在散文中伍尔夫向他们逐一解释她创作每个事件和人物的深层动机,同时阐述这些事件背后更复杂的社会原因,并且告诉读者故事的发展方向。《帕吉特家族》的写作手法消解了小说与散文两种文体的对立,但这样大胆的创新并未为她赢得预期的效果。学者瑞贝卡·斯蒂芬斯(Rebecca Stephens)对此解释道:"那些熟悉伍尔夫把花岗岩(事实)与彩虹(想象)相联姻的读者,对于她为何将小说和散文这两种不同的文体放置在同一作品中的行为感到不解。"②"他们认为伍尔夫的文体创新无法表现女性经验。"③ 在《帕吉特家族》创作之前,她就预料到将要遇到的艰难险阻。因此伍尔夫最终放弃了随笔部分,将小说部分发展为现在的《岁月》。

尽管伍尔夫删除了小说中的随笔部分,但《岁月》仍然是一部散文特征鲜明的散文式小说。《岁月》讲述的是伦敦中产阶级家庭帕吉特一家三代人从19世纪末到20世纪初前后近60年的生活历程,小说按照11个年头为标题分为11章。虽然是一部家族历史小说,但伍尔夫并未采用传统家族史的线性写作手法依次叙述每个阶段的发展进程。可以看到,《岁月》中每个年代之间的跨度有长有短,极不均匀。比如第8章"1913年"紧接着的是第9章"1914年",而第10章"1917年"之后是近20年后的最后一章"现在"(1936年)。小说无法向读者提供一幅帕吉特家族完整的生活全貌,我们只能把握每个时期所发生的重大事件,并且每个年份伍尔夫只限制在其中的一天,没有过多的人物和情节描述。散文的"零散化叙事"让小说呈现给读者的是一块块生活的碎片,和一张张并不十分清晰的人物面孔。即使这样看似间断松散的人物关系却能够凭借叙述者的意识、回忆和联想相互联

---

① Virginia Woolf: *The Diary of Virginia Woolf*, vol. 4, Anne Olivier Bell, ed., New York: Harcourt, 1980, pp. 129 – 130.

② Rebecca Duncan: "Virginia Woolf's *The Pargiters* and the Dialogue of Genre", *Genre*, 1996, vol. 28, No. 1, p. 172.

③ Rebecca Duncan: "Virginia Woolf's *The Pargiters* and the Dialogue of Genre", *Genre*, 1996, vol. 28, No. 1, p. 173.

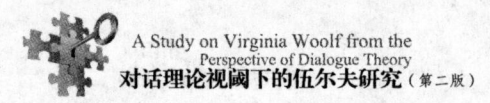

系起来，达到散文所谓"形散而神不散"的境界。而小说最后并没有交代每个人物的结局，当家庭聚会在破晓时散场，埃莉诺双手伸向莫里斯并说："现在呢？"① 读者并不知道他们的命运会如何，故事会走向何方。而此时窗外大街上的出租车里走出一男一女，仿佛延续着帕吉特家族的故事。

这部散文式小说还兼具传记等多种文体风格。在维多利亚后期出生的伍尔夫，与《岁月》中的帕吉特女孩历经了相似的社会环境和历史事件，她无疑会把自身的一些成长经历融入小说之中。《岁月》里帕吉特夫人的原型就是作者的母亲茱莉亚，一生抚育了众多儿女。帕吉特夫人去世后，由长女埃莉诺负责看护弟妹并接管家中的大小事务，她与伍尔夫的姐姐有着相似的命运。从迪莉娅和吉蒂的身上可以看到伍尔夫本人的影子，迪莉娅儿时曾在买玩具的路上遇到裸露身体的男子，而伍尔夫在少女时代受到过同母异父哥哥的性侵犯。身为牛津大学教授女儿的吉蒂却没能进入大学学习，这影射了伍尔夫无法享受大学教育的事实。

虽然《岁月》的整体结构如散文般看似松散，帕吉特家族的儿女众多且关系复杂，人物如一张张图像碎片呈现在读者面前，但小说背后却有一张无形的网络将他们彼此相连。如果读者通过反复阅读小说并将每个人物的蒙太奇串联在一起，就能够清晰地构建起帕吉特家族成员的立体空间形象。例如一部《安提戈涅》②（*Antigone*）把第二代帕吉特子女中并无实际交集的爱德华（Edward Pargiter）和他的表妹吉蒂、萨拉在不同的时空联系起来。在第一章（1880年），当帕吉特的女儿们困在死寂的家庭空间无所事事时，长子爱德华却在牛津大学的寝室中刻苦学习。作为牛津的高才生，爱德华为了能在残酷的竞争中拔得头筹，给自己制订了严格的学习计划："他一天的时间按照导师的意见分割成一个小时、半个小时的块块。"③ 在这本该惬意的傍晚时分，他为自己留出短暂的五分钟休息时间，读了会儿《安提戈涅》，眼前突然浮现出一个少女的身影。"一股紫气，从中走出一个希腊少女；但她却是英国人。希腊少女站在大理石和常春花中间，但她却在莫里斯壁纸和橱柜中间——他的吉蒂表妹……她二者兼而有之——安提戈涅和吉蒂；一个是

---

① 弗吉尼亚·吴尔夫著：《岁月》，蒲隆译，北京：人民文学出版社，2003年，第381页。

② 《安提戈涅》是古希腊悲剧作家索福克勒斯于公元前442年创作的一部作品，被公认为是戏剧史上最伟大的作品之一。

③ 弗吉尼亚·吴尔夫著：《岁月》，蒲隆译，北京：人民文学出版社，2003年，第40页。

书上的，一个是屋里的；光彩照人，满面红光，活像一朵紫色花。"① 虽然爱德华与吉蒂见面只有寥寥几次，但他已经深深地被这个身材高挑、面容姣好的表妹所吸引。爱德华把这份情愫埋藏于心，将这份青春萌动压抑在心底，因为繁重的学业无法令他分出额外的时间去谈情说爱。安提戈涅这个古希腊少女便是吉蒂在爱德华心中的投射，他只能在幻想中释放些许的渴望。爱德华终身未娶，将全部的时间和精力都投入对索福克勒斯戏剧的翻译和编纂工作中，他把对生活的热情和对吉蒂的爱情当作是其事业的祭奠。头顶着牛津大学教授和院长耀眼光环的爱德华，在他侄子诺斯眼中只不过是只"身子已被吃掉，只剩下翅膀和外壳的甲虫"②。

《安提戈涅》这部戏剧对于伍尔夫而言有着非常重要的意义。一是因为剧中所涉及的女性问题，伍尔夫把任何一个受到社会不公正待遇的女性都看作剧中的女主人公安提戈涅；再者是它将艺术与政治联姻，这引发了伍尔夫对自己写作体裁的审视。在《1907 年》这一章中，爱德华的另一个表妹萨拉由于疾病不得不按照医生的嘱咐卧床静养，母亲命令她必须"直直地躺着，静静地躺着"③。与此同时，对面的花园里却传来一阵阵热闹的舞曲。萨拉捧起堂兄爱德华赠予她的书，念着扉页上的文字：

> "安提戈涅，原著：索福克勒斯，"她读道。书新崭崭的；她打开时还发出嘎嘎的响声；这是她头一次打开这本书。
>
> "安提戈涅，原著：索福克勒斯，英译：爱德华·帕吉特，"她再次读道。这本书是爱德华在牛津时送给她的；一个炎热的下午，他们各个在教堂和图书馆里转悠。"转悠着，怨尤着，"她哼着翻动书页，"他从矮椅子上站起来，用手掠着头发对我说："——她向窗外扫了一眼——"'蹉跎青春，蹉跎青春。'"这时华尔兹到达了紧张、忧伤的极致。"他手里拿着，"她跟着舞曲的节拍哼着，"这块碎玻璃，这颗颓唐的心，他对我说……"这时乐曲停了；传来一阵掌声；跳舞的再次出来，进了花园。④

---

① 弗吉尼亚·吴尔夫著：《岁月》，蒲隆译，北京：人民文学出版社，2003 年，第 42 页。
② 弗吉尼亚·吴尔夫著：《岁月》，蒲隆译，北京：人民文学出版社，2003 年，第 354 页。
③ 弗吉尼亚·吴尔夫著：《岁月》，蒲隆译，北京：人民文学出版社，2003 年，第 118 页。
④ 弗吉尼亚·吴尔夫著：《岁月》，蒲隆译，北京：人民文学出版社，2003 年，第 113 页。

穿梭在现实世界与虚幻戏剧中,现在与过去的萨拉是"散文灵魂"的化身,她可以自由地转换空间而没有任何阻碍。承载着爱德华的忧伤,萨拉与剧中的安提戈涅融为一体。

尽管当时的评论界并不看好小说与散文的联姻,但伍尔夫对这种现代主义文学体裁的未来依然充满信心。在小说的结尾,作为帕吉特家族最年轻一代的两个孩子,在聚会的尾声用大家都听不懂的语言唱了一首歌。即使孩子们的声音聒噪刺耳,他们的脸庞始终浮现着笑意,大人从最初的费解到后来的会意,"'美?'她(埃莉诺)转向玛吉说,用的是疑问语气。'非同寻常,'玛吉说。"[1]

二、戏剧式小说

伍尔夫以注重心理现实的意识流小说著称,但是她一生对戏剧情有独钟,在其创作生涯中一直尝试将戏剧元素融入小说之中。通过分析伍尔夫的两部现代小说《海浪》和《幕间》,可以发现她在内容和形式上将戏剧与小说相融合,创作出新的文学形式——戏剧式小说,来表达对当时父权专制的强烈批判。

1. 伍尔夫与瓦格纳音乐戏剧[2]

伍尔夫曾不断地探讨小说与戏剧这两种艺术形式的可融性。她认为任何一种单一的形式都不足以将"情感"注入"语言和行为"之中。她在随笔《狭窄的艺术桥梁》中写道:"小说家所忽视的那些影响有一些将得以戏剧化——音乐的力量、视觉的刺激、树木的形状或者色彩的运用对我们所产生的效果,人群在我们的身上所酿成的情感,在某些地方或者从某些人当中所失去理性地出现的朦胧的恐惧或者仇恨、运动的快乐、美酒的陶醉。每一个时刻都是尚未表达出的为数极其众多的感知的中心和会面地点。生活总是比我们这些试图表达它的人要丰富得多,也必然要丰富得多。"[3] 因此任何一种艺术形式都无法完整地记录人的内心生活,只有"吞掉这么多艺术形式

---

[1] 弗吉尼亚·吴尔夫著:《岁月》,蒲隆译,北京:人民文学出版社,2003年,第377页。
[2] 关于瓦格纳的音乐戏剧有多种名称,如乐剧、歌剧,本书统称为音乐戏剧。
[3] 弗吉尼亚·伍尔芙著:《伍尔芙随笔全集》Ⅳ,王义国等译,北京:中国社会科学出版社,2001年,第1564-1565页。

第四章
伍尔夫文体的对话性

的杂食性"的现代小说才可以抓住"骚动、混乱"的心理。其中的"音乐""视觉""效果"都非常妥帖地应对戏剧艺术的每个舞台因素。在实际写作中伍尔夫也尝试着将戏剧元素融入小说创作。文学评论家怀特(E. H. Wright)在《伍尔夫与剧场》一章中就指出,伍尔夫对现代小说的要求与瓦格纳对歌剧艺术的追求有相似之处:"现代小说的未来将成为瓦格纳式的'整体艺术',会涵纳散文、诗歌、戏剧还有音乐、歌剧、摄影艺术和舞蹈。"① 因为瓦格纳曾对外声称,不论是哪种艺术品种,都不应受到局限,艺术应该是共有的、不受限制的。所以,伍尔夫的小说与瓦格纳的戏剧之间的相通性是伍尔夫研究已公认的事实。尽管伍尔夫的艺术创作受到过瓦格纳的影响,她的小说结构可以折射出瓦格纳式创作手法,尤其体现在《海浪》一书中,但"杂食性"小说与"整体艺术"不可完全相提并论,对瓦格纳才华的钦佩并不能遮盖伍尔夫对其美学思想的批判。

伍尔夫对瓦格纳戏剧的认知经历了一个非常复杂的过程。1909年,在给姐姐凡妮莎的一封信里,伍尔夫表达了对瓦格纳创作的《帕西法尔》(*Parsifal*)的最初印象——她对这部"神秘而富有感情的作品"怀有极大的敬佩之情,她认为"这是所有戏剧中最杰出的一部"②。随后作为音乐剧评论员的伍尔夫在《泰晤士报》上公开将瓦格纳的才情与莎士比亚相比较。但到了1913年,伍尔夫对瓦格纳的歌剧逐渐冷淡下来,之前她所称赞的"整体艺术"如今却成了被批判的对象。她在给朋友凯瑟琳(Katherine Cox)的信中写道:"十天前我们去看了《指环》,我声称我以后再也不会看第二遍。……我的眼睛感到刺痛,耳朵轰轰作响,脑袋像一瓶果酱。"③ 甚至在她自己舒适的家中仍然受到侵扰:"扩音器把瓦格纳歌剧从巴黎带到了家里,他的旋律彻底扰乱了我的写作,和着他的乐曲,我只能机械地把字母累积起来。当关上喇叭,谢天谢地,瓦格纳终于回到了原始丛林,而我又可以做回身体的主人了。"④ 可见瓦格纳"侵入式"的音乐让伍尔夫几近崩溃。

---

① E. H. Wright: "Woolf and Theatre", in *Virginia Woolf in Context*, eds., Bryony Randall & Jane Goldman, London: Cambridge University Press, 2010, p.303.

② Virginia Woolf: *The Letters of Virginia Woolf*, vol.1, Nigel Nicolson, ed., New York: Harcourt Brace Jovanovich, 1975, 12 August 1909, p.406.

③ Virginia Woolf: *The Letters of Virginia Woolf*, vol.2, Nigel Nicolson, ed., New York: Harcourt Brace Jovanovich, 1976, 16 May 1913, pp.26-27.

④ Virginia Woolf: *The Letters of Virginia Woolf*, vol.4, Nigel Nicolson, ed., New York: Harcourt Brace Jovanovich, 1978, 7 April 1931, pp.303-305.

瓦格纳的音乐戏剧美学虽然主张将新的音乐形式注入歌剧，最终改变了歌剧原有的面貌，但他这种以音乐为支撑的新型戏剧将音乐拔高至控制全局的关键因素，这是伍尔夫后期一直所批判的。在对《帕西法尔》进行鉴赏时，她指出瓦格纳的管弦乐队掌控着整个歌剧的节奏和观众的心理情绪，音乐的洪水淹没了舞台，也淹没了戏剧性。瓦格纳的"整体主义观"将所有的"非音乐形式"音乐化，把情感统一为单一整体，忽视了其他艺术形式的独特性和差异性。从政治角度而言，瓦格纳的戏剧有走向宏大叙事和极权主义的危险。而伍尔夫虽然也强调多种艺术形式的杂糅与并存，但她的小说创作却更注重形式的多样性，主张共存中求差异，因此伍尔夫的小说理念与瓦格纳的美学艺术存在着本质区别。

2. 《海浪》：一部戏剧式小说

《海浪》（*The Waves*，1931）是伍尔夫所有小说中最具实验性的一部，小说中六个人物分别叙述自己对人生每个阶段的领悟。伍尔夫曾在日记中如此谈论对《海浪》的构思："它应该是一部戏剧小说。"① 已经有学者对《海浪》的戏剧特征做出了分析和评价，比如布利塞特（William Blissett）在文章《瓦格纳式英语小说》（"Wagnerian Fiction in English"，1963）里，第一次指出伍尔夫作品受到了瓦格纳的影响，并评价《海浪》在"伍尔夫小说中最具瓦格纳特征"②。而哈罗德·弗洛姆（Harold Fromm）在对比瓦格纳的《帕西法尔》和伍尔夫的《到灯塔去》时，发现前者在戏剧中反复运用复调的主导动机，而后者在不同的语境中不断重复运用短语和意象，两者有共同之处。下文将具体阐述《海浪》是如何戏仿了瓦格纳的《尼伯龙根的指环》（*Der Ring des Nibelungen*，1876），并解构其歌剧的旋律和音乐结构。

《海浪》与《尼伯龙根的指环》都是环形结构。《海浪》共有九个部分，每部分的开头斜体字部分都是一段对自然的诗性化描述，九段描写构成一天之中太阳东升西落、海浪潮起潮落的自然循环。从第一段"太阳还没

---

① Virginia Woolf: *The Diary of Virginia Woolf*, vol. 3, Anne Olivier Bell, ed., New York: Harcourt, 1980, p. 139. June 1927.

② William Blissett: "Wagnerian Fiction in English", *Criticism: A Quarterly for Literature and the Arts*, 1963, vol. 5, No. 3, pp. 239 – 260.

第四章 伍尔夫文体的对话性

有升起,海天混沌一色"① 到最后一段"现在太阳下山了,海天一色,混沌难辨"②,构成了大自然普通的一天。伍尔夫将海水与曙光、晚霞联系在一起,象征了小说中六位人物的出生与死亡。《海浪》的一天浓缩了六位人物——伯纳德、奈维尔、珍妮、苏珊、罗达、路易的几十年光阴变迁,这对应了瓦格纳在《尼伯龙根的指环》中对光与水的运用。伯纳德第一句话便点明主题:"我看见一个圆圈。在我头顶上悬着。四周围着一圈光晕,不住晃动。"③ 在小说结尾,六个人相对独立的声音最终在伯纳德这儿"合而为一"。

瓦格纳在1852年发表了《歌剧与戏剧》,在详细地阐述音乐与戏剧在理想状态下的关系时,他首次提到"无终旋律"这个概念,即"不间断的旋律",可以理解为旋律始终应保持在必须不间断的变化中。而《海浪》每部分开头的诗化描写中都夹杂着海浪的旋律:"当它们(海浪)到达岸边时,每条波纹先高高涌起,然后——散裂,在沙滩上铺上一层薄薄的白色水花。波浪暂时平伏一会,接着又重新掀起,发出叹息般的声音,就像熟睡者梦中不自觉的呼吸。"④ "风起了。波浪像敲鼓似的拍打着海岸。"⑤

瓦格纳戏剧另一个显著的音乐手段是"主导动机"(leitmotif),即以一段短小的动机或者主题来象征某个人、事、情感、场景等。瓦格纳将具体的语义内容融入"主导动机"之中,加强了音乐戏剧的连续性。而伍尔夫在《海浪》中也借用了"主导动机"这个技巧,让整个小说的音乐结构更具连贯性。除了小说中斜体字部分不断重复的"鸟儿一直在啁啾鸣唱着它们那单调的歌儿",每个人物的"个体声音"也被赋予个性鲜明的节奏。例如,珍妮总是说:"我的手背火烫,手心却沾满露水,又冷又湿。"⑥《海浪》中的"主导动机"并不仅仅局限于语义层面,还有情感层面。比如苏珊贯穿小说的"主导动机"——"我又在爱,又在恨",这句话背后蕴含着复杂的情感。当苏珊再一次说"那是既爱又恨的心情"时,珍妮接着说道:"那是爱,又是恨,就像有一次我在花园里跟路易亲了亲嘴时苏珊对我感到的心情

---

① 吴尔夫著:《海浪》,吴均燮译,北京:人民文学出版社,2003年,第1页。
② 吴尔夫著:《海浪》,吴均燮译,北京:人民文学出版社,2003年,第183页。
③ 吴尔夫著:《海浪》,吴均燮译,北京:人民文学出版社,2003年,第2页。
④ 吴尔夫著:《海浪》,吴均燮译,北京:人民文学出版社,2003年,第1页。
⑤ 吴尔夫著:《海浪》,吴均燮译,北京:人民文学出版社,2003年,第55页。
⑥ 吴尔夫著:《海浪》,吴均燮译,北京:人民文学出版社,2003年,第3页。

一样；因为我浑身打扮一新，一走进来时就使得她心里想到'我的手是通红的'，因此赶紧把它们藏了起来。可是我们彼此间的恨却是跟我们的爱分不开的。"① 正如瓦格纳利用"主导动机"把整个歌剧连接起来，伍尔夫也用这一技巧将小说中的人物（如苏珊和珍妮）串联起来。

尽管伍尔夫将瓦格纳式戏剧结构与音乐手段运用到自己的小说创作中，她却对"整体主义"的用音乐统一一切的观点提出了质疑，因为"整体"对她而言并不等于排斥个体差异，因此她在吸收瓦格纳戏剧元素的同时对此进行了颠覆与解构。《海浪》中伍尔夫刻意营造合唱和个体声音的交融，这一点从她对人称代词"我"和"我们"的运用可以得到证实。在小说结尾，伯纳德的第七个声音代表了六个个体声音的合声："'我到底是什么人？'我一直在谈到伯纳德、奈维尔、珍妮、苏珊、罗达和路易。我等于是他们全体合而为一么？我只是其中的一个而且是突出的么？我不知道。我们一起坐在这儿。不过如今波西弗死了，罗达也已死了；我们被彼此分开；我们并不聚集在这儿。可是我并没找到任何能把我们分开的障碍。我和他们是分不开的。当我这会儿在说这些话时，我就觉得'我就是你'。"② 但下一段伯纳德的讲述从第一人称复数转为第一人称单数："当我在这儿这张桌子上，用自己的双手来塑造我一生的故事……"合声又变为个体声音。虽然伍尔夫无法把五线谱搬进小说中，但她还是创造出了多层次的音乐结构，让"海浪之声贯穿始终"③。她用诗化语言将多种声音并置，例如在小说结尾，伯纳德说："真难把他们安排得井然有序，单独把某一个分离出来，或者把整个的效果发挥出来。……多么宏大的一曲交响乐啊，包括它里面的和声和不和谐音，它的高音清亮，低音重浊，接着又昂扬激越起来！每个人演奏着他自己的曲调，用小提琴、长笛、小号、定音鼓或者其他各种各样可能的乐器。"④ 不同于瓦格纳绝对的"整体艺术"观，伍尔夫的《海浪》更注重这整台音乐戏剧中每个跳动着的独特音符和每种艺术形式对一部作品的呈现，更注重每个个体的存在和价值。

伍尔夫的名字经常与精英团体布鲁姆斯伯里同时出现，她也被贴上文化

---

① 吴尔夫著：《海浪》，吴均燮译，北京：人民文学出版社，2003年，第104页。
② 吴尔夫著：《海浪》，吴均燮译，北京：人民文学出版社，2003年，第225页。
③ Virginia Woolf: *The Diary of Virginia Woolf*, vol. 4, Anne Olivier Bell, ed., New York: Harcourt, 1980, p. 236.
④ 吴尔夫著：《海浪》，吴均燮译，北京：人民文学出版社，2003年，第199页。

精英的标签,总被世人误解为一位不谙世事的意识流小说家。但纵观伍尔夫的创作生涯,可以说她笔下的每一句话都饱含着对人性解放的诉求,她对现代小说的探索与创新都是基于对整个社会的理解,最终是为了解决社会问题。伍尔夫的戏剧小说经历了一个变化发展的过程,不论是瓦格纳的音乐戏剧还是布莱希特的历史剧,她都予以批判的接受,并加以改进和创新。只要能为写作的最终目的服务,伍尔夫就愿意尝试进行任何有益的小说实验,而戏剧小说正是她创新精神的体现。

三、传记式小说

伍尔夫在公众的普遍印象之中是一位大胆创新的现代主义小说家,虽然学术界把她定义为小说家,但她涉及的文学艺术种类却是多种多样的,例如人物传记。国内外相关研究认为伍尔夫的作品有非常强烈的传记色彩,在题目中明确表示是传记的就有《奥兰多:一部传记》《罗杰·弗莱传》《弗拉西传》,并且其小说也有传记特点,这些作品体现了伍尔夫对事实与虚构关系的不懈探讨。伍尔夫的传记作品被称为"新传记",因为她力图打破维多利亚时期以来的传统传记写作模式,在花岗岩般的历史事实之中融入彩虹般的艺术想象,提倡传记作者不应再刻板地记录下传主的陈旧史事,而是要从艺术真实的角度展现传主的人性。伍尔夫对传记这种文学样式的革新不仅体现在新传记的创作上,她在其随笔中也进行了传记写作的理论思考。1927年,伍尔夫写出《新派传记》不久,《奥兰多》便问世了,吹响了伍尔夫对传记革新的号角。

1. 新派传记

伍尔夫的父亲莱斯利·斯蒂芬是19世纪英国著名的传记作家,曾负责主持编纂英国《国家名人传记词典》,因此伍尔夫非常熟悉传统维多利亚时期的传记写作形式与技巧。在她眼中,这些传记作家用老练呆滞的笔触追求最外在细碎的事实,他们笔下的传主千篇一律是丰功伟绩的缔造者,他们的作品犹如"为静卧的死人穿上讲究的衣裳的一种摆设"①。而到了20世

---

① 弗吉尼亚·伍尔芙著:《伍尔芙随笔全集》Ⅳ,王义国等译,北京:中国社会科学出版社,2001年,第1701页。

纪，伍尔夫敏锐地发觉传记如同小说与诗歌一样也发生着显著的变化，如雨后春笋般出现了大量与传统写作技巧背道而驰的传记作品。虽然她并不是第一个创作出新传记的作家，但她看到了裹挟着一切的文学暴风眼。在《新派传记》的开端，伍尔夫便明确提出了传记的目的"就是忠实地传达人的品性"①。传记本身有两面："一方面是真实性，另一方面是人的品性。假如我们把真实性看作是某种坚如磐石的东西，把人格看作是捉摸不定的彩虹，因而认为传记的目的就是把二者天衣无缝地融为一体。"② 真实性即传主客观外在的生活素材，人格则是作家创造出有血有肉的人物的艺术想象力，而如何将事实与想象妥帖地结合在一起，这一直是困扰所有传记作家的棘手问题。

18、19世纪的传记家们尽职尽责地把与传主相关的生平材料堆砌在读者面前，但忽略了对人物性格的展现。20世纪初的传记作家，如利顿·斯特雷奇③，在写作过程中建构起自由创作的艺术空间，为传记插上了想象的翅膀。这种新传记因真实与虚构的结合而具有小说的特征，因此也被称为传记小说。伍尔夫十分欣喜地看到传记在20世纪终于有望实现"花岗岩"与"彩虹"的永恒联姻，在1927年的随笔中，她总结了"新派传记"的三大特征。首先，新传记的篇幅缩小至传统传记的一半甚至更短。例如莫洛亚④把传统模式本该写成长长两卷本的雪莱传记生生压缩为一篇小小说的长度。当然，这个变化只是传记的外部表征。其次，传记作家与传主之间的关系发生了翻天覆地的变化。传统作家受到传主亲人和朋友之托，会亦步亦趋地探寻传主的脚步，竭尽全力地美化他。而新传记的作者则不会受到任何人的牵制，"保持着自己的自由和独立判断的权利"⑤，作者与传主的关系是平等的，所以传记中的人物形象从光洁平滑到生发出皱纹和疤痕。最后，也是最重要的特征，是传记的写作技艺衍生出新的手法，即将传统传记的真实性与

---

① 弗吉尼亚·伍尔芙著：《伍尔芙随笔全集》Ⅳ，王义国等译，北京：中国社会科学出版社，2001年，第1700页。

② 弗吉尼亚·伍尔芙著：《伍尔芙随笔全集》Ⅳ，王义国等译，北京：中国社会科学出版社，2001年，第1700页。

③ 利顿·斯特雷奇（Giles Lytton Strachey，1880—1932），英国传记作家，历史学家，批评家，主要作品有《维多利亚女王时代四名人传》和《维多利亚女王传》。

④ 莫洛亚（Andre Mauois，1885—1967）是法国作家赫佐格（E. S. W. Herzog）的笔名，主要作品有《英国史》《拜伦传》《雨果传》等。

⑤ 弗吉尼亚·伍尔芙著：《伍尔芙随笔全集》Ⅳ，王义国等译，北京：中国社会科学出版社，2001年，第1703页。

小说的虚构性巧妙地融合到一起。

伍尔夫以哈罗德·尼科尔森[①]的《群像》为例，进一步解释了新传记的写作手法。《群像》是尼科尔森为英国外交大臣和驻印度总督柯曾（George Nathaniel Curzon, 1859—1925）撰写的传记。在这部短小的传记中，作家并未表现出对传主的吹嘘和奉承，而是调侃和嘲讽了柯曾爵士的形象。他不会因传主的生平而捆住手脚，而是通过对传主生平素材的取舍，抓住人物的某个趣闻抑或是一个不经意的回眸，加上自己的构思，让人物活灵活现地展现在读者面前。伍尔夫认为，"尼科尔森使用许多小说的技巧来处理生活中的真实事件"[②]，不遗余力地将事实与虚构融为一体，尝试着花岗岩与彩虹的永恒联姻，这种新传记"在一个可能会成为某种方位标志的地方轻快地朝我们挥动着手臂"[③]。

伍尔夫在肯定尼科尔森对传统传记大胆革新的同时，也显露出一丝忧虑。她认为后者在面对事实的真实性与虚构的真实性这个问题时，将虚构运用得过分了，"以至于忽略了真实性，或仅仅不恰当选用它，他就会两头不讨好，他既不能获得虚构的自由，又不能得到事实的实质"[④]。伍尔夫在随笔中指出，将花岗岩般坚硬的事实与彩虹般虚幻的想象糅合在一处，对一位传记作者而言是非常困难的事情，如果他轻率地运用作家的艺术自由，急切地把两者结合起来，那么"越来越真实的生活却是虚构的生活"[⑤]。伍尔夫在为新传记的出现感到欣慰的同时，也清醒地认识到作家在创作过程中应该平衡事实与虚构的比重，将艺术的想象控制在一定的范围之内。为了表示对维多利亚时期传统传记的挑战和颠覆，她在《新派传记》完成的第二年，便完成并出版了传记小说《奥兰多》，后者想象大胆狂放，跨越时空和性别，塑造了一个虚构的人物奥兰多。在这部传记小说中，虚构的成分要远远多于事实的成分。

[①] 哈罗德·尼科尔森（Sir Harold Nicolson, 1886—1968），英国外文官，著作有传记、政论、游记和神秘小说。
[②] 弗吉尼亚·伍尔芙著：《伍尔芙随笔全集》Ⅳ，王义国等译，北京：中国社会科学出版社，2001年，第1706页。
[③] 弗吉尼亚·伍尔芙著：《伍尔芙随笔全集》Ⅳ，王义国等译，北京：中国社会科学出版社，2001年，第1707页。
[④] 弗吉尼亚·伍尔芙著：《伍尔芙随笔全集》Ⅳ，王义国等译，北京：中国社会科学出版社，2001年，第1707页。
[⑤] 弗吉尼亚·伍尔芙著：《伍尔芙随笔全集》Ⅳ，王义国等译，北京：中国社会科学出版社，2001年，第1706页。

2. 《奥兰多》：一部传记狂想曲

这部作品的全名为《奥兰多：一部传记》，显然作者已经在副标题中给它定位了。不论是形式和体例，还是以大量史料为基础，《奥兰多》都遵循传统的传记原则，向读者展现出纪实的假象。首先，就形式而言，《奥兰多》继承传统传记的模式，书的开头是作者的序言，表达了伍尔夫对19世纪杰出作家如笛福、斯特恩等人的崇敬之情，之后是向给作者提供史料的传主亲友致谢。传记中还穿插八幅人物肖像①，奥兰多的肖像由伍尔夫女友薇塔的照片充当，奥兰多的情人萨沙则用伍尔夫侄女安吉莉卡的化妆照来充当。书的最后还列出了众多参考书目和学术著作里才会出现的索引。这些对传记形式的仿拟让《奥兰多》乍看上去像是一部真正的传记，让读者感受到花岗岩坚硬的质感和真实性。其次，就内容而言，奥兰多的原型是薇塔·萨克维尔，一位出身名门望族的女诗人。薇塔与伍尔夫是亲密的朋友，她美丽、聪明，热爱艺术，却行事泼辣，喜欢易装，具有男性气质，是当时有名的"双性恋"②。伍尔夫以薇塔的家族史《诺尔堡与萨克维尔家族》（*Knole and the Sackvilles*）为依托，塑造了奥兰多这个多变的人物形象。查尔斯·霍夫曼等学者通过对《奥兰多》手稿的分析，指出奥兰多的每个时期都可以与历史长河中萨克维尔家族的成员相呼应。例如传记之初，年轻的贵族少年奥兰多出现在伊丽莎白女王统治的1553年，而那一时期萨克维尔家族的托马斯恰巧16岁，同样才华横溢，深受女王宠幸并进入宫廷。17世纪的奥兰多失宠于女王，政治仕途令人担忧，他主动请缨出使土耳其，而爱德华·萨克维尔继承爵位之后，奔走于詹姆斯王的宫廷，同样出使君士坦丁堡。出现在1928年已经变为女性的奥兰多，完全是薇塔的翻版，她们都在36岁时因诗作而获奖，都曾为祖宅的继承权走上法庭。

虽然从形式到内容，《奥兰多》是一部名副其实的传记，但伍尔夫在书中融入了大量艺术的想象，意图便是模糊传记与小说的界限，实现传记文学的革命。从文类的划分而言，就连伍尔夫本人恐怕都分辨不清《奥兰多》到底是小说还是传记。当书稿交付出版之初，出版社和书商曾征求她的意

---

① 吕洪灵、蔡晨：《花岗岩与彩虹的姻缘——伍尔夫的"新传记"〈奥兰多：一部传记〉》，载《外国文学研究》，2011年，第54页。

② 吴庆宏：《〈奥兰多〉中的文学与历史叙事》，载《外国文学评论》，2010年第4期，第112页。

第四章
伍尔夫文体的对话性

见,问应该把《奥兰多》放在书架的小说一栏还是传记一栏,她自己说"只是因为好玩才称之为传记",却又担心传记《奥兰多》不及小说《奥兰多》的销量好。而小说出版后却引起批评界的一片哗然,有的学者把它看作一部奇幻小说,而伍尔夫本人则称之为"写作者的假日"。除了在形式上伍尔夫提醒读者把《奥兰多》当作一部传记,在叙事过程中,伍尔夫在传统的叙事声音之外故意穿插了另一个叙事声音,不断向读者披露传记写作的过程和手法。例如,当谈到奥兰多的品性时,叙述者说:"此处,我们像传记作家常做的那样,鲁莽地披露了他的一个怪癖,或许,这应归咎于他的某位女性祖先曾穿过粗布衣,提过牛奶桶。"① 叙述声音将读者的注意从传主的故事转移到叙述技巧本身,文本建构的自我意识让这部传记带有后现代主义元小说的特质。

伍尔夫认为,传记家在事实的基础上进行想象,同样可以创造出艺术的真实性。将客观真实与虚构真实融合到一起,"在事实中掺和那么一点点虚构就能将人的个性活灵活现地展示出来"②,这才是传记本身应该达到的目的。因此伍尔夫呼吁,传记文学应该像小说一样,利用想象的自由空间去创造这种虚构的真实,体现人物本身的性格和人性。只不过在《奥兰多》中,虚构和想象可不是"一点点"。伍尔夫在构思《奥兰多》之初就打算要在作品中有机地融入虚构成分。动笔之初,她曾在给薇塔的信中如此说道:"我全身霎时间沉浸在狂喜之中,头脑中充满了各种各样的念头。"③ 因此《奥兰多》可以被称为文学狂想曲,奥兰多这个人物即便有原型却没有证据证实,并且她从时间上穿越前后四个世纪,空间上跨越欧亚大陆,性别从男性变身女性,身份从贵族到政客再到家庭妇女,如此不顾自然规律和生理科学的讲述,单凭"传记"这种文类是无法掌控的,必须依靠小说的想象。从叙述角度来看,要完整书写奥兰多的生平事迹是不可能的,必须融入虚构与想象。在第二章的开头,奥兰多被俄罗斯公主无情抛弃之后的那段历史无人知晓,于是叙事者坦白地说明了这个问题,并认为虽然传记作者有责任沿着"事实真相的足迹,一路直行",但如果要揭开这段"阴暗、神秘的插曲",

---

① 弗吉尼亚·吴尔夫著:《奥兰多》,林燕译,北京:人民文学出版社,2003年,第10页。
② 弗吉尼亚·伍尔芙著:《伍尔芙随笔全集》Ⅳ,王义国等译,北京:中国社会科学出版社,2001年,第1706页。
③ Virginia Woolf: *The Letters of Virginia Woolf*, vol. 6, Nigel Nicolson and Joanne Trautmann, ed., London: Hogarth, 1980.

125

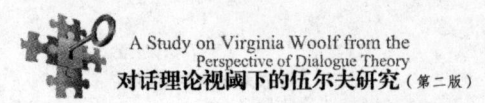

则要写上厚厚的好几大卷宗,这显然有违伍尔夫对新传记的要求,因此,叙述者说:"我们的任务很简单,就是叙述已知的事实,然后让读者自己去推断。"① 在紧接着的第三章,叙述者继续说明对奥兰多政治生涯时期所掌握的史料少之又少,因此"我们的叙述很不完整,这不免可惜",只能根据残存的资料"一点点拼凑出一个梗概,却常常还得去推想、猜测,甚至要凭空虚构"②。直至书的结尾,这样的讲述比比皆是,可见伍尔夫为贯彻新传记的写作原则不遗余力。

关于《奥兰多》到底属于小说还是新传记这个问题,至今仍然存在争议。如果说它是小说,但伍尔夫却煞费苦心地给其披上了传记的外衣。其中有其对旧传记的嘲讽和戏仿,也有对新传记的期待。伍厚恺先生认为"它是对传记体裁的戏拟,或者是一部颠覆传统传记模式的'反传记'"③。如果视为传记,其中却包含了大量虚构的成分,这显然有悖于传记写作的基本原则。有的学者干脆把其归为既非小说又非传记的复杂文体,如埃德尔所言:"既非传记也非小说,它是传记家的寓言"④。笔者认为,与其将《奥兰多》看成一部传记,倒不如将其看成一部传记式小说,伍尔夫借助小说技巧讲述了一个具有传记形式的虚构故事。就如同书信体的小说一样,传记式小说是现代小说的一种新写作手法或表现形式。虽然书中的传主也有原型,但与书中的人物却相距十万八千里,因此《奥兰多》与一般意义上的传记也有着本质上的不同。在《奥兰多》中,伍尔夫大胆地虚构荒诞的故事,甚至不惜违背自然规律将传主一夜之间由男变女,试图从不同性别视角来揭露几百年来英国文学传统的种种弊端和男权制度的丑恶,借"'文学病'现象批判了忽视物质现实的文学现象"⑤,进而展现自己双性同体和女性主义思想。

---

① 弗吉尼亚·吴尔夫著:《奥兰多》,林燕译,北京:人民文学出版社,2003年,第33页。
② 弗吉尼亚·吴尔夫著:《奥兰多》,林燕译,北京:人民文学出版社,2003年,第66页。
③ 伍厚恺著:《弗吉尼亚·伍尔夫:存在的瞬间》,成都:四川人民出版社,1999年,第286页。
④ L. Edel: *Writing Lives: Principia Biographical*. New York: W. W. Norton, 1984, P. 192.
⑤ 杨正润:《实验与颠覆:传记中的现代派与后现代》,载《浙江师范大学学报(社会科学版)》,2009年,第2期,第37页。

第二节　伍尔夫日记的对话性

伍尔夫提出"综合艺术"的理念，试图在创作实践中融入散文、诗歌、戏剧、绘画、音乐等诸多元素。她既强调每种文体有独自的审美特征和表现方式，明确体裁的限制和规范，又主张打破各种文体的界限，让多种文体渗透融合。伍尔夫在日记创作中就体现了对文体的思考，一方面突出日记文体与小说、散文和诗歌的不同，另一方面，她又试图打破文体的界限，体现了日记多种多样、灵活多变的表现形式。赫尔迈厄尼认为："伍尔夫的日记就像一个魔法口袋，模糊了散文、诗歌、传记和小说的界限。"[1]伍尔夫不仅在日记中构建综合文体的理论，而且其日记本身也具有文体杂糅的特点。西蒙斯首先发现了伍尔夫日记文体的多样性和杂糅性，她认为为了理论实践，伍尔夫有意在日记中融合了多种艺术形式。她希望她的日记如小说一样具有包容性，能展现生活开放多变的本质。伍尔夫的早期日记一板一眼地记录每日所发生的客观事件，但随着年龄的增长，她逐渐在日记中融入对事件的看法和感悟，日记的文体界限开始变得模糊。

日记本身就是一个包容性很强的文体，它的这种包罗万象的性质能够容纳叙事、抒情、评论多种文学表现形式。根据内容的不同，伍尔夫日记可以分为读书录、实事录、对谈录、旅行日志等多种类型，她的日记文体处于不断的变化之中，而变化又正是文体发展的必然途径，这不仅为日记的发展注入了活力，同时也为她的小说创作提供了更多的空间和自由。伍尔夫通过日记来记录小说的写作进程、勾画小说框架、提供创作素材和原型，日记与小说的互文性也是其文体对话性的重要体现。

一、日记文体的杂糅性

日记普遍取材极为广泛，涉及生活的方方面面，上至世界大战和社会格局，下到个人的喜怒哀乐、家庭琐事。与此相适应，日记在表现形式上也手法各异，不拘一格：既可记述事件、描写风景和刻画人物，又可抒发感怀和

---

[1] Hermione Lee: *Virginia Woolf*, London: Vintage, 1997, p. 8.

发表评论，可以集叙事、抒情、议论于一体。伍尔夫日记内容包括起居行踪、工作事务、政治时局、读书写作、人事交往、经历见闻和心得体会等，那么相对应的文体形式也应有备忘录、工作记录、读书录、对谈录、随感录和旅行日志等。备忘录、工作记录等属于记事型日记，以时间顺序为书写线索，记录当天所发生的主要事情，还包括采购消费和家庭财务等事宜，具有纪实备忘的功能。随感录则属于思想型日记，记录作者在事情发生时和遇到他人时的所感所想，对所记述的人和事进行评论，甚至上升到哲理层面或理论高度。旅行日志主要以描写风景人物为主，是描写型日记。伍尔夫经常在同一篇日记中融入上述多种文体形式，产生了文体的交汇融合，日记也成为她进行文体综合的"实验田"。

伍尔夫日记有记述的成分，也有议论性的文字，同时还有抒情的笔法。她在记述日常生活时，常常会轻松自然地将内心的情感表现出来，在点评某些作品时，却又表现出少有的辛辣和尖刻，反讽中不乏幽默诙谐。而伍尔夫很多的记事型日记融入了抒情和议论的形式，把诗意的抒情加入平实的日常叙事之中，使得情感在诗意的叙述中得到升华。记述的过程中融进了优美的抒情和充满洞察力的议论，体现出文体交融的美感。例如伍尔夫在旅行日志中不仅有对外部环境的记述，还将视线转向内心世界，在记录所见所闻的同时，也写下了自己的感悟。这些写景抒情的日记体游记，集旅行、叙事、描写、抒情和自省为一体，比一般日记更富有审美和趣味性。既能欣赏作者所描述的自然风光，还可以受到思想上的启发，又能得到文学艺术的熏陶。旅行日志更像是伍尔夫的散文写作练习，具有形散神聚、意境深邃和语言优美凝练的特征。

早在1899年，伍尔夫已经认识到日记不应只有一种风格，不应只是记录所见所闻，更要写下心之所想和体悟事物外表之下的真实。因此与1897年的日记相比，1899年日记的风格突转，后者对印象、自我感觉的描述增多，文字富有感染力，并且句式更复杂丰富，篇幅更长，议论成分明显增多，向散文风格趋近。这一年她开始利用日记练习写散文，因而常常运用一些修辞技巧，并有一定的读者意识。日记里伍尔夫并没有单纯地描写自然风景，而是将情景与情感交融到一起，学会用景物来烘托心情，达到物我和谐融合的状态。例如8月7日的日记："这些荒野的色彩单调、令人乏味，灰色的天空与低沉的大地和远处的河水交接，整个世界都是灰蒙蒙的，这也许就是令人心情单调的主要原因吧。我躺在岸边的平底船上，靠着抱枕，昏昏沉沉地读着某个中世纪主教写的日记,他流畅的句子配合流水的潺潺声,让人心中涌起一股哀伤的情绪。"①这段日记语言优美流畅,简直是一幅栩栩如生的画卷,她借用灰暗的景色来烘托自己的心情。这说明伍尔夫的语言表达能力已达相当水平,在抓住灵感火花时,她的自我之光隐隐闪现。日记中这种利用情景奠定文章基调的写作手法也被伍尔夫多次运用在之后的小说创作中。

二、日记与小说的互文性

伍尔夫将日记视为意识流小说的实验田,她的日记就具有明显的意识流叙事的特点。1919年4月20她写道:"我相信,日记写作是非常好的练笔形式,它让我放松紧绷的神经,即使哪里写错也不必在意,这样我便可以随心所欲地选择主题,不用为措辞而打断思路。相比过去的一年,我的专业写作的水平明显提高了,这都要归功于每天的这一个半小时的日记写作。我可以将日记对生活的记录写入小说。"② 在这则日记中,伍尔夫明确肯定了日记的作用——提高自己的专业写作水平,并打算将日记对生活的记录写入小说,这足以证明日记对她小说创作的重要作用。

伍尔夫的日记是具有现代主义特点的文学作品,因为她将对现代小说的审美标准运用到日记写作中,使得日记成为具有美学意义的文学艺术品。笔者认为,伍尔夫日记和她的其他著作具有同等重要的文学价值,应将其日记视为与其他现代主义小说一样的现代主义作品来研究。而同为现代主义文学文本,伍尔夫的小说与日记之间有很强的互文性,分别体现在日记为小说创作提供素材和原型,日记使小说写作技巧更加完善等。这种互文性在巴赫金看来就是两个文本之间的对话性,它们相互引用、戏仿和重写。

日记为伍尔夫创作小说提供了记录日常生活细节和捕捉瞬间的平台。西蒙斯认为:"日记可视为现代主义碎片文本的典范,它把过去与未来并置在同一个空间,将生活的片段堆积在一起,通过描绘具有启示性的时刻来记录

---

① Virginia Woolf: *A Passionate Apprentice: The Early Journals, 1897 – 1909*, Mitchell A. Leaska, ed., New York: Harcourt Brace Jovanovich, 1990, p. 138.
② Virginia Woolf: *The Diary of Virginia Woolf*, vol. 1, Anne. Olivier Bell, ed., New York: Harcourt Brace, 1977, p. 266.

生命的光辉。"①现代主义作家看重的就是抓住客观时间中特定的瞬间,而伍尔夫在日记中也善于捕捉某一瞬间,对周围的景物变化或人物的意识进行细致的描写。日记中所记载的一个个瞬间、片段也会出现在她的作品中,形成了现代主义作家注重瞬间体验、反映意识流动的突出特点,而这些完美的瞬间在伍尔夫的日记中同样具有很高的美学价值。赛勒斯认为:"伍尔夫一直在寻找新方式来转化自己的思想,她用一生来探究日记是否可以承担这个任务,能在落笔之前抓住转瞬即逝的思绪。"②赛勒斯认为伍尔夫找到了完美的写作形式,即日记。每到年末,她都会写一篇总结性的日记,来总结自己一年来的收获或检讨自己的不足。例如1932年底她写道:"我打算用这个上午来总结今年的生活,这是我经常做的,我希望能将自己一年的生活变成一张图片,送给身边的朋友。"③伍尔夫认为一个瞬间的印象就能代表一年的所有生活。这段日记充分表现了她要抓住每个瞬间的意义的欲望:"如果一个作家不追求瞬间,那么还有什么意义?我要停在这个时刻。"④在小说创作过程中,伍尔夫利用"这篇日记记下了这些想法突然产生的那种可怕、古怪而出人意料的过程。——在近一个小时内,想法一个又一个接踵而至。在霍加斯出版社望着火炉发呆时,我就这样构思了《雅各的房间》,在这儿广场上的某个下午,我设计出了《到灯塔去》的情节。"⑤于是,日记记录下了她获取灵感和构思小说的瞬间想法。

　　日记帮助伍尔夫磨炼人物塑造的方法,使得她的人物刻画非常出彩。为了塑造人物,伍尔夫要从现实生活中提取素材,并有意识地对各种人物进行肖像描写,因而日记就成为她的素材库,里面有大量的人物素描。日记还帮助伍尔夫思考在面对如此大量未加工的素材时该如何挑选,例如她在写《罗杰·弗莱》时这样思考:"如何将长达3-4个小时的与弗莱的对话缩减

---

① Judy Simons: *Diaries and Journals of Literary Women from Fanny Burney to Virginia Woolf*, London: the Macmillan Press Ltd, 1990, p. 91.

② Susan Sellers: "Virginia Woolf's Diaries and Letters", in Sue Roe and Susan Sellers eds., *The Cambridge Companion to Virginia Woolf*, Cambridge: Cambridge UP, 2000, pp. 109-126.

③ Virginia Woolf: *The Diary of Virginia Woolf*, vol. 4, Anne Olivier Bell, ed., New York: Harcourt Brace, 1982, p. 134.

④ Virginia Woolf: *The Diary of Virginia Woolf*, vol. 4, Anne Olivier Bell, ed., New York: Harcourt Brace, 1982, p. 135.

⑤ 弗吉尼亚·伍尔芙著:《伍尔芙日记选》(1927年3月14日),戴红珍、宋炳辉译,天津:百花文艺出版社,2005年,第86-87页。

到一页纸内?"①日记学家杰克逊指出,由于伍尔夫在日记中善于通过绘画、暗讽、隐喻等多种修辞手段抓住人物的复杂个性和内在精神,进行出色的人物描写,因此她的日记堪称"日记中的莎士比亚"②。

伍尔夫身边聚集了很多优秀的现代主义先锋画家,如姐姐凡妮莎、美学评论家克莱夫·贝尔、后印象主义美学家罗杰·弗莱和邓肯·格兰特(Duncan Grant,1885—1978)等,在他们的影响下她将文字当作画笔,把绘画技艺融入人物创作之中。伍尔夫在1899年的日记里创作出了她的第一次素描,此后几乎每一年的日记中都有大量人物素描。伍尔夫不论遇到熟人还是陌生人,都愿意将他们描述一番,以锻炼自己的观察力和写作能力。即便到了1930年,她48岁时仍然这样写道:"我打算像美学院的一个学生那样去为乔治·达克沃斯爵士(Sir George Duckworth)画素描。他的下颌骨被半透明的肌肉包裹着。他身材矮小肥胖,像只大鼓,我总是担心他坐下时会把裤子撑破。我们之间有些隔阂,尤其是当他谈及'母亲'时。现在他对我造成不了什么伤害了。"③伍尔夫几乎每次描写人物时都带着幽默讽刺的意味,这大概源于斯蒂芬家族的一个传统——喜欢用动物来比喻人。例如凡妮莎被叫作海豚,迪肯森被叫作沙袋鼠,而夫妇二人相互称对方"土拨鼠"和"山魈"。这个习惯被伍尔夫带入人物描写之中,例如把弗洛雷斯小姐称为"可怜的绿头鹦鹉"④。

伍尔夫还运用暗喻等技巧塑造人物形象,例如对奥托兰的刻画:"她被紧紧地包裹在黑天鹅绒礼服里面,帽子像把太阳伞。"⑤与被观察的人物保持一定的距离可以让伍尔夫更准确地抓住人物性格的精髓,例如对伊迪思·西特韦尔⑥的描写:"伊迪思·西特韦尔很胖。她涂着银色的指甲,戴着长头

---

① Virginia Woolf: *The Diary of Virginia Woolf*, vol.5, Anne Olivier Bell, ed., New York: Harcourt Brace, 1984, p.150.

② Anna Jackson: *Diary Poetics: Form and Style in Writers' Diaries, 1915 – 1962*, New York: Routledge, 2010, p.259.

③ 二人是同母异父的兄妹,弗吉尼亚年幼时曾遭受他的侵害。Virginia Woolf, *The Diary of Virginia Woolf*, vol.3, Anne Olivier Bell, ed., New York: Harcourt Brace, 1980, p.293.

④ Virginia Woolf: *A Passionate Apprentice: The Early Journals, 1897 – 1909*, Mitchell A. Leaska, ed., New York: Harcourt Brace Jovanovich, 1990, p.59.

⑤ Virginia Woolf: *The Diary of Virginia Woolf*, vol.1, Anne Olivier Bell, ed., New York: Harcourt Brace, 1977, p.61.

⑥ 伊迪思·西特韦尔(Edith Sitwell,1887—1964)英国现代诗人,评论家。

巾，像只长着牙的大象。她变得成熟稳重了。"①当对所描写人物的记忆不再鲜活，伍尔夫就用隐喻加以补救。例如1918年8月27日，在西德尼·韦伯夫妇造访5天之后，伍尔夫打算在日记中记录那次拜访的情形，"可对他们的印象开始减退"②，这让伍尔夫很难准确地刻画他们的形象，而她的对策是"用隐喻来代替模糊的印象"③。这就是后印象主义带给她小说创作的灵感，没有过多无用的细节描写，反而能抓住人物的精髓。又例如1919年对利顿·斯特雷奇（Lytton Strachey）的描写中，伍尔夫没有具体描述他的外貌，而是将重点放在利顿个性的某个闪光点："很久没有见到利顿了。我对他的模糊印象，更多的是来自他的作品而非本人。他灰着个脸，一声不吭，只有当我们谈及他的书店时，他脸上才露出一丝生气。像父母偏袒自己的孩子一样，他偏袒自己的书店。"④这段描述里虽然没有对利顿的外貌特写，但他的形象仍然被刻画得入木三分。

第三节 伍尔夫散文的对话性

伍尔夫在散文创作方面的才华和成就并不亚于她在小说方面的贡献，她的散文水平可以与英国著名的散文家相媲美。

书信体散文（epistolary-essay）是以书信的方式将散文的内容呈现在公众面前，让读者参与其中并产生情感上的认同和共鸣。对伍尔夫早期的散文作品，布鲁姆斯伯里圈里的朋友们更倾向于将她定位为书信体作家。书信体小说以书信的形式写成，通常采用第一人称，小说的结构和叙事安排比较直观简单，给读者以更强烈的亲切感和真实感。这种写作形式比较适合女性，而伍尔夫受到早期现代主义书信体文学的影响，喜欢运用书信体自由写作和独立思考。

---

① Virginia Woolf: *The Diary of Virginia Woolf*, vol. 3, Anne Olivier Bell, ed., New York: Harcourt Brace, 1980, p. 308.

② Virginia Woolf: *The Diary of Virginia Woolf*, vol. 1, Anne Olivier Bell, ed., New York: Harcourt Brace, 1977, p. 193.

③ Judy Simons: *Diaries and Journals of Literary Women from Fanny Burney to Virginia Woolf*, London: the Macmillan Press Ltd., 1990, p. 174.

④ Virginia Woolf: *The Diary of Virginia Woolf*, vol. 1, Anne Olivier Bell, ed., New York: Harcourt Brace, 1977, pp. 20-21.

第四章
伍尔夫文体的对话性

蒙田最先将书信交流的特征融入散文创作,他说,如果他有一个值得倾诉的朋友,那么就改散文为书信了。在《多萝西·奥斯本的信札》中,伍尔夫就认为,书信写作方式往往是乔装的散文写作手法。书信体散文自由随意,不需要有很强的逻辑思维和线性思维,很多早期现代主义的女性通过书信进行写作练习。在给狄金森(Violet Dickenson)的一封信中,伍尔夫也坦言:"这封信便是我的叙事技巧练习。"① 早期的这些书信体女作家让伍尔夫感受到文字带来的乐趣,书信写作像两个人谈话一样无拘无束。伍尔夫非常欣赏多萝西的书信,认为读多萝西的信,似乎就是在与她的内心进行对话。伍尔夫对多萝西的个性及写信的对象了如指掌,她的信就是与收信人的对话:"多萝西在信中争辩,在信中说理,在听到她的声音的同时,我们几乎同样清晰地听到了邓普尔②的声音。"③

伍尔夫的许多随笔散文就属于书信体散文,如《三个基尼金币》,或《飞蛾之死》中的《致青年诗人的一封信》等。伍尔夫的书信体散文体现了两个主体之间对话的特质,而《普通读者》中的大部分散文都具有书信体的特征。伍尔夫认为书信体写作为女性提供一个构建主体性的平台,帮助女性建立属于自己的领地,抵抗男权社会对女性的压迫。尽管书信比较私密,其目的只面向一个收信者,但书信体散文则完全从私人空间进入公共领域。伍尔夫想让她的散文同样具有书信那种非正式、松散的结构以及轻松的口吻,给读者以认同感和亲切感。

书信体散文具有三个明显的特点。一是可以充分表达个人情感。在伍尔夫那个时代,传统的文学形式已经无法更好地表达个人情感,一些思想活跃的文学家、艺术家,都试图通过新的文学载体来争夺话语权,拥有私人化的创作空间,打破父权社会对文学的垄断和对人性的压制。伍尔夫"企图建立一个多元的、对话的、非独断性的话语空间,而后者则力图维持其单一的、非对话的、独断性的话语权力"④。书信可以将写信者主体内心最隐私的部分揭示出来,以日常通俗的语言和亲密的口吻,对主体的话语进行建

---

① Virginia Woolf: *The Letters of Virginia Woolf*, vol.1, Nigel Nicolson, ed., London: Hogarth Press, 1975, p.300.
② 邓普尔,指的是贾斯蒂尼安·艾沙姆爵士,多萝西的未婚夫。
③ 弗吉尼亚·伍尔芙著:《伍尔芙随笔全集》I,石云龙等译,北京:中国社会科学出版社,2001年,第284页。
④ 张德明:《当代文化批评与公共话语空间的拓展》,载《浙江学刊》,2002年第1期,第214页。

构。第一人称的"我",是主体性的最根本特质,表明文学从关注外部世界转向人的内心现实。因为书信所涉及的多是日常普通的生活,很有普遍性,容易引起较强的认同感。读者很容易与书信中的"我"进行平等沟通,读者的主体性与书信中的"我"的主体性相碰撞、交流,从而导致读者主体性的形成。书信为主体提供与他者面对面的平台,主体性正是在与他者打交道的过程中逐渐形成的。伍尔夫也看到了书信对主体建构的作用,它的私密性反而衍生出集体性和公共性,让读者很容易进入与他人交流的一个联系之网,领略到人的普遍情感,从而建立集体归属感。伍尔夫一生不停地写信、收信,一直与外界保持联系,她不是孤单个体的存在,而与更多人构建对话平台,建立广泛的联系。

二是对话性。英文的通信"correspondence",其词源为"内心的共鸣"。书信的本质是两个或两个以上的通信者发生的对话。他们就某个问题一来一往地讨论,或帮助,或劝导,或争辩。读者既可成为被倾诉的对象,又可倾听写信人的陈述。这样更易进入写信人的世界,感受写信人的思想变化和个人情感。书信从"我"的视角讲述亲身经历,从而拉近了与读者的距离。读者能够参与对话,成为对话的主体。作者与读者之间的关系是平等的,从而消解了作者的权威。写信人在写信时也有一个或多个设定的读信人,因此所写的信并非独白,而是具有复调性话语,这符合巴赫金的对话理论。

三是构建主体性。中世纪时期是对神而非人的重视,将人的主体性降至神的奴婢。而书信的产生促进了文艺复兴时人的主体构建。随着科学技术的进步和教育的逐渐普及,识文断字的民众日渐增多,尤其是中产阶级女性文化水平的提高,私人信件逐渐开始流通,促进人与人的交往,扩大交际的范围。而书信体散文的出现更是使人们从私人空间走向公共领域,从而大大拓展了书信的范围和影响力,成为散文中的一朵奇葩。

正是有了深厚的文学知识的积累,伍尔夫才会在不同文体的创作中纵横驰骋,游刃有余。她深刻了解各种文体的优点和局限性,敢于把小说的元素移植到散文写作中,写出潇洒飘逸、声情并茂、妙趣横生的随笔散文,令读者耳目一新。同时,她又把散文的自由灵活、意境深邃、语言优美、表现手法灵活的优点切换到小说中,创作出如《岁月》《海浪》等语言优美的散文小说,开辟了小说与散文文体融合的一代文学新风。

第五章　伍尔夫与社会的对话

评论家普遍认为伍尔夫有点脱离现实生活和远离下层百姓，说她只是生活在远离尘世的象牙塔里的贵夫人，在本阶层的文学沙龙中专心经营自己清高孤傲的贵族生活，对社会上发生的事情漠不关心。有一些评论家指责她是颓废派，躲在书斋里借助荒诞的小说胡思乱想。还有些人被她那反传统的、大胆的、前卫的艺术手法所困惑，而忽视了伍尔夫对战争和现实社会的控诉和批判。

随着对伍尔夫研究的深入，不少学者也从政治和社会学的角度仔细分析了伍尔夫的日记、书信、散文、评论、小说等作品，提出了相反的观点。如亚历克斯·兹沃德林（Alex Zwerdling）在1986年出版的《弗吉尼亚·伍尔夫和现实世界》（*Virginia Woolf and the Real World*）一书中，对认为伍尔夫的作品没有政治性、不关心社会问题的观点提出质疑。他认为，伍尔夫的女权主义文章和她所有的小说都具有强烈的社会性。兹沃德林还在书中详细论述了伍尔夫作品中的社会内容，研究她创作每一部作品时的内心真实想法和社会历史特点，并就伍尔夫对待战争和战后的社会现实的态度进行了客观而颇有见地的分析评判。美国新马克思主义学派代表人物弗·詹明信（Fredric Jameson）于20世纪90年代初在《现代主义和帝国主义》一文中也曾指出，对包括英国20世纪意识流小说家弗吉尼亚·伍尔夫在内的现代主义文学的研究，必须要在帝国主义的总体框架内，并联系帝国主义的政治、经济现象，才能够进行深入细致的探讨。詹明信旗帜鲜明地肯定了伍尔夫作品深刻的社会现实意义，为后来的研究者开辟了一条新的思路。

巴赫金认为，人从本质上具有社会属性，个人最终要回归社会。任何人的主体意识与他人的意识共存，因此对话的最终意义是实现人与人之间的平等、自由和民主。对话是用多元对抗一元，是抵制话语霸权、父权主义的重要手段。巴赫金希望让主体间的对话消弭人与人之间的隔膜，解除自我封

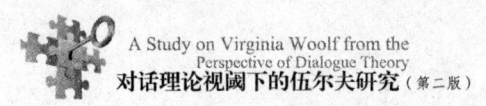

闭。而人的存在与价值只有在同他人的交流中才得以体现，在此过程中既尊重他人的思想，也保留自己的观点，形成相互尊重的学术体系。对话主义允许多元的思想相互承认、补充并共存，承认社会由异质和差异构成，矛盾和对话同时存在，求同存异。对话理论的精髓是平等、民主、自由，因此巴赫金的对话理论具有人文关怀。

而伍尔夫具有与巴赫金一样的对话精神和人文关怀，她旗帜鲜明地反对任何战争、霸权和暴力行为，伍尔夫看到的是社会制度和文化传统中最根本的问题，超越了狭隘的党派、阶级和性别之争。伍尔夫的政治理想是实现全世界范围内的自由、平等、和平的世界主义，这与狭隘极端的爱国主义和民族主义是不相容的。她认为全人类都属于同一精神共同体，国家之间和民族之间更应该同舟共济，建立良好的相互促进的经济和政治关系。伍尔夫试图通过文学和批评介入公共领域，推动广大读者对野蛮专制、武力强权和狭隘民族主义的反思，以及对人性与文明的深入探究。伍尔夫认同人与人之间的差异，愿意打破各种形式的壁垒，实现对话融合，和睦相处。伍尔夫最终向往的是国际主义，她认为，国家之间、阶级之间、性别之间、种族之间的任何冲突都可以通过和平沟通加以消融，互助友爱，和谐共处，共建一个和平美好的世界家园。因此本章也依次从伍尔夫的社会活动、性别政治、反战意识、教育理念和文学市场经济这五个维度，来探讨她是如何与社会进行对话的。

第一节　伍尔夫的社会活动及社会理想

伍尔夫的人生轨迹与外部社会有着紧密的联系。1905 年到 1907 年间，伍尔夫在英国南部的莫利学院教书，在这所专为普通工人和妇女开设的夜校讲授文学和英国历史，目的是为他们普及基础知识，提高他们的文化水平和思想觉悟。在教学期间，伍尔夫充满愤慨地抨击了学校的课程安排和教育制度。通过在莫利学院的教学经历，伍尔夫更深刻地认识到社会阶级差异和人与人之间的不平等关系。这段丰富的社会体验对她以后的生活和创作都有很大影响。1910 年到 1916 年，伍尔夫积极参与"妇女协作会"的活动。20 世纪 20 年代以后，伍尔夫作为小说家的地位逐渐稳固，声望也逐渐提高后，她就不断被邀请去做各种演讲。例如 1928 年她受邀到纽纳姆学院的艺术学会和格顿女子学院演讲，之后讲稿经过整理，成为著名散文《一间自己的房间》，她在这篇文章中系统阐述了自己的女性主义思想，被广泛视为女性主义的宣言。林德尔·戈登在《伍尔夫传记》中指出，伍尔夫始终怀着不可动摇的决心创造了一系列反对战争、反对父权、反对歧视妇女的文学作品，并批判那些愚弄普通读者的虚骄自负的专家。尤其是她对两性关系和妇女地位问题的思考、对权势阶层操纵话语权的不满、对殖民主义和帝国主义渗透的担忧以及对战争罪恶的控诉等，均在日记、散文、书信和小说中得到充分体现。她还积极参与讨论各种社会议题和相关的活动，并逐渐在一系列重大社会问题的讨论上形成了自己的观点。

　　事实上，伍尔夫一直处于英国社会政治漩涡的中心。她的丈夫伦纳德是当时著名的政论家和社会活动家，拥有多重身份：英国费边社成员、工党的智囊团成员、女权主义者、和平主义者。与伍尔夫互动频繁的朋友大多具有明显的政治倾向，分别属于不同政治组织或派别，对伍尔夫的影响很大。婚后在伦纳德的影响和带动下，伍尔夫参与社会政治活动的热情逐渐高涨。她并不像伦纳德那样具有坚定的左翼政治倾向，也不属于任何政党派系，但却有自己明确和坚定的政治信念。伦纳德曾在妇女合作社、费边社、工党关于帝国和外交事务咨询委员会，以及公务员仲裁法庭等组织和机构工作多年。自 1912 年嫁给伦纳德后，伍尔夫经常随丈夫参加各种集会、政治演讲，与一些党派的关键人物一起进餐交流，获得了一手的政治信息，因此她对当时的政治时局非常熟悉。伍尔夫经常接触的有费边社的核心成员韦伯夫妇①、萧伯纳等。1915 年，伍尔夫旁听了由费边社在埃塞克斯大厅（Essex Hall）举办的题为"和平的条件"（the Conditions of Peace）的会议，之后在日记中表达了想加入费边社的愿望。② 1918 年 5 月 1 日，伍尔夫夫妇与韦伯夫妇一起用餐，并在席间结识了卡米勒·胡斯曼③，他们就人民与政治等话题进行了广泛深入的交谈。虽然伍尔夫与费边社成员交往密切，但她并没有不加甄别地盲目接受费边社的理念，而是持有批判保留的态度。随着对费边社和工党的日益了解，她感到费边社的改良社会主义是自己无法接受的。通过分

---

　　① 锡德尼·韦伯（Sidney Webb, 1859—1947）和贝特丽丝·韦伯（Beatrice Webb, 1858—1943）是英国社会改革学家，共同创办了《新政治家周刊》。他们和伦纳德在费边社共事多年。
　　② 出自 1915 年 1 月 23 日的日记。
　　③ 卡米勒·胡斯曼（Camille Huysmans, 1871—1968），比利时社会主义作家，社会主义领导人。

析伍尔夫的日记,我们可以发现,她在日记中隐晦地表达了对此的看法和态度。1917年11月11日,伍尔夫通过韦伯夫妇结识了R. H. 托尼①和他的妻子,并在一起探讨了战后重建的问题,伍尔夫描述了这次交谈的过程:

> 他们来之前,我被告知托尼夫妇是理想主义者。当我接触了之后,我认为他是个一嘴黑牙的理想主义者。这是我吃过最糟心的一顿饭,韦伯夫人一坐下就高谈阔论,详细讲解她参与的战后重建协会。席间她一口一个"协会",目前她建立了婴儿协会、残疾人协会、精神病患者协会等无数个协会,并且还打算继续。我全程缄默,午饭过后,我们迅速离开了。②

显然,伍尔夫对这对理想主义者夫妇的观点不感兴趣。费边社反对社会革命,主张以改良的形式实现社会主义。虽然伍尔夫肯定了费边社务实的社会建设和互助互爱的社会服务,但她也清晰地看出费边社会主义只不过是"有教养"的资产阶级的幻想。事实证明,费边社思想对英国工业和工会运动起了有害的作用。伍尔夫在日记中以戏谑的语气调侃他们,从他们身上伍尔夫看到社会改良主义的弊端,于是放弃了加入费边社的打算。虽然伍尔夫不依附于任何党派组织,但对伦纳德的政治理念却表示理解和认同。1918年12月17日,伍尔夫在日记中记录了她和伦纳德在选举中把票投给了工党;1929年5月30日,伍尔夫记录了工党的胜利;1929年10月2日,伍尔夫记录了他们参加工党年会的情景:"台下的听众发出噪音。现在的政治不再是一群名人的事了,它被揭开神秘的面纱,政治变得与每个普通人息息相关"③。

尽管伍尔夫属于英国上层社会,但她对上流阶层的自私贪婪和骄奢淫逸极为不满,并始终保持对工人阶级的同情,持续关注他们的命运。她在日记中详细记录和讨论了两次伦敦工人大罢工的情况。1919年9月27日到10月

---

① R. H. 托尼(Richard Henry Tawney, 1880—1962),英国著名历史经济学家,教育家,曾任工人教育协会的主席。
② Virginia Woolf, *The Diary of Virginia Woolf*, vol. 1, Anne Olivier Bell, ed., New York: Harcourt Brace, 1980, p. 74.
③ Virginia Woolf, *The Diary of Virginia Woolf*, vol. 3, Anne Olivier Bell, ed., New York: Harcourt Brace, 1980, p. 258.

第五章
伍尔夫与社会的对话

6日,英国全国铁路系统的员工大罢工,包括矿工、邮递员等都参加了这场声势浩大的工人运动。伍尔夫对工人阶级发动的罢工运动表示同情,她在那几天的日记中一直都在密切关注这一事件的发展,如10月1日:"罢工还在继续,流言四起,有的说铁路恢复运行,有的说只有部分线路正常运行。"①1926年5月5日至13日期间,伍尔夫追踪记述英国第二次总罢工的情况②,连续写了八篇关于工人罢工的日记。这一系列日记不仅实时记录了当时伦敦城里罢工的情况,还描述了罢工对作者本人和周围朋友的影响。这次罢工暴露出英国工人阶级与资产阶级之间不可调和的矛盾,伍尔夫对英国有史以来最严重的阶级冲突非常关注。她在日记中表达了对工人的同情,对罢工中各股政治势力的看法。5月6日,伍尔夫在日记里描写了伦敦工业区萧条的场景:"漫步滨河区,看到运货车里挤满了老人和女孩,他们像是站在三等车厢。小孩们到处乱跑。商铺开着却没有人,那里给人整个印象是阴沉压抑。"③当时的英国保守党领袖鲍德温坚决抵制和破坏罢工,拒绝与工会进行任何接触。伍尔夫在日记中表达了对鲍德温政府的不满,7日听完鲍德温的演讲后,伍尔夫在日记中写道:"首相的讲话令人印象深刻,却丝毫无法引起我的崇拜和支持。我一想到那些将世界扛在肩上的被压迫的劳工们,就觉得他的那股子自负有点可笑。他变成了自大狂。我是不会相信他的。"④伍尔夫夫妇态度鲜明地支持工人罢工,但由于右翼势力的破坏最终导致罢工失败,这让伍尔夫对当时的政府感到十分失望。

或许从大罢工开始,伍尔夫就认清了政党内部斗争的丑陋,对这场斗争感到无望。杰西卡·伯曼(Jessica Berman)认为伍尔夫之所以后期与工党和费边社拉开距离,"是因为二者没能完全致力于反帝国主义、和平事业和妇女解放运动"⑤。工党出身的拉姆齐·麦克唐纳(Ramsay MacDonald,

---

① Virginia Woolf, *The Diary of Virginia Woolf*, vol.1, Anne Olivier Bell, ed., New York: Harcourt Brace, 1977, pp.301-304.

② 各工会执行委员会(Trades Union Congress)的代表会以了5月1日通过举行总罢工的决议。5月12日,工会代表大会总理事会宣布停止总罢工。此后,矿工又单独坚持罢工近7个月之久。

③ Virginia Woolf, *The Diary of Virginia Woolf*, vol.1, Anne Olivier Bell, ed., New York: Harcourt Brace, 1977, p.80.

④ 转引自 Virginia Woolf, *The Diary of Virginia Woolf*, vol.1, Anne Olivier Bell, ed., New York: Harcourt Brace, 1977, p.81. 鲍德温在广播里说:"请相信我,因为18个月前你们把票投给了我。我做了什么失去了你们的信任?请相信我会做出公正的决断。"

⑤ Jessica Berman, "Of Oceans and Opposition: *The Waves*, Oswald Mosley, and the New Party," In Pawlowski Merry M., ed., *Virginia Woolf and Fascism*, New York: Palgrave, 2001, p.109.

1866—1937）于 1929 年出任英国首相，1931 年 8 月以他为首的工党与保守党和自由党组成联合政府，并另组国民工党，与独立工党关系决裂。而当时的费边社在内阁中的影响降低，只能靠工会联盟的资助运作。伍尔夫认为工会联盟以男性为中心，对妇女运动的支持不够，因此逐渐远离二者。更重要的是，工党领袖在两次世界大战中推行绥靖政策，对纳粹德国采取妥协安抚的态度，从而助长了德国的侵略欲望和军事扩张野心，这让伍尔夫彻底失望。①在《伯爵的侄女》一文中，伍尔夫指出："不同等级之间也许并无敌意，但也没有交流。我们被圈围、被分隔、被断绝"②，由于英国社会各个阶级之间的交流受阻，导致产生了很多社会问题。她认为"社会乃是由许多彼此隔离的玻璃匣子构成的巢，每个匣子里住着一个有特殊习俗和品性的集团"③。她所希望实现的理想是："再过大约一个世纪，所有这些阶级差别都可能不再有什么意义……人与人之间只剩下头脑和性格等方面的自然差别。"④因此她建议成立以"所有的男人和女人的公正、平等和自由为目标"的"局外人"协会，它游离在所有政党之外，"不会有办公室，不会有委员会，不会有秘书；它不召开什么会议，也不举行正式大会"⑤。伍尔夫希望在这个"局外人"协会中，不同国别、不同阶层、不同性别的人能够实现互助合作，和平友爱，实现她所向往的世界主义。

第二节　伍尔夫的反战意识

伍尔夫短暂一生却经历了两次世界大战的浩劫，她亲眼看见和亲身感受了战争给整个人类所带来的巨大灾难，给社会所造成的动荡，给人民带来的死亡、饥饿和痛苦。第一次世界大战，英国虽然赢得了战争的胜利，但战争

---

① 麦克唐纳于 1911 年出任国会工党主席，但由于反战立场，最终因 1914 年爆发第一次世界大战而宣布辞任。
② 弗吉尼亚·伍尔芙著：《伍尔芙随笔全集》Ⅰ，石云龙、刘炳善、李寄、等译，北京：中国社会科学出版社，2001 年，第 425-426 页。
③ 弗吉尼亚·伍尔芙著：《伍尔芙随笔全集》Ⅰ，石云龙、刘炳善、李寄、等译，北京：中国社会科学出版社，2001 年，第 426 页。
④ 弗吉尼亚·伍尔芙著：《伍尔芙随笔全集》Ⅰ，石云龙、刘炳善、李寄、等译，北京：中国社会科学出版社，2001 年，第 429 页。
⑤ 弗吉尼亚·伍尔芙著：《伍尔芙随笔全集》Ⅲ，王斌等译，北京：中国社会科学出版社，第 1137 页。

第五章
伍尔夫与社会的对话

中巨额的经济损失和军费开支,以及数百万人的伤亡,使这个"日不落"帝国的国际霸主地位大大削弱。经济长期低迷衰退,社会动荡不安,民怨沸腾,信仰缺失,战争所带来的创伤随处可见。在第一次世界大战结束后的1920年的一篇日记中,我们仍然可以看到伍尔夫对战争所造成的巨大灾难的控诉。她写道:"我们这一代人的生存现实充满了悲惨性——每天报纸布告栏上免不了有某个人的磨难,触目惊心。今天下午准有密斯温涅的消息与爱尔兰的恐怖活动,要不就是罢工。到处都是不开心的事,隔墙便是。再不然就是蠢话连篇,那就更糟。"① 这段看似不显眼的描写却揭露了当时社会的混乱和动荡不安,以及人们内心的苦闷和骚动。"卡利斯勒夫人刚进入社会时,多才多艺,充满自信,但最终她失去了一切,昏迷至死。她的五个孩子都先她而去,而战争又碾碎了她对人性所抱有的点滴希望。"② 伍尔夫虽然很少直接描写战场上血腥厮杀的场面,但却通过某些人的遭遇反映了战争给人民带来的肉体上和心灵上的创伤。她的外甥死于西班牙内战,许多朋友战死在血腥的战场上。这些悲惨的事实都铭刻在她心中,成为她永远无法疗愈的心理创伤,给予她巨大的精神打击。作为一个柔弱女子,伍尔夫只能用自己的如椽之笔,以她特有的现代主义的创作方式在小说和日记中无情地揭露战争的残酷和罪恶,倾诉对死去的亲朋好友的怀念,寄托自己的哀伤,表达对现行国家制度的不满,以及自己对战争的诅咒和对和平的向往。她的多部小说就是通过人物的遭遇和内心感受,深刻揭露了战争给普通百姓所带来的灾难,表达了自己反对战争和热爱和平的强烈愿望。

一、战争挽歌

伍尔夫在她的短篇小说《邱园记事》中,以四对人物在经过一个椭圆形花坛时不同的想象和感受,表现了当时英国社会的真实生态。其中第二对人物是一个青年和一位疯疯癫癫的老人。在这两个人的对话中,绝大部分时间都是老年在自言自语。老人的行为和话语看似疯疯癫癫,反复无常,但却反映了当时人们真实的内心状态——孤独,这种孤独感来自死亡所引起的人

---

① 弗吉尼亚·伍尔芙著:《伍尔芙日记选》(1920年10月25日),戴红珍、宋炳辉译,天津:百花文艺出版社,2005年,第24页。
② 弗吉尼亚·伍尔芙著:《伍尔芙日记选》(1921年8月13日),戴红珍、宋炳辉译,天津:百花文艺出版社,2005年,第32页。

们的恐惧和迷茫。老人无视现实中人和物的存在，却喋喋不休地和天堂中的鬼魂交谈。由此可以看出，在战争和死亡阴影的笼罩下，人们的精神犹如"山峦之间翻滚的雷鸣"彷徨不定，备受煎熬。《邱园记事》深刻揭露了当时西方社会矛盾的空前激化、危机四伏和战争在人们心中所留下的难以抹去的阴影，反映了第一次世界大战后英国经济的萧条和危机重重，社会动荡不安，以及人们思想的混乱、困惑，信仰和价值观缺失后的迷惘与彷徨。

《雅各的房间》是一部挽歌式的小说，时时处处弥漫着哀伤惆怅的情调。伍尔夫选择自己英年早逝的好友鲁伯特·布鲁克作为小说中主人公雅各的原型，从而表达了自己对好友的追思与怀念，揭露了战争的残酷与罪恶。她与布鲁克都是布鲁姆斯伯里文艺沙龙的成员。布鲁克是一个相貌英俊的年轻诗人，在第一次世界大战中参加了英国海军，1915年4月在希腊东部爱琴海上的一次战役中牺牲。通过这部小说，作者意在告诉人们：在那个穷兵黩武的年代，大批与布鲁克一道参战的英国青年知识分子大都和雅各一样，受过良好的古典文化教育，但他们却被偏激狭隘的爱国主义情绪和统治者"为正义而战"的口号所蛊惑，满怀英雄豪情奔赴战场，最终沦为这场统治者为瓜分殖民地而引发的战争的牺牲品。伍尔夫对这种愚蠢荒唐的盲从和政府的欺骗宣传表现出极大的愤慨，并对年轻生命的无谓牺牲感到惋惜，对把年轻人变成心甘情愿的战争牺牲品的孔武思想和教育文化结构进行了辛辣的抨击。因此《雅各的房间》不仅是对鲁伯特·布鲁克个人，而且是对死于第一次世界大战的一代无辜青年的一首挽歌，更是对战争罪恶的有力控诉。

第一次世界大战实际上是一场西方资本主义国家的统治者们为满足本阶级的私欲所发动的争夺和瓜分殖民地的不义战争。战争的机器驱动着亿万下层百姓奔向战场，并无情扼杀了千百万年轻士兵的生命。伍尔夫认为，战争背后是支撑和主宰着人们生活的一种社会制度，不改变这种吃人的帝国主义社会制度，战争的阴影就无法从根本上消除。面对战后社会的动荡不安、经济的衰落和价值观的堕落，伍尔夫在政论文《一间自己的房间》中写道："当1914年8月枪炮开起火来时，是不是男人和女人的脸在彼此的目光中非常清晰地表明，浪漫精神已被杀死了吗？自然，在炮火的光亮中看见我们的统治者们的脸是令人震惊的。他们显得是这样丑陋——德国的、英国的、法国的统治者们——这样愚蠢。"① 战争改变了人们的精神面貌，砸碎了原来的信仰，也映衬出统治阶级的贪婪、无耻、丑陋和愚蠢。1923 年，伍尔夫在一篇日记中写道："我很想表现人们像奥特王那种人的内心卑鄙的一面，暴露人心的狡诈。通常我是太能容忍了。事实上，人们几乎互不关心，他们生活本能的感受如此不正常，而且对他们生活以外的事情从不注入感情。"②战争所带来的各种后遗症困惑着所有的人，作为知识分子中的精英，伍尔夫决定用自己的笔进行无情的揭露和批判。

二、战争创伤

《达洛卫夫人》承继《雅各的房间》的主题，伍尔夫运用更加娴熟的创作手法，继续对第一次世界大战的罪恶和给英国带来的巨大灾难进行了更深层次的揭露和鞭笞。《达洛卫夫人》是战后英国社会生活和政治生态的一个缩影，集中反映了第一次世界大战给英国造成的经济衰退和人的心理创伤，以及由此所产生的躁动不安的社会心态。小说着重刻画了资产阶级的虚伪、贪婪、势利、冷漠、愚蠢和腐朽堕落，以及资产阶级的因循守旧、颓废彷徨、缺乏激情与活力，反映了下层百姓与资产阶级的严重对立。小说从不同层面和不同角度，描写当时那个社会各阶层人的心理状态，像一幅色调灰暗的写生画，深刻揭示了当时社会的真实面貌。小说处处蕴含着一种让人透不过气来的压抑与沉闷，给人心灵以巨大的冲击。像闪电划破夜空，像惊雷滚过耳边，让人战栗不已。《达洛卫夫人》被誉为 20 世纪最动人、最具革命性的杰作。伍尔夫在 1923 年 6 月 19 日的日记里曾这样谈到《达洛卫夫人》的创作："在这本书里，我想倾吐自己的看法，可能想法太多了些；我要描述生与死，神志清醒与精神错乱；我要批判这个社会制度，并表现它如何在起作用，要把它最紧张的运作方式表现出来。"③伍尔夫企图在这本书中抨击上层社会的奢侈、虚伪、黑暗与疯狂，揭露战争给下层民众所带来的死

---

① 弗吉尼亚·伍尔芙著：《伍尔芙随笔全集》Ⅱ，王义国、张学军、邹枚，等译，北京：中国社会科学出版社，2001 年，第 500 页。

② 弗吉尼亚·伍尔芙著：《伍尔芙日记选》（1923 年 6 月 4 日），戴红珍、宋炳辉译，天津：百花文艺出版社，2005 年，第 47 页。

③ 弗吉尼亚·伍尔芙著：《伍尔芙日记选》（1923 年 6 月 19 日），戴红珍、宋炳辉译，天津：百花文艺出版社，2005 年，第 49 页。

亡、失业、动荡和恐慌，旨在控诉战争的魔鬼在人们心灵深处所留下的创伤，以唤起大众的良知，批判给人民造成灾难的当时的社会制度。

小说主人公克拉丽莎放弃了真正的爱情，嫁给了国会议员理查德·达洛卫，成为一个有权有势的贵夫人。她虽然在举办的各种贵族聚会上游刃有余，倍受称赞，但面对浮华奢侈的生活和上流社会的虚伪无聊，其内心深处感到极度孤独、空虚和痛苦。达洛卫夫人走在大街上看到，尽管战争已经结束，但空气中却到处弥漫着战争的悲凉气息：政府动用各种手段为战争辩护，而饱受失去亲人之苦的人们的脸上却充满了悲伤和绝望。在得知塞普蒂默斯自杀的消息后，她终于认识到，是统治阶级造成了下层人民的悲剧，是无数年轻士兵的鲜血和生命才换来了上流社会优裕奢华的生活。达洛卫夫人终于从理想与现实的矛盾冲突中走了出来，开始反思和觉醒，逐渐认识到妇女在现代社会中的作用——女人不应该是男人的附庸和花瓶，而应该有自己独立的社会地位和追求。

另一位男主人公则是从第一次世界大战复员的年轻士兵塞普蒂默斯，他为了保卫自己的祖国——"莎士比亚的英格兰"而第一批自愿奔赴战场。因受残酷战争场面的刺激，战后患上了弹震症①。战争结束之后，塞普蒂默斯在妻子的陪同下去看医生。因为布雷德肖医生要把他关进精神病院，塞普蒂默斯认定医生有意加害他，最终他承受不了这样的"迫害"而选择了自杀。塞普蒂默斯因战争而疾病缠身，战后则因为惧怕迫害而自寻短见。由此看来，第一次世界大战所造成的巨大灾难并没有因为战争的结束而终结。战争好像是一架无情的巨大绞肉机，致使大量热血青年惨遭屠杀和伤害，给无数生还者和死难者的亲人留下了永远无法治愈的创伤。在此，伍尔夫绝不仅仅是批评精神病医生，而是以布雷德肖之类精神病学专家对病人实施的治疗手段来象征社会体制对人民的迫害，从而有力地批判了逼迫塞普蒂默斯最终跳楼自尽的整个社会政治体制。伍尔夫通过书中塞普蒂默斯的独白，道出作者的心声：要改变这个世界，再不要有人出于仇恨而杀人。通过这篇小说，伍尔夫试图揭露战争的罪恶，唤起那些被战争机器扭曲人性的民众的觉醒。

---

① 士兵因战争而得的一种精神疾病，属于战后应急性创伤。

三、直面战争

伍尔夫在之前的小说中并没有直接描写战争的作战场面，从不刻画残酷的杀戮和死亡，只间接地描写战后人民所遭受的创伤和苦难。但在《到灯塔去》和《岁月》里，她选择直面战争，将战火造成的死亡、空袭和轰炸血淋淋地展现在读者面前，令人触目惊心。《到灯塔去》是伍尔夫意识流手法更臻完美的一部小说，其中大量的象征、蒙太奇、时空变幻、内心独白、自由联想等手法的运用，折射出拉姆齐一家由于战争十年漂泊流浪在外的悲惨经历：风雨剥蚀中日益颓败的别墅和女主人的去世，一个儿子战死沙场，一个女儿死于难产，等等。书中有一段话记录了战争的血腥与残酷的场面："一枚炮弹爆炸。有二三十个年轻人在法国被炸得血肉横飞，其中有安德鲁·拉姆齐，幸运的是，他没有痛苦，当下就死去了。"[①] 死者已去，却给活着的亲人留下无穷无尽的痛苦，读者似乎随时都可以感受到死亡的阴影和战争在人们心中留下的累累伤痕。著名评论家麦立科尔甚至认为，小说的各个段落组合成了一曲黑暗和人生痛苦的哀歌，深切地表现了死的悲怆和战争的可怕。不仅如此，伍尔夫还在不少文章、札记、给友人的书信或日记中多次表露她的反战思想。这是她身处乱世中思想情感的真实写照，同时也反映了那个时代的民众反对战争、热爱和平的强烈愿望。

《岁月》描述了帕吉特三代人的家族史，其中第九章描写了1917年伦敦空袭的场景。麦琪和丈夫正与亲戚和朋友共进晚餐，敌机突然开始空袭，他们只好躲入防空洞中，身上裹着毯子，以抵御地下的潮气。炸弹在离他们不远处爆炸，死亡的阴影时刻笼罩在每一个人的心头……即使第一次世界大战结束，英国仍然处于一片混乱之中，战争所造成的伤痕俯拾皆是，人们的内心依然充满恐惧，整天过着"死气沉沉"的日子。通过这些描写，伍尔夫揭露了战争给人们带来的创伤，表达了自己对战争的厌恶以及对和平的渴望。

科学技术是一把双刃剑，它在给人类带来幸福的同时，对它的不当运用也可能会造成巨大的灾难。各种新式武器的发明和不断投入战场，对人类的

[①] 弗吉尼亚·伍尔夫著：《到灯塔去》，瞿世镜译，上海：上海译文出版社，2009年，第130页。

威胁越来越显著。第一次世界大战的阴影还没有完全消散，第二次世界大战又接踵而至。它无论是在规模上还是在惨烈程度上都远远超出第一次世界大战。谁应该对死于第二次世界大战的数千万人承担责任？伍尔夫一生命运多舛，不仅从小经历了失去父母和亲人朋友的痛苦，而且亲身经历了两次世界大战的灾难，饱受战争带来的折磨和重创，但她始终没有因此沉沦，时时关注着战争的信息和进展，并经常在日记中写下遭受空袭时的亲身感受。

伍尔夫不仅对社会和战争进行了批判，还与统治人类两千年的父权社会进行了不懈的斗争，并进一步对社会发展趋势进行了认真思考，从女性的角度对如何改良社会以及促进社会的发展提出了自己独特的见解。她在给一位律师的信中写道："我们怎样才能阻止战争？——问题却依然未决。"[①] 她认为父权社会就像是从潘多拉盒子里放出来的魔鬼，把人类邪恶的一面释放出来，却把光明和希望关在了盒子里，从而导致独裁专横，滋生统治欲、占有欲和侵略性，必然会结出战争的恶果。因此，伍尔夫认为，父权统治是人类饱受战争之苦和文明毁灭的根源。妇女天生具有男人所不具备的温柔贤淑的女性特质，具有热爱人类、厌恶暴力和酷爱和平的母性情怀，不像男人那样具有强烈的攻击欲、占有欲，也不像男人那样具有勇武好斗的特质。妇女的存在和参与可以缓解或遏制男人的贪欲、侵略性、狂妄和暴力冲动。妇女对社会政治活动的参与，可以使人类避免相互残杀和自我毁灭的命运。她认为要解决战争问题首先要解决妇女问题，如果没有解决男权统治下妇女受教育和就业的问题，那么男性操纵世界的态势便随时有引发战争的可能。伍尔夫开出的济世良方就是，用女性的博爱和抚慰力量去拯救人类。也许伍尔夫的思想只是她一厢情愿的美好愿望，但她反对男性霸权，反对战争，希望通过男女同舟共济建设自由、平等的美好家园的理想，还是值得肯定和赞赏的。

第三节　伍尔夫的对话教育理念

弗吉尼亚·伍尔夫作为西方女性主义的先驱人物，她的一生都在关注女性的历史、现状和未来。在以往的伍尔夫研究中，学者们将目光几乎全部投

[①] 弗吉尼亚·伍尔芙著：《伍尔芙随笔全集》Ⅲ，王斌等译，北京：中国社会科学出版社，2001年，第1023页。

射到她对女性写作和文学传统的思考上,很少有人去关注作为一名教育家的伍尔夫怎样为女性教育而呕心沥血,不辞辛劳。她对女性的深切关怀不仅体现在女性教育问题上,并且与其小说理论高度一致。虽然她并不像其他现代教育学家那样建立起完备的教育体系,四处宣扬教育学说,但她通过自身的教育经历和教学经验,形成了独特的解放教育理念,远远走在同时代的其他教育者之前。她的教育思想散落在其作品的各个角落,散发出耀眼的光芒。她在小说中塑造了众多女性形象,如《远航》中的雷切尔(Rachael)、《达洛卫夫人》中的伊丽莎白(Elizabeth)、《到灯塔去》的拉姆齐夫人和莉丽(Lily),她们有的是父权教育体制下的牺牲品,有的勇敢表达着对男女平等教育的诉求。伍尔夫的教育理念集中体现在两篇极其著名的政论文《一间自己的房间》和《三个基尼金币》中。通过分析这两篇文章,能够看出她对女性教育现状的担忧,对当时男权统治下主流教育的批判和对未来现代教育的设计与展望。

一、女性教育现状及深层问题

1. 现代女性教育现状

伍尔夫自身的学习经历和教学经验,为她了解当时女性受教育的状况提供了依据。19世纪的女性教育主要以非正规的家庭教育为主,一般由年龄较长的女性担任教师或监护人。教育以获取婚姻为目的,教授的基本内容除了简单的读写之外,多为女性如何管理家务、恪守妇道,在成为一名称职的家庭妇女、合格的妻子和母亲之前,如何成为一名举止优雅的淑女。弗吉尼亚·史蒂芬①虽然出身于19世纪末维多利亚时期一个富裕的名门望族,但却和其他女性一样,无法享受与男子一样的正规学校教育,只能在父母和家庭老师指导下学习初步的知识。天资聪颖又渴求知识的伍尔夫对当时无法进入高等学府学习和无法享受公平教育始终不能释怀。成年之后,她将自己对父权制度的不满和要求妇女解放的意愿写入《一间自己的房间》中。在文章里,女叙事者在一个上午无意间踏入牛津大学的一块草地,却立即被一位教区执事野蛮地驱逐出去,因为"我是个女人。这儿是草皮,那儿是小路。

---

① 这是她嫁给伦纳德·伍尔夫之前的闺名。

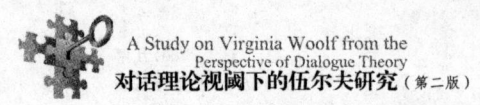

只有研究员和学者们才被允许到这儿来，砾石路是留给我的地方"①。同一天，当叙事者打算进入国家图书馆时，又被拦住了，因为"只有在有学院的学术委员会委员陪同或者带有介绍信时，女士方可获准进入本图书馆"②。两次被挡在学术中心门外的遭遇说明一个问题：女性被排除在男性话语霸权控制之下的高等教育体系之外。

  19 世纪中期以后，虽然女性仍然无法进入大学，仍然被剥夺接受正规教育的权利，但在一些女权主义者和有识之士的捐助之下，大大小小的独立女子学院逐步建立起来③。这些初等教育机构为穷困妇女传授基本的文化知识，但在课程设置和师资管理等方面依然无法与正规的高等教育相提并论。1905 年至 1907 年期间，伍尔夫在为劳动妇女开办的位于伦敦郊区的莫利女子学院（Morley College）担任教师，为她们讲授英国历史和文学。1916 年至 1920 年期间，伍尔夫曾在"妇女合作公会"（Women's Co-operative Guild）、"妇女联合服务会"（The National Society for Women's Service）等组织讲解妇女与写作的问题，为英国女性教育事业献出自己微薄的力量。伍尔夫通过自己亲身的教学经历，准确地了解了英国妇女教育的现状和存在的问题及原因。第一次世界大战之后，虽然女性的社会地位得到了空前的提高，并逐步获得投票权、离婚权和教育权，但伍尔夫清醒地认识到这些政治法律上的权利释放并不能代表女性获得了真正的平等和自由，在仍是父权统治和男性话语霸权之下的英国，妇女解放的道路仍然艰苦漫长。从 15 到 19 世纪，英国出现了几位支持女性教育、呼吁两性平等的女性作家，如巴瑟苏阿·马金（Bathsua Makin，1600—1675）、简·奥斯汀（Jane Austen，1775—1817）等，她们通过文学创作将女性教育的现状和问题展露出来，借此引起世人对女性境况的关注。而伍尔夫无疑是这些作家中最为突出的一位，她不满足于仅在虚构的文学作品中关注女性教育，为此专门撰写了两篇政论文来构建自己的教育理念，文中所描述的创新的教育模式使她成为女性教育的先锋。

---

  ① 弗吉尼亚·伍尔芙著：《伍尔芙随笔全集》Ⅱ，王义国等译，北京：中国社会科学出版社，2001 年，第 490 页。
  ② 弗吉尼亚·伍尔芙著：《伍尔芙随笔全集》Ⅱ，王义国等译，北京：中国社会科学出版社，2001 年，第 492 页。
  ③ 著名的有女王学院（Queen's College）、贝德福德学院（Bedford College）和切尔滕纳姆女子学院（Cheltenham Ladies College）等。

在《一间自己的房间》中，伍尔夫为莎士比亚虚构了一位才华横溢的妹妹，更形象地展现了英国女性受教育的尴尬境况，进而揭露了女性教育问题背后的深层原因，而被杜撰出来的朱迪思正是英国近代女性的缩影。接着作者痛斥杀死朱迪恩的幕后真凶——父权制。在男性眼中，女性在生理、智力和道德上都是低劣的，即使最优秀的女性在智力上都劣于最差的男人，因此没有灵魂的女人不能接受教育。伍尔夫一针见血地指出男性贬低女性的丑恶嘴脸，"几百年来，女人一直被用作镜子，那镜子具有把男人的外形以其自然大小两倍的方式给照出来的似魔术而又令人愉快的力量"①。只有用女性的低劣和卑贱，才能彰显出男性的优秀与高贵，这种心理幻象让他们的内心极度膨胀，将他们引向暴力战争的边缘。十年之后，在更为激进的《三个基尼金币》中，伍尔夫更加直接深刻地揭露了父权制与精英教育合谋对妇女的歧视和压制。

2. 女性教育背后的深层问题

《三个基尼金币》写于第二次世界大战的前夕1938年，当纳粹法西斯的魔爪开始伸向欧洲大陆时，伍尔夫立即用文字发出她的反战宣言。文章中一位律师写信向伍尔夫寻求阻止战争的办法，伍尔夫明确指出，是当时的精英教育体制让人类陷于战争的泥沼，只有从根本上改变以男性为中心的教育制度，颠覆男性在教育中的专制和独裁，才有可能避免生灵涂炭的人间悲剧。英国当时的高等教育等级森严，学生必须严格服从教师的管理，接受僵硬的知识，不敢挑战导师的权威，父权中心思想便如此一代代地传承下去。伍尔夫认为当时英国僵化教育的背后是腐朽的父权文化，良好的学校教育本应该培养出热爱和平、向往自由的公民，现实中却培养了大批崇尚武力、热衷战争的人。因此伍尔夫接连提出疑问："这个世界上最好的教育不仅没有教人们憎恨武力，反而让他们去使用武力吗？教育不仅没有教给那些受教育者慷慨和宽宏，相反使他们急于保住他们所拥有的……而武力和占有不正是与战争密切相关的吗？那么大学教育在影响人们、阻止战争方面有什么作用呢？"② 高等教育造就了一批热爱野蛮和暴力的爱国主义激进分子，他们进

---

① 弗吉尼亚·伍尔芙著：《伍尔芙随笔全集》Ⅱ，王义国等译，北京：中国社会科学出版社，2001年，第520页。

② 弗吉尼亚·伍尔芙著：《伍尔芙随笔全集》Ⅲ，王斌等译，北京：中国社会科学出版社，2001年，第1052页。

入国家政府的各个领域行事、制定法律,甚至成为教区人员,将整个国家引向危险的边缘。伍尔夫认为女性天生具有仁慈宽厚和温柔平和的特质,可以中和男性残暴嗜血的一面。虽然女性的权利在逐步恢复,但很多机构的大门仍对女性关闭,她们无法进入法律、政治、学校和宗教的决策制定层,也就无法阻止战争的脚步。

第一次世界大战结束之后,女性地位逐渐提高,女性受教育的限制也逐步被解除,高等学府的大门终于向她们缓缓打开,但是伍尔夫对女性接受以父权为中心的教育理念和教学方法仍然保持怀疑和批判态度。由美国收获出版社(Harvest Press)发行的1963年版《三个基尼金币》,其封面设计非常准确地表达了作者的这种忧虑和矛盾。封面照片上是三个骑着自行车的女生,正奋力朝一座古老的学院大门驶去。她们身着黑色的学院长袍,头发简单利落地盘在脑后。道路两旁的树木郁郁葱葱,温和的阳光透过空隙轻柔地飘洒在她们的身上。本是和谐的画面在细看之下却有几个不和谐的元素:顺着道路延伸的方向望去,通向学院主体建筑的道路越来越狭窄,将无法容纳三人并肩骑行,其中的一个女生势必会被挤到后面。而学院的建筑是由坚硬粗糙的岩石构成,周围是又高又厚的围墙,形成一个压抑封闭的空间。狭窄的道路、僵硬的建筑和冰冷的围墙预示着父权教育制度对女性思维的禁锢,她们将被灌输男性主流价值观,被迫以父权行为规范为准则。由此可见,女性的求学路途并非一帆风顺,她们虽然有机会进入高等学府,但仍然没有彻底摆脱父权制度的羁绊,前途堪忧。在《三个基尼金币》中,伍尔夫开篇便指出男女在教育问题上所存在的无法逾越的鸿沟。从13世纪起,英国家庭将自家收入的一部分存入"亚瑟教育基金"(Arthur's Education Fund),以支持儿子们的正规学习,而女儿们却无法享用,因为她们的职业只有一个,那便是婚姻。因此可以说,几百年来女性牺牲自己的教育经费来支持男性发展。而父权教育的本质是树立权威、实行专制,这与女性爱好和平、追求自由的天性相违背。伍尔夫立场鲜明地指出,男性教育是压迫者的教育,最终导致人性的扭曲和异化,男性通过教育灌输父权思想,并以此达到压制女性、愚弄百姓、维护统治阶级的根本利益的目的。

二、伍尔夫的"被压迫者教育学"

尽管伍尔夫没有形成自己独特的教育理论和体系,但她在《三个基尼金币》中明确提出了自己的解放教育理念。伍尔夫对当时英国教育的思考，不只是停留在简单的教学方法上，而且已经上升到人性的高度，这与以"教育即解放"为信条的 20 世纪伟大教育家保罗·弗莱雷（Paulo Freire, 1921—1997）的教育思想高度契合。作为 20 世纪批评教育理论和教育实践方面最具影响力的教育学家之一，弗莱雷将毕生的精力都奉献给第三世界的教育事业，并且笔耕不辍，其代表作有《被压迫者的教育学》（1970）、《教育政治学》（1985）、《解放教育学》（1987）、《学会质疑：解放教育学》（1989）等。弗莱雷认为教育与政治息息相关，教育的政治性是其思想体系中最重要的一点。教育要唤起被压迫者的主体意识，让受教育者获得人性教育，最终实现自我解放。实现人性化教育的途径首先是培养被压迫者的批判意识，通过批判传统教学所使用的储蓄式教学法（banking education），解构教师与学生的二元对立，消解教师的权威，形成对话式和提问式教学。对话式教学化解了师生主客体对立的这对矛盾，学生不再是消极的知识接受者，师生之间是平等互助的关系，学生在提出问题、分析问题的过程中可以激发自身独立思考的能力和培养创新型思维。弗莱雷以批判意识为核心的教育理论让他继赫尔巴特、杜威之后，成为教育理论史上"第三次革命"的开拓者。虽然伍尔夫与弗莱雷的教育理念前后相差近半个世纪，并不存在继承与被继承的关系，但透过后者的理论角度，可以更加清晰深入地分析前者的教育思想。

"旧式学院的旧式教育既不培养对自由的崇尚，也不使人对战争特别仇恨"[①]，应该为这些被压迫的女性重新建立新的教育体系。伍尔夫在《三个基尼金币》中从五个方面阐述了自己的教育理念：立校之本、教学环境、教材设置、教师的选拔和师生关系。伍尔夫首先指出，新学院应该是一所"试验性的学院，一所冒险的学院"，"就让它按自己的方式发展吧"[②]。接下来伍尔夫通过对比新旧学校的建筑材料，用隐喻的手法指出学校的立校之本——求新，求变。学院"不要用雕花的石头和浮垲玻璃来建造它，用便

[①] 弗吉尼亚·伍尔芙著：《伍尔芙随笔全集》Ⅲ，王斌等译，北京：中国社会科学出版社，2001 年，第 1055 页。

[②] 弗吉尼亚·伍尔芙著：《伍尔芙随笔全集》Ⅲ，王斌等译，北京：中国社会科学出版社，2001 年，第 1055 - 1056 页。

宜而易燃的材料,它们不会积灰,不对传统造成损害"①。"雕花的石头和浮珐玻璃"象征伍尔夫眼中旧式学院教育的浮华之风,这些僵硬冰冷的建材暗指了无生气、压抑的教学环境。而新的学院将由"便宜而易燃的材料"建成,伍尔夫的深意在于,教育的发展不应受到陈腐思想的束缚,要敢于创新、与时俱进。因此,"别把贵重书籍和初版书放在玻璃柜里。应该让图书常新,不断更换"②。伍尔夫认为知识不是一成不变的,需要人们保持怀疑的态度去对待,而知识的积累与获得应该是一个自我观察、体验和反思的动态过程。

伍尔夫接着探讨新学院所要教授的内容,她坚决反对父权教育体制将学生培养成为专制者和独裁者,认为学院传授的"不是战胜他人的权术,不是统治、杀戮、掠夺金钱与土地的谋略",而应该教授"花费不高、穷人又用得上的知识,比如医学、数学、音乐、绘画与文学。它应该教授人类交往的艺术,理解他人思想和生活的方法,以及与人息息相关的说话、穿衣和做饭的技巧"③。关于教师的选拔标准,伍尔夫有自己的判断:"教师应从生活无虞和思想深沉的人中选拔。……热爱知识的人们会乐意到这儿来。"④ 尽管伍尔夫对新式学院的建构有些乌托邦的色彩,但通过她对学院从建筑材料到教师选拔的描述,可以清晰地看出她对未来新式解放教育的期盼。这所新生学院是个"自由之地",没有条条框框的束缚,"没有贫与富、聪明与愚昧的巨大悬殊。各种人、思想和精神优势互补"⑤。在这个充满精神碰撞和思想交流的地方,没有压迫者和被压迫者之分,也没有主客体之分,所有人平等自由地探讨和追求真理,思考如何革除社会弊端,使人类生活更加美好。

弗莱雷则从多年的教育实践中进一步总结出一名教师应该具备的品质:谦卑、仁爱、平等和宽容。教师应该保有一颗谦卑、仁爱和宽容的心,尊重

---

① 弗吉尼亚·伍尔芙著:《伍尔芙随笔全集》Ⅲ,王斌等译,北京:中国社会科学出版社,2001年,第1056页。
② 弗吉尼亚·伍尔芙著:《伍尔芙随笔全集》Ⅲ,王斌等译,北京:中国社会科学出版社,2001年,第1056页。
③ 弗吉尼亚·伍尔芙著:《伍尔芙随笔全集》Ⅲ,王斌等译,北京:中国社会科学出版社,2001年,第1056页。
④ 弗吉尼亚·伍尔芙著:《伍尔芙随笔全集》Ⅲ,王斌等译,北京:中国社会科学出版社,2001年,第1056-1057页。
⑤ 弗吉尼亚·伍尔芙著:《伍尔芙随笔全集》Ⅲ,王斌等译,北京:中国社会科学出版社,2001年,第1057页。

知识，尊重学生。具有人道主义精神的民主解放教育应该让教师对学生时刻表现出宽容和友爱之情，弗莱雷曾说道："我永远不能想象没有爱的教育，这就是为什么我是一位教育家，因为我首先感到爱。……"[①] 教师应该承认学生的自我认知能力，并且认识到并不是每个人都能够通晓全部知识，他不应将自身的知识文化体系完全凌驾于学生之上，否则这种家长式的专制主义会阻碍学生的独立思考和判断。弗莱雷认为平等是解放教育的重要体现，在《被压迫者的教育学》中，他提出，如果教育者始终民主，那么他所做的便是精心地行使其权力。而一位教师行使权力的最好方法便是尊重学生的自由。解放教育学的目的是解决师生对立的矛盾，教师与学生的关系不再是主客体的对立关系和自上而下的垂直关系，双方应该在共同认识世界的过程中互为师生，建立和谐平等的关系。因此伍尔夫在文章中继续说："音乐家、画家和作家都愿意在那儿教书，因为他们也能学到东西。"[②] 教师在教学过程中能够教学相长、举一反三，不仅教会学生，更能提升自己的知识水平和能力。

三、伍尔夫的"对话式教学"

弗莱雷提出对话式教育通过消解教师的话语霸权，唤醒被压迫者的批判意识和创新能力，打破统治阶级与被统治阶级之间的隔膜，用教师与学生之间的横向关系代替纵向模式。其中，提问是实现对话的必不可少的途径之一，教师在授课过程中通过提问的方式，给学生独立思考的空间、培养学生解决问题的能力。对话式教育是培养批判意识、达到解放教育目的的途径。伍尔夫在弗莱德之前就提出了相似的观点，下文通过分析《一间自己的房间》来探索伍尔夫的对话式教学法。实际上，这篇文章是她于1928年在学院所做的演讲稿[③]，因此可以把它看作伍尔夫的一次教学活动。传统意义上的演讲无须受众的介入，更不允许受到听众的质疑。而《一间自己的房间》

---

① 转引自巨瑛梅：《试析保罗弗莱雷的教育思想》，载《外国教育研究》，1999年第4期，第9页。
② 弗吉尼亚·伍尔芙著：《伍尔芙随笔全集》Ⅲ，王斌等译，北京：中国社会科学出版社，2001年，第1057页。
③ 一篇是她于10月20日在纽纳姆学院（Newnham College）的艺术协会上的演讲稿，另一篇是一周后的在哥顿学院（Girton College）的演讲稿，主题均为"妇女与小说"，《一间自己的房间》与演讲时的初稿改动不大。

却自始至终充满了对传统讲解式教学的解构和反叛。在演讲过程中，伍尔夫用"提问式教学"和"对话式教学"取代灌输式教学和储蓄式教学，以期培养学生的批判精神和独立思考的能力，启发他们明辨是非、敢于挑战权威。

演讲伊始，伍尔夫问道："你们①可能会问，我们是请你谈妇女与小说——而这又与自己的一间屋有什么关系？"② 演讲者伍尔夫并没有直接抛出自己的观点，而是首先以提问的方式引起听众对将要探讨的话题的注意，邀请他们一起思考。接着伍尔夫就"妇女与文学"这一话题，坦率地承认自己无法给出一个完美的结论，因为"我应该永远也不能履行一位讲演者的所谓第一责任——在一个小时的谈话之后递给你们一个纯粹的真理的天然金块，包在你们笔记本的页张之间，永远地存放在壁炉台上"③。伍尔夫开篇便颠覆了一位演讲者"应尽"的责任，打消了听众对一场传统教学演讲的期许，她从一开始就不准备让听众置身事外，而是引领他们探讨共同感兴趣的问题。之后伍尔夫表明自己的立场和态度："我所能做的，只是向你们提供一种见解——一个女人如果要写小说的话，她就必须有钱和自己的一间屋"，她所能做的是尽力证明自己的观点。在原文中伍尔夫用的词是"show"，而非"tell"，"teach"，或"instruct"，选词的谨慎说明她拒绝自上而下的灌输模式。伍尔夫继续向听众解释，或许"谎言将会从我的嘴唇里流淌出来，但是也许有某些真实与这些谎言混淆在一起，须由你们把这真实找出来，并且判定它的任一部分是否有保留价值；如果没有，你们当然就会把它整个儿扔进废纸篓里，并且把它完全忘却"④。她非常坦诚地提醒读者，不要迷信专家权威，要用自己的头脑明辨是非，去伪存真。伍尔夫通过对话式教学将所谓的权威赶下神坛，将知识祛魅，唤醒学生的批判意识，帮助他们重构主体意识。

伍尔夫早于弗莱雷半个世纪提出解放教育理念，两者都从人类解放的高度，猛烈抨击特权阶级的专制与压迫，在教育层面为实现被压迫者的人性解

---

① "你们"指的是台下的学生。
② 弗吉尼亚·伍尔芙著：《伍尔芙随笔全集》II，王义国等译，北京：中国社会科学出版社，2001年，第487页。
③ Mark Hussey: *Virginia Woolf A - Z*, New York: Facts on File, 1995, p. 488.
④ 弗吉尼亚·伍尔芙著：《伍尔芙随笔全集》II，王义国等译，北京：中国社会科学出版社，2001年，第489页。

放而探寻出路。弗莱雷观照第三世界人民的教育，为的是实现边缘人的解放和自由；同样，伍尔夫通过关注女性教育问题，以期实现妇女的解放和自由。身为作家的伍尔夫并没有专门为教育事业著书立说，而是将对女性教育的深切关怀一丝一缕地融入文学创作之中，巧妙地表达出对旧的教育制度的批判和对新的教育理论、教学实践的领悟。在弗莱雷的教育理论视阈之下，我们更能深刻地体会到伍尔夫对女性教育和现代教育所做出的伟大贡献。

第四节 伍尔夫的文学市场空间

随着 19 世纪工业化进程的加快，读者群的扩大、出版业的繁荣、职业作家的出现共同促进了英国文学市场的发展。"文学作品不仅是作家艺术创造活动的结果，还是整个文化生产—销售—消费链中的一环。越来越多的文学研究者致力于挖掘这种动态过程中文学创作观念的变化、作者与市场的暧昧共谋等等。"[①] 20 世纪 90 年代，现代主义文学研究者们就把视线转向文学文本发生的出版背景，探讨当时的文人如何与文学市场发生千丝万缕的关系。伍尔夫与市场经济的对话具体体现在私人与公众领域、纯文学与商业主义、评论专家与普通读者这三个方面。而伍尔夫敢于打破私人与公共领域的壁垒，重视文学市场并进行市场实践，并"借其作品，尤其是《奥兰多》来表达对文学市场的态度"[②]。她希望文学性和市场两者可以兼顾。借助这部小说，伍尔夫成功地找到了解决以上这三组矛盾的策略。

一、私人领域与公共领域

英国文化理论批评家雷蒙德·威廉斯在《文化与社会》一书中指出，文学作品作为一种特殊形式的商品，同样要服从于市场规律。"市场是当代文学赖以生存的语境，它参与甚至决定了当代文学的特质构成，因此二者之

[①] 严蓓雯：《作者·拍卖目录·文学市场》，载《外国文学评论》，2010 年第 3 期，第 234 页。

[②] Jeanne Dubino: *Virginia Woolf and the Literary Marketplace*, New York: Palgrave Macmillan, 2010, p. 86.

间并非此消彼长的独立关系，而是一种当下共生关系。"①而19世纪90年代至20世纪20年代这一时期正是文学市场迅速发展期，这恰好与伍尔夫的创作活跃期相吻合。文学的商品化与市场化不仅仅是一种文化背景，更是她在开展文学活动时无法回避的现实。在"文学消费主义意义域中所内置的商品化、市场化、消费化与世俗化"②的趋势之下，伍尔夫对商业主义与大众消费群体的态度及策略，与她的作品定位、诗学原则形成了互动关系，并直接影响着她的小说实践。

《奥兰多》的主人公先后经历了四个世纪的历史变迁，社会身份和性别也随之发生着神奇的变化，但奥兰多的作家身份却始终未发生改变。从伊丽莎白时代、安妮女王时代到维多利亚时代，他/她一直迷恋文学和诗歌，历经了400年的打磨终将其诗作《大橡树》公之于世。而在漫长的创作过程中，奥兰多不停地游走于私人写作和公共写作之间，在保留艺术作品的自主性和渴望被大众所阅读之间徘徊。伍尔夫通过奥兰多这个人物表露出她对文学创作和市场出版的复杂态度。奥兰多既沉迷于封闭的自我创作，又渴望得到公众的肯定。他不到25岁便写出了47部剧本、历史故事、爱情故事和诗歌，却从未将其作品拿给任何人看。后来奥兰多还是将自己的剧本拿给当时小有名气的诗人尼克·格林（Nick Green）鉴赏，却被后者冷嘲热讽了一番。从此他决定与世隔绝，并发誓："我若再写一个字，或试图再写一个字去取悦尼克·格林或缪斯，天打五雷轰。"③进入安妮女王时代的奥兰多离奇地变身为女性，她以"写自己所喜欢写的"为宗旨，继续秘密进行《大橡树》的写作。至19世纪末，奥兰多遇到当时最有影响力的评论家，后者帮她出版了《大橡树》，让她走入公众的视野。但在小说的结尾，奥兰多将这首诗埋在橡树之下，喃喃自语："难道诗不是一种秘密的交流，即一个声音对另一个声音的回应？"④最终奥兰多又遁入了私人写作。

伍尔夫在其写作生涯中同样经历了以下公共与私人创作的三次转换。首先，弗吉尼亚·斯蒂芬（未嫁给伦纳德·伍尔夫之前的闺名）于1904年在

---

① 张冰：《消费时代文学的生产与危机——兼论马克思主义艺术生产观的当代启示》，载《文学评论》，2015年第6期，第13页。
② 李胜清：《文学消费主义与现代性生活范式》，载《中国文学研究》，2018年第1期，第1页。
③ 弗吉尼亚·吴尔夫著：《奥兰多》，林燕译，北京：人民文学出版社，2003年，第56页。
④ 弗吉尼亚·吴尔夫著：《奥兰多》，林燕译，北京：人民文学出版社，2003年，第192页。

《卫报》(*Guardian*) 发表了她的第一篇评论文章,"以职业作者的身份正式进入公众领域"①。迫于经济压力并渴望得到公众认可的心理,她在多种大众杂志上发表随笔。直到1910年,她才将重心放在意识流小说创作上,她"在寻求一种私密的、去社会、去历史的写作空间"②,这种"私人领域一度将她与公众市场隔绝"③。最后,19世纪三四十年代,纳粹主义抬头,伍尔夫表明要与父权制为核心的社会极权制度划清界限,因此这一时期创作的小说始终以社会问题为中心。同时期的评论文章如《三个基尼金币》具有更直接和深刻的社会批判性。伍尔夫"决意要发出一种能为普通大众所熟悉、所领悟的声音,一种公众的声音"④,从而重新迈入公共领域。正如赫尔麦厄尼·李 (Hermione Lee) 在《伍尔夫自传》中所说:"私人与公共领域的纷争成为伍尔夫写作生涯中的主题。"⑤

伍尔夫研究者对她的定位呈现两极分化。大卫·戴西斯 (David Daiches)、昆丁·贝尔 (Quentin Bell) 等人认为伍尔夫的作品内容过于私人化,与社会政治完全隔绝。而20世纪70年代的女权主义者又将伍尔夫完全置于当时英国如火如荼的妇女解放运动之中去解读,认为她是位彻头彻尾的公众人物,其作品中的每个字眼都渗透着女权主义思想。笔者认为,这两种极端的定位都是不可取的,伍尔夫应该游走于两个领域之间,正如亚历克斯·兹沃德林所说:"不管是在其作品中,还是其创作生涯中,伍尔夫都在关注着私人空间与公共空间相结合的方式。"⑥ 在《一间自己的房间》中,伍尔夫提出,女性应该拥有自己的一间房间和500英镑的年薪,这样她们才能通过私人写作走进公共领域,而这个"房间"便是消解私人与公共二元对立的第三空间。伍尔夫也在用亲身实践来证明自己的观点,1917年伍尔夫夫妇共同创建的霍加斯出版社,让她拥有一定的自由写作空间,可以不受

---

① Jeanne Dubino: *Virginia Woolf and the Literary Marketplace*, New York: Palgrave Macmillan, 2010, p. 4.

② Michael Levenson: *The Cambridge Companion to Modernism*, Cambridge: Cambridge University Press, 2011, p. 71.

③ Jeanne Dubino: *Virginia Woolf and the Literary Marketplace*, New York: Palgrave Macmillan, 2010, p. 8.

④ 李红梅:《局外人与公众话语——伍尔夫后期小说的文化立场与散文化写作研究》,载《四川大学学报》(哲学社会科学版),2006年第2期,第84页。

⑤ Hermione Lee: *Virginia Woolf*, London: Vintage, 1997, p. 36.

⑥ Jeanne Dubino: *Virginia Woolf and the Literary Marketplace*, New York: Palgrave Macmillan, 2010, p. 4.

出版商的限制和审查制度的苛责。霍加斯便是她的"房间",是私人领域与公共领域交融的地带。也正是在这里,伍尔夫让自己的作品进入公众的视线。1932年,伍尔夫在《三个基尼金币》中提出的"局外人协会",则是所有女性的"房间",是"私人与公众领域的协商"①,"协会"游离于以男权为代表的集权性思维机制之外,以他者的身份解构和批判父权制。

《奥兰多》是伍尔夫众多非典型传记的代表,它让读者发觉伍尔夫式传记正消解着私人与公共的界线。传统的传记以如实记录被撰写人的生平事迹为准则,将私人生活公开化,而《奥兰多》却模糊了这一原则。《奥兰多》以现实生活中伍尔夫的密友薇塔为原型,作者本该向大众披露薇塔的真实面孔,但这本"传记"却在其面孔上罩了一层面纱。安娜·斯奈斯(Anna Snaith)认为,伍尔夫主张女性应在保留一定私密性的前提下,向公众袒露自己的心声,这也就是为何她从未写过传统的传记,没有把人物彻底地暴露在读者面前。伍尔夫的传记写作同样说明她拒绝私人和公共空间的截然对立,这种杂糅性体裁是她对消费市场的一种文学实践策略。

二、文学性与商业性

奥兰多始终在纯文学创作和商业市场之间徘徊。16世纪,受到向来对消费市场嗤之以鼻的文化传统的影响,奥兰多认为文学与市场无关,写作是一件私密的事情。但到了19世纪末,奥兰多突然意识到"它(《大橡树》)必须被人阅读。倘若无人阅读,它会死在她的怀里"②。而作者伍尔夫的境况与奥兰多类似,她大部分的创作是在伦敦郊外安静的山庄中进行的,并坚持探索心理现实的实验性创作,但这些都无法动摇伍尔夫处于整个文学市场的中心位置。无论初期与各种杂志的发行商打交道,还是后期与丈夫共同经营霍加斯出版社,伍尔夫在保持其作品文学性的同时,积极与消费市场进行互动。

不论是为艾略特创办杂志提供资金支持的罗瑟米尔女士,还是在经济上给予乔伊斯帮助的格兰特·理查德,现代主义文学的发展史中不乏这样的赞

---

① Michael Levenson: *The Cambridge Companion to Modernism*, Cambridge: Cambridge University Press, 2011, p. 71.
② 弗吉尼亚·吴尔夫著:《奥兰多》,林燕译,北京:人民文学出版社,2003年,第160页。

助人。劳伦斯·雷尼（Lawrence Rainey）认为，这类赞助人"可以为作家们抵挡市场经济的压力，从某种程度上减轻了当时大众市场带来的越来越强的限制"①。在赞助人的庇护下，这些现代主义男作家们加大了"精英"与"大众"的鸿沟。然而伍尔夫则流露出对这种现象的质疑，她认为赞助行为不仅无法为他们提供自由创作的环境，反而隔绝了他们与作品的受众群。在《奥兰多》中，伍尔夫通过对格林的嘲讽，从而达到讽刺仍受庇护、与市场隔绝的部分现代主义作家们的目的。

霍加斯出版社最能体现伍尔夫对文学与市场关系的思考，可视为纯文学与消费市场交融的异质空间。伍尔夫的丈夫伦纳德称霍加斯为"鹰头马"，"与其他小出版社相比，霍加斯更文学化，也更商业化"②，让伍尔夫最大限度地游走于精英与大众之间。尽管创办出版社的目的是缓解伍尔夫疾病带来的精神压力，但不同于同时代其他的小出版社只为特权阶级提供最具教化意义的精英著作，霍加斯出版社将大门向所有人开放——下至流浪汉、水管工人，上至公爵、首相。出版的作品内容从政治、教育到家庭伦理，从诗歌、音乐至心理学，可谓丰富多彩。霍加斯引荐的作家多是长期受到忽视的工人、家庭妇女和殖民地作家。在夫妇俩的辛苦经营之下，霍加斯的销售量较之其他小出版社要多得多，这主要应归功于他们所运用的市场营销策略，比如邀请当时著名的绘画家设计封面，到英国各地宣传发行等。伍尔夫对市场的重视并不等于放弃对严肃文学的追求，随着出版社日益发展壮大，面对业界巨头海尔曼出版社的收购要求，夫妇毅然拒绝，为的就是要保持霍加斯的独立和自由。"避开审查制的约束，亦无赚钱的压力"③，霍加斯为年轻无名的作家们创作原创作品提供了发展的平台和机会，正如劳拉·马库斯所描述的，它让阶级和文化交融，让现代主义合多为一。伍尔夫在"经营霍加斯出版社过程中的执着与妥协、灵活与务实、坚持与放弃中，可以看到一个有文化追求的出版社在商业化环境中的坚持和无奈"④。

---

① Lawrence Rainey：*Institutions of Modernism: Literary Elites and Public Culture*，New Haven：Yale University Press，1998，p. 7.

② Lawrence Rainey：*Institutions of Modernism: Literary Elites and Public Culture*，New Haven：Yale University Press，1998. p. 40.

③ Virginia Woolf：*Essays of Virginia Woolf*，Andrew McNeillie, ed., London：Hogarth，1987，pp. 94-241.

④ 段艳丽：《在文学理想与现实利益之间——伍尔夫夫妇的霍加斯出版社》，载《出版科学》，2015年第4期，第86-87页。

三、评论专家与普通读者

伍尔夫借《奥兰多》中的一个特殊人物来思考当时精英文化背后所隐藏的权力等级关系。当传记小说进行到维多利亚时期,奥兰多偶遇老朋友尼克·格林,后者为奥兰多展露出文学市场的一角。格林已经成了爵士、文学博士和大学教授,并且是维多利亚时代最有影响力的评论家,显然已经靠文学这项有利可图的事业发迹。当格林看到奥兰多的《大橡树》手稿并决定为她出版后,他利用身为评论家的一切便利进行暗箱操作,比如亲自写书评夸赞、推崇其作品,极力恭维某编辑的妻子,好让她帮着吹捧奥兰多的诗歌。果然如格林所料,《大橡树》发行后的销量异常好,奥兰多因此也声名大噪。

《奥兰多》也为伍尔夫探讨作者与读者的关系提供了一个契机。自 1900 年开始,随着大众教育的普及,一个"普通读者"(common reader)的时代来临,并引起文学界两种不同的回应。一类为学院派精英作家,如 F. R. 利维斯、乔伊斯、庞德、艾略特等,他们认为"小众就是精英,而大众则是少数精英之外的芸芸众生",将大众教育看作"半驯化的野蛮状态",并视其为精英文化圈的对立面。其中,特里威廉(G. M. Trevelyan)还认为阅读群体的扩大"创造出一大批会识字却不知该如何阅读的人群"[1]。这些现代主义作家们继承了维多利亚时期美学"为艺术而艺术"的宗旨,从不向大众口味妥协。无论是他们的作品还是开办的小众杂志,都充斥着对商业市场、大众文化和普通读者的不屑。这些精英知识分子、大学教授试图通过制定一套严格的准则来规范普通读者的阅读行为,提高其鉴赏能力,俨然化身为作者与读者之间的代理人。而像格林这种所谓的专业教育者或职业评论家运用自上而下的教育模式将单一的阅读方法强加在读者身上,剥夺了读者的独立思考能力。

另一类现代派作家以伍尔夫为代表,则以开放的心态迎接"普通读者"时代的到来,关注读者接受的问题。"女性作家之所以能够获得极大的商业

---

[1] Hermione Lee: *Virginia Woolf*, London: Vintage, 1997, p. 7.

成功、占据文学市场,就在于她们的作品与读者之间的紧密关系。"① 不论是在小说还是散文评论中,伍尔夫不断强调要保持作者与读者之间的桥梁畅通。在她眼中,受过大学"良好"训练的读者并不一定是理想的读者。伍尔夫反而敬重那些为乐趣而读书的普通人,他们可以不受传统学术条条框框的约束,能独立思考,带着批判的眼光、多角度看问题,从而自由地诠释文本的意义。相对艾略特所青睐的"专业"鉴赏者,伍尔夫推崇的是"业余"读者。由于布鲁姆斯伯里成员信奉摩尔的道德原理,即宣扬人与人之间的友爱,支持合作、互助的关系,以此来达到平等、自由的终极目的,因此作为布鲁姆斯伯里群体中的一员,伍尔夫认为在阅读的过程中,作者与读者之间应该是亲密、平等、对话与合作的关系。在散文《保护人与番红花》中,伍尔夫就提出,写作是一种人与人交际的手段,只有当作者与读者处于交流互动的状态时,番红花所象征的文本意义才可以完整显现出来。因此伍尔夫反对任何阻碍两者对话的中介,例如书评人、专家权威、大学教授和评论家。继而在《一间自己的房间》中,她把阅读中出现的问题延伸至政治领域,指出英国精英文化意识背后所潜伏的等级权力关系,认为这些男性学术权威是父权的集中体现。就像读者不应受到专家权威的干涉而争取阅读自由一样,伍尔夫希望唤起大众和普通读者的良知,来抵制主流社会的体制化虚假话语。在《三个基尼金币》中,伍尔夫在严厉谴责法西斯的集权主义的同时,指出普通读者是抵抗国内外集权性思维机制的最后防线。

  本节通过分析《奥兰多》所反映出的伍尔夫与当时文学市场的对话,挖掘伍尔夫对现代主义时期文学市场的复杂态度,认为她既依赖又独立于现代文学市场。与其他现代主义作家不同,她游走于私人和公共写作之间,模糊了文学与商业的界限,推翻了文学专家与普通读者的围墙,构建出其独特的文学市场空间。在文学市场化的进程中,伍尔夫对自己作品的定位是面向普通大众的商品,要获得读者的认可。其目的是跨越精英文化与大众文化的界限,取得艺术理想与文学市场之间的某种平衡。通过探讨伍尔夫与文学市场的关系,我们能够更加清晰地看到作家们如何利用写作策略来反映他们对文学市场的态度,以及文学市场对作家创作的重要意义,也有助于加深我们对现代主义文学更为全面的理解。

---

 ① 金莉:《霍桑、胡写乱画的女人们与19世纪文学市场》,载《外语教学》,2016年第6期,第70页。

伍尔夫执着地认为，只有追求符合时代要求的创作手法，才能深刻地表现出真实外部世界对人的深层心理的刺激和震撼。内容是本质，写作手法只是实现作者意图的一种手段。她在日记和作品中不断探索描写现实社会和各阶层人物的内心世界的方法。她通过日记思考小说所表现的主题思想，探讨写作手法，拟定写作方案，确定详细的计划。随着人物意识的流动，不仅有序地展现了人物的心路历程，把握和勾画出了人物性格和思想发展的轨迹，而且进一步揭示了当时英国社会的面貌和价值观，表现了对当时社会制度、男权主义和战争的批判，并大胆提出了自己的女权主义、和平主义的理想。特别是结婚后在社会活动家丈夫伦纳德·伍尔夫的影响下，伍尔夫参与社会政治活动的热情逐渐高涨，她对两性关系和妇女地位问题的思考、对权势阶层操纵话语的不满、对殖民主义和帝国主义渗透的担忧及对战争破坏力量的控诉等，均在其日记、散文、书信和小说中体现了出来。

结　语

弗吉尼亚·伍尔夫的一生尽管充满了诸多不幸，而且最后以悲剧的形式结束了自己的生命，但她的一生却是与疾病顽强抗争的一生，为实现自己理想而拼搏奋斗的一生，是不断探索和创新的一生。坎坷多舛的命运虽然给伍尔夫的身心和生活以沉重的打击，但并没有压垮这个自幼身体羸弱多病的女性。如影随形的疾病的折磨和严酷的现实生活环境反而造就了她勇敢顽强的性格和敢于求变创新以及不懈奋斗的精神。伍尔夫通过写作与自我对话，找寻自身的价值，构建自我的多样性，在文学的道路上孜孜不倦，奋力前行。生命不止，奋斗不息，通过自己含辛茹苦、呕心沥血的长期艰苦努力，她终于成为那个时代的弄潮儿，引领了现代主义文学前进的方向。

伍尔夫一直十分重视西方的文学文化传统，她酷爱读书，博采众长，并在创作过程中始终与西方文学传统、经典作品之间保持着亲密的互文性对话关系。笔者通过互文性理论分析了伍尔夫的作品与古希腊文学、文艺复兴时期的文学、俄国文学、维多利亚文学和西方散文传统之间的互文对话。伍尔夫除了在作品中通过对经典文本的引用、戏仿和重写来体现文本之间的对话性，更重要的是，她抓住了这些经典文学传统的精髓——对话，并与前辈的作品沟通，与读者保持联系。例如古希腊戏剧中体现的狂欢化特征、柏拉图的对话体、俄国文学对人物内心冲突的关注和开放式结构、蒙田灵活多变的散文结构等，都使作者与读者的对话成为可能。伍尔夫之所以选择与这些文学经典发生互文，是因为它们大多处于文化转型期，多元文化思潮的不断碰撞与交锋，科技进步带来的文明进步和深刻变革，促使人们颠覆固有的僵化秩序，要求变革文学表现形式。而伍尔夫也处于向现代主义文学过渡的时期，像那些前辈一样，她通过对文学传统的继承与批判，强调对主体性的对话性建构，打破主流文化与边缘文化的壁垒，实现精英与大众的对话，从而重建女性文学传统，开创现代主义文学新形式。

伍尔夫的现代主义作品具有文学体裁的对话性和多样性,她认为现代主义小说是最具可塑性的文学形式,未来小说应该是融合多种文体形式的综合艺术,"吞掉这么多艺术形式的杂食性"的现代小说才可以抓住现代人"骚动、混乱"的心理,真切全面地反映客观现实。她身体力行,将散文口语化的表达、松散开放的结构以及与读者的对话性很好地融入小说,创作出如《岁月》这样的散文小说。她将诗歌的象征性、抒情性及音乐性等特征融入小说中,创作出如《海浪》这样的诗化小说。她将戏剧的舞台元素、视觉效果和色彩的运用融入小说创作,使小说成为"瓦格纳式的整体艺术",《海浪》和《幕间》就是其戏剧小说的代表。她的传记小说打破了维多利亚时期以来传统的传记写作模式,将小说元素融入传记创作之中,在花岗岩般的历史事实之中加入彩虹般的艺术想象,创作了以《奥兰多》《罗杰·弗莱传》为代表的新派传记小说。而伍尔夫日记本身也是现代主义文本,具有极强的实验性,并与其小说创作互文。

　　伍尔夫所处的时代霸权主义和文化专制横行,父权话语以不同形式渗入社会生活的各个层面。伍尔夫深刻地认识到专制主义给人类社会带来的危害,提出"非个人化"以消解二元对立的主体权威。对话的最终目的是实现人与人之间的平等、自由和民主,只有通过对话,用多元对抗一元,才能阻止战争,最终实现人类的解放和发展。在文学批评领域,一些精英知识分子、大学教授试图制定一套严格的文学标准来规范普通读者的阅读行为,阻碍了精英与大众之间的互动与对话。伍尔夫谴责这些所谓的专业教育者或权威剥夺了读者的自我思考能力,强调作者与读者之间应该是亲密、平等、对话、友好的合作关系。作者的责任在于激发读者潜能,启发读者独立思考的能力和批判反思精神。伍尔夫一手创办的霍加斯出版社出版了各个阶级、不同种族和不同阶层的作品,体现了主流文化与边缘文化、文学与市场之间的对话。从她的两篇政论文《一间自己的房间》和《三个基尼金币》中,可以发现伍尔夫对当时男权统治下主流教育的批判和对未来现代教育的设计与展望。伍尔夫以自身的教育经验和教学实践为基础,提出用对话式教学取代灌输式教学,试图通过教育来实现女性的解放和自由。伍尔夫亲身经历了两次世界大战,对战争的源头——父权制深恶痛绝。她认为反对暴力、消除战争最有效的途径是实现国家之间的对话和男女之间的真正解放。

　　伍尔夫是一位伟大的小说家、文学批评家和散文大师,但是她并不像某些文学评论家所认为的那样,只专心经营自己小说,是个不食人间烟火的知识精英，而是一位有社会责任感和有良知的热心公共事业的教育家和改革家。伍尔夫在顽强与疾病做斗争的同时，身体力行，通过自己的作品和行动抨击社会的不公，关注妇女运动的发展。她的政论文《一间自己的房间》和《三个基尼金币》系统地论述了自己的政治理想和主张。她一生反对任何形式的暴力行为，揭露战争的罪恶以及给下层百姓所带来的痛苦。她强烈希望消除父权统治，主张在解放妇女的同时，也要把男性从父权的桎梏下解放出来。为了消除战争，共创人类美好的未来，伍尔夫还提出雌雄同体的思想，主张以女性的仁爱、温柔和热爱和平的天性来消解男性的侵略性、占有性和各种贪欲。只有男女同时得到解放，社会才能真正达成和解，实现人与人之间的和谐相处。伍尔夫的这些愿望虽然有些天真幼稚，但却体现了一个女性追求男女平等与世界和平的良好愿望。

参考文献

巴赫金, 1996. 巴赫金文论选 [M]. 佟景韩, 译. 北京: 中国社会科学出版社.

巴赫金, 1998. 巴赫金全集 (第二卷) [M]. 李辉凡, 张捷, 张杰, 等译. 石家庄: 河北教育出版社.

巴赫金, 1998. 巴赫金全集 (第六卷) [M]. 李兆林, 夏忠宪, 译. 石家庄: 河北教育出版社.

巴赫金, 1998. 巴赫金全集 (第三卷) [M]. 白春仁, 晓河, 译. 石家庄: 河北教育出版社.

巴赫金, 1998. 巴赫金全集 (第四卷) [M]. 白春仁, 晓河, 周启超, 等译. 石家庄: 河北教育出版社.

巴赫金, 1998. 巴赫金全集 (第五卷) [M]. 白春仁, 顾亚铃, 译. 石家庄: 河北教育出版社.

巴赫金, 1998. 巴赫金全集 (第一卷) [M]. 晓河, 贾泽林, 张杰, 等译. 石家庄: 河北教育出版社.

巴什拉, 2009. 空间的诗学 [M]. 张逸婧, 译. 上海: 上海译文出版社.

白春仁, 1998. 巴赫金——求索对话思维 [J]. 文学评论 (5): 101-108.

柏拉图, 2003. 柏拉图全集 (第二卷) [M]. 王晓朝, 译. 北京: 人民出版社.

包亚明, 2001. 后现代性与地理学的政治 [M]. 上海: 上海教育出版社.

包亚明, 2003. 现代性与空间的生产 [M]. 上海: 上海教育出版社.

包亚明, 2004. 游荡者的权力: 消费社会与都市文化研究 [M]. 北京: 中国人民大学出版社.

包亚明, 2005. 后大都市与文化研究 [M]. 上海: 上海教育出版社.

包亚明, 2008. 现代性与都市文化理论 [M]. 上海: 上海社会科学院出版社.

鲍尔德温, 2004. 文化研究导论 (修订版) [M]. 陶东风, 和磊, 王瑾, 等译. 北京: 高等教育出版社.

贝尔, 2005. 伍尔夫传 [M]. 萧易, 译. 南京: 江苏教育出版社.

波德里亚, 2000. 消费社会 [M]. 刘成富, 全志钢, 译. 南京: 南京大学出版社.
波斯纳, 2002. 公共知识分子: 衰落之研究 [M]. 徐昕, 译. 北京: 中国政法大学出版社.
伯曼, 2003. 一切坚固的东西都烟消云散了: 现代性体验 [M]. 许大建, 张缉, 译. 北京: 商务印书馆.
布莱希特, 1990. 布莱希特论戏剧 [M]. 丁扬忠, 张黎, 景岱灵, 等译. 北京: 中国戏剧出版社.
陈晓兰, 2006. 城市意象: 英国文学中的城市 [M]. 桂林: 广西师范大学出版社.
成伯清, 1999. 格奥尔格·齐美尔: 现代性的诊断 [M]. 杭州: 杭州大学出版社.
程锡麟, 1996. 互文性理论概述 [J]. 外国文学 (1): 72-78.
程锡麟, 2007. 叙事理论的空间转向——叙事空间理论概述 [J]. 江西社会科学 (11): 25-35.
程锡麟, 方亚中, 2011. 什么是女性主义批评 [M]. 上海: 上海外语教育出版社.
戴利, 汤米迪, 2011. 伦敦文学地图 [M]. 张玉红, 杨朝军, 译. 上海: 上海交通大学出版社.
迪尔, 2004. 后现代都市状况 [M]. 李小科, 王全瑞, 杨永霞, 等译. 上海: 上海教育出版社.
董小英, 1994. 再登巴比伦塔——巴赫金与对话理论 [M]. 北京: 生活·读书·新知三联书店.
杜志卿, 张燕, 2007. 一个反抗规训权力的文本——重读《达洛卫夫人》[J]. 外国文学评论 (4): 46-53.
段艳丽, 2010. 伍尔夫笔下的伦敦 [J]. 世界文化 (11): 40-42.
段艳丽, 2015. 在文学理想与现实利益之间——伍尔夫夫妇的霍加斯出版社 [J]. 出版科学, 23 (4): 86-90.
恩格斯, 1984. 自然辩证法 [M]. 于光远, 等译编. 北京: 人民出版社.
费什, 1998. 读者反应批评: 理论与实践 [M]. 文楚安, 译. 北京: 中国社会科学出版社.
冯雷, 2008. 理解空间: 现代空间观念的批判与重构 [M]. 北京: 中央编译出版社.
冯伟, 2004. 生命中的那个美丽瞬间——试析弗·伍尔夫《到灯塔去》中的绘画元素 [J]. 国外文学 (1): 90-94.
弗莱雷, 2001. 被压迫者教育学 [M]. 顾建新, 赵友华, 何曙荣, 译. 上海: 华东师范大学出版社.
弗兰克, 等, 1991. 现代小说中的空间形式 [M]. 秦林芳, 编译. 北京: 北京大学出版社.

弗里丹,2005. 女性的奥秘 [M]. 程锡麟,朱徽,王晓路,译. 广州:广东经济出版社.

弗里斯比,2003. 现代性的碎片——齐美尔、克拉考尔和本雅明作品中的现代性理论 [M]. 卢晖临,周怡,李林艳,译. 北京:商务印书馆.

福柯,1997. 权力的眼睛:福柯访谈录 [M]. 严锋,译. 上海:上海人民出版社.

福柯,1999. 疯癫与文明:理性时代的疯癫史 [M]. 刘北成,杨远婴,译. 北京:生活·读书·新知三联书店.

福柯,2003. 规训与惩罚:监狱的诞生 [M]. 刘北成,杨远婴,译. 北京:生活·读书·新知三联书店.

高奋,2009. 弗吉尼亚·伍尔夫生命诗学研究 [D]. 杭州:浙江大学.

高鉴国,2006. 新马克思主义城市理论 [M]. 北京:商务印书馆.

高燕,2009. 视觉隐喻与空间转向:思想史视野中的当代视觉文化 [M]. 上海:复旦大学出版社.

葛桂录,1997. 边缘对中心的解构:伍尔夫《到灯塔去》的另一种阐释视角 [J]. 当代外国文学(2):171-175.

哈维,2003. 后现代的状况:对文化变迁之缘起的探究 [M]. 阎嘉,译. 北京:商务印书馆.

赫勒,2005. 现代性理论 [M]. 李瑞华,译. 北京:商务印书馆.

黑格尔,1997. 哲学史讲演录(第二卷)[M]. 贺麟,王太庆,译. 北京:商务印书馆.

侯斌英,2010. 空间问题与文化批评——当代马克思主义空间理论与文化批评 [M]. 成都:四川文艺出版社.

侯维瑞,李维屏,2005. 英国小说史 [M]. 南京:译林出版社.

黄春晓,2006. 女性主义理论及其对空间规划的启示 [J]. 江苏城市规划(5):11-15.

黄凤祝,2009. 城市与社会 [M]. 上海:同济大学出版社.

黄华,2005. 权力、身体与自我:福柯与女性主义文学批评 [M]. 北京:北京大学出版社.

黄继刚,2011. 爱德华·索雅和空间文化理论研究的新视野 [J]. 中南大学学报(社会科学版),17(2):24-28.

吉尔伯特,2001. 后殖民理论:语境实践政治 [M]. 陈仲丹,译. 南京:南京大学出版社.

加达默尔,1999. 真理与方法:哲学诠释学的基本特征(上卷)[M]. 洪汉鼎,译. 上海:上海译文出版社.

加达默尔, 2004. 哲学解释学 [M]. 夏德平, 宋建平, 译. 上海: 上海译文出版社.

金莉, 2016. 霍桑、胡写乱画的女人们与19世纪文学市场 [J]. 外语教学, 37 (4): 66-71.

巨瑛梅, 1999. 试析保罗·弗莱雷的教育思想 [J]. 外国教育研究 (4): 7-11.

瞿世镜, 1988. 伍尔夫研究 [M]. 上海: 上海译文出版社.

瞿世镜, 2015. 意识流小说家伍尔夫 [M]. 上海: 上海译文出版社.

卡尔, 2004. 现代与现代主义: 艺术家的主权1885—1925 [M]. 陈永国, 傅景川, 译. 北京: 中国人民大学出版社.

卡林内斯库, 2002. 现代性的五副面孔 [M]. 顾爱彬, 李瑞华, 译. 北京: 商务印书馆.

卡瓦拉罗, 2006. 文化理论关键词 [M]. 张卫东, 张生, 赵顺宏, 译. 南京: 江苏人民出版社.

克朗, 2003. 文化地理学 [M]. 杨淑华, 宋慧敏, 译. 南京: 南京大学出版社.

雷门, 2004. 吴尔芙: 女性主义文学的创始人 [M]. 余光照, 译. 上海: 百家出版社.

李博婷, 2012. 弗吉尼亚·伍尔夫的吃与疯狂 [J]. 国外文学 (3): 38-45.

李冲锋, 许芳, 2003. 对话: 后现代课程的主题词 [J]. 全球教育展望 (2): 48-53.

李红梅, 2006. "局外人"与公众话语——伍尔夫后期小说的文化立场与散文化写作研究 [J]. 四川大学学报 (2): 84-87.

李红梅, 2006. 伍尔夫小说的叙事艺术 [D]. 苏州: 苏州大学.

李红梅, 2007. 在模糊与复杂中诉说真情——伍尔夫《海浪》的结构艺术解读 [J]. 名作欣赏, 12 (7): 101-103.

李家永, 1996. 弗莱雷成人扫盲的理论与实践 [J]. 比较教育研究 (6): 21-25.

李乃坤, 1986. 沃尔芙的《到灯塔去》[J]. 外国文学研究 (1): 110-113.

李儒寿, 2004. 弗吉尼亚·伍尔夫与剑桥学术传统 [J]. 外国文学研究 (6): 13-17.

李胜清, 2018. 文学消费主义与现代性生活范式 [J]. 中国文学研究 (1): 1-6.

李银河, 2005. 女性主义 [M]. 济南: 山东人民出版社.

利罕, 2009. 文学中的城市: 知识与文化的历史 [M]. 吴子枫, 译. 上海: 上海人民出版社.

林奇, 2001. 城市意象 [M]. 方益萍, 何晓军, 译. 北京: 华夏出版社.

林树明,2004. 多维视野中的女性主义文学批评 [M]. 北京:中国社会科学出版社.

林芸,2018.《到灯塔去》中的文本边界与秩序 [J]. 外国文学 (6):35-45.

刘北成,2001. 福柯思想肖像 [M]. 上海:上海人民出版社.

龙迪勇,2006. 叙事学研究的空间转向 [J]. 江西社会科学 (10):61-72.

陆慧,2009. 从《到灯塔去》析伍尔夫的性别思想和性别差异思想 [D]. 上海:上海交通大学.

陆扬,2004. 空间理论和文学空间 [J]. 外国文学研究 (4):31-37.

陆扬,李定清,1998. 伍尔夫是怎样读书写作的 [M]. 武汉:长江文艺出版社.

陆扬,王毅,2006. 文化研究导论 [M]. 上海:复旦大学出版社.

吕洪灵,蔡晨,2011. 花岗岩与彩虹的姻缘——伍尔夫的"新传记"《奥兰多:一部传记》[J]. 外国文学研究 (2):52-59.

罗岗,2006. 帝国、都市与现代性 [M]. 南京:江苏人民出版社.

毛继红,2002. 寻找有意味的形式——弗吉尼亚·伍尔夫的小说创作与绘画艺术 [D]. 开封:河南大学.

苗秀萍,2009. 从对立到共存——《达洛卫夫人》中的二元对立因素分析 [D]. 济南:山东大学.

潘建,2006. 公共/私人领域的纷争与和谐——记弗吉尼亚·伍尔夫小说中的公共/私人空间 [J]. 湖南大学学报 (1):110-114.

潘建,2007. 弗吉尼亚·伍尔夫:性别差异与女性写作 [D]. 北京:北京语言大学.

綦亮,2007. 在高雅与通俗之间——论伍尔夫的文化身份 [J]. 牡丹江教育学院学报 (2):23-25.

綦亮,2012. 民族身份的建构与解构——论伍尔夫的文化帝国主义 [J]. 国外文学 (2):67-76.

任林芳,2010. 试论《奥兰多》的美学特色 [D]. 开封:河南大学.

萨义德,2003. 文化与帝国主义 [M]. 李琨,译. 北京:生活·读书·新知三联书店.

萨义德,2007. 东方学 [M]. 王宇根,译. 北京:生活·读书·新知三联书店.

塞托,2009. 日常生活实践1. 实践的艺术 [M]. 方琳琳,黄春柳,译. 南京:南京大学出版社.

申丹,1998. 叙述学与小说文体学研究 [M]. 北京:北京大学出版社.

申富英,2005.《达洛卫夫人》的叙事联接方式和时间序列 [J]. 外国文学评论 (3):59-66.

申富英，2011．伍尔夫生态思想研究［M］．济南：山东大学出版社．

盛宁，2003．关于伍尔夫的"1910年12月"［J］．外国文学评论（3）：25-33．

盛宁，2009．伍尔夫的屋子与其身边的仆人［J］．外国文学评论（4）：227-230．

苏贾，2004．后现代地理学：重申批判社会理论中的空间［M］．王文斌，译．北京：商务印书馆．

孙萍萍，2007．论伍尔夫"局外人"的女性主义视野［J］．湖南文理学院学报（5）：69-70．

索杰，2005．第三空间——去往洛杉矶和其他真实和想象地方的旅程［M］．陆扬，刘佳林，朱志绒，等译．上海：上海教育出版社．

索亚，2006．后大都市：城市和区域的批判性研究［M］．李钧，等译．上海：上海教育出版社．

塔迪埃，2009．20世纪的文学批评［M］．史忠义，译．开封：河南大学出版社．

童庆炳，1994．文体与文体的创造［M］．昆明：云南人民出版社．

托多罗夫，2001．巴赫金、对话理论及其他［M］．蒋子华，张萍，译．天津：百花文艺出版社．

瓦格纳，2002．瓦格纳论音乐［M］．廖辅叔，译．上海：上海音乐出版社．

汪民安，2005．现代性［M］．桂林：广西师范大学出版社．

汪民安，陈永国，马海良，2008．城市文化读本［M］．北京：北京大学出版社．

汪行福，2009．空间哲学与空间政治——福柯异托邦理论的阐释与批判［J］．天津社会科学（3）：11-16．

王晓路，等，2007．文化批评关键词研究［M］，北京：北京大学出版社．

吴宁，2007．日常生活批判：列斐伏尔哲学思想研究［M］．北京：人民出版社．

吴庆宏，2002．弗吉尼亚·伍尔夫与女权主义［D］．上海：上海外国语大学．

吴庆宏，2010．《奥兰多》中的文学与历史叙事［J］．外国文学评论（4）：111-118．

吴冶平，2008．空间理论与文学再现［M］．兰州：甘肃人民出版社．

伍厚恺，1999．弗吉尼亚·伍尔夫：存在的瞬间［M］．成都：四川人民出版社．

武伟，2022．从女权主义到集体合力：伍尔夫小说《岁月》［J］．国外文学（1）：130-139．

肖庆华，2008．都市空间与文学空间——多丽丝·莱辛小说研究［M］．成都：四川辞书出版社．

谢江南，2008．弗吉尼亚·伍尔夫小说中的大英帝国形象［J］．外国文学研究（2）：77-84．

许学强，周一星，宁越敏，2009．城市地理学［M］．北京：高等教育出版社．

薛毅, 2008. 西方都市文化研究读本 [M]. 桂林: 广西师范大学出版社.

严蓓雯, 2010. 作者·拍卖目录·文学市场 [J]. 外国文学评论 (3): 234-236.

阎照祥, 2000. 英国贵族史 [M]. 北京: 人民出版社.

杨冬, 1998. 西方文学批评史 [M]. 长春: 吉林教育出版社.

杨莉馨, 2009. 20 世纪文坛上的英伦百合——弗吉尼亚·伍尔夫在中国 [M]. 北京: 人民出版社.

杨莉馨, 2010. 《远航》: 向无限可能开放的旅程 [J]. 外国文学评论 (4): 101-110.

杨莉馨, 2013. 弗吉尼亚·伍尔夫的女性写作之梦——论《奥兰多》与文学传统的对话 [J]. 妇女研究论丛 (4): 103-108.

杨仁忠, 2009. 公共领域论 [M]. 北京: 人民出版社.

杨正润, 2009. 实验与颠覆: 传记中的现代派与后现代 [J]. 浙江师范大学学报 (社会科学版) (2): 37-44.

叶健, 2020. "花岗岩与彩虹"之辩——莫洛亚与伍尔夫关于传记艺术的对话 [J]. 现代传记研究 (2): 53-66.

易晓明, 2002. 优美与疯癫: 弗吉尼亚·伍尔夫传 [M]. 北京: 中国文联出版社.

易晓明, 2009. 西方现代主义小说导论 [M]. 开封: 河南大学出版社.

余一力, 2011. 文学地理学批评与西方文学研究 [J]. 世界文学评论 (1): 15-17.

袁素华, 2007. 试论伍尔夫的"雌雄同体"观 [J]. 外国文学评论 (1): 90-95.

詹姆逊, 2000. 文化转向: 后现代论文选 [M]. 胡亚敏, 等译. 北京: 中国社会科学出版社.

张冰, 2015. 消费时代文学的生产与危机——兼论马克思主义艺术生产观的当代启示 [J]. 文学评论 (6): 10-14.

张德明, 2002. 当代文化批评与公共话语空间的拓展 [J]. 浙江学刊 (1): 213-218.

张京媛, 1999. 后殖民理论与文化批评 [M]. 北京: 北京大学出版社.

张隆溪, 2006. 道与逻各斯: 东西方文学阐释学 [M]. 冯川, 译. 南京: 江苏教育出版社.

张楠, 2018. "文明的个体": 弗吉尼亚伍尔夫和布鲁姆斯伯里文化团体研究 [M]. 上海: 复旦大学出版社.

张中载, 2001. 《到灯塔去》: 一幅有声的画 [J]. 山东师大外国语学院学报 (4): 25-29.

赵稀方, 2009. 后殖民理论 [M]. 北京: 北京大学出版社.

郑佰青, 2012. 传记与小说的契合——论伍尔夫《友谊长廊》中的新传记艺术 [J]. 外国文学 (4): 68-74, 158.

郑茗元, 2016. 空间、漫步与消费: 弗吉尼亚·伍尔夫小说中的城市书写 [J]. 贵州社会科学 (6): 65-69.

周和军, 2007. 空间与权力——福柯空间观解析 [J]. 江西社会科学 (4): 58-60.

周尚意, 孔翔, 朱竑, 2004. 文化地理学 [M]. 北京: 高等教育出版社.

周志强, 2009. 大众文化理论与批评 [M]. 北京: 高等教育出版社.

朱海峰, 2017. 弗吉尼亚·伍尔夫历史观研究 [M]. 北京: 中国社会科学出版社.

朱立元, 1997. 当代西方文艺理论 [M]. 上海: 华东师范大学出版社.

朱艳阳, 2021. 弗吉尼亚·伍尔夫的创伤书写研究 [M]. 北京: 中国社会科学出版社.

ABBOTT R, 1992. What Miss Kilman's Petticoat means: Virginia Woolf, shopping, and spectacle [J]. *Modern Fiction Studies*, 38 (1): 193-216.

ABEL E, 1989. Virginia Woolf and the Fictions of Psychoanalysis [M]. Chicago: The University of Chicago Press.

ADORNO T W, 1984. The Essay as Form [J]. *New German Critique*, 32 (Spring-Summer): 151-171.

ALEXANDER P F, 1992. Leonard and Virginia Woolf: A Literary Partnership [M]. New York: Harvester Wheatsheaf.

ALT C, 2010. Virginia Woolf and the Study of Nature [M]. Cambridge: Cambridge University Press.

APTER T E, 1979. Virginia Woolf: A Study of Her Novels [M]. New York: New York University Press.

AUERBACH E, 1994. The brown stocking [M]. // MCNEES E J. *Virginia Woolf: Critical Assessments*. Mounfield: Helm Information Ltd. : 3-18.

AVERY T, 2006. Radio Modernism: Literature, Ethics, and the BBC, 1922-1938 [M]. Hampshire: Ashgate Publishing Ltd.

BACHELARD G, 1994. The Poetics of Space [M]. JOLAS M. Trans. Boston: Beacon Press.

BAIRD D D, 2006. Authority on the margin: The informal essays of Virginia Woolf, Natsume Soseki, and Zhou Zuoren [D]. Eugene: University of Oregon.

BAKHTIN M, 1981. The Dialogical Imagination: Four Essays [M]. EMERSON C and

HOLQUIST M. Trans. Austin: University of Texas Press.

BAKHTIN M, 1984. Problems of Dostoevsky's Poetics [M]. EMERSON C. Trans. Minneapolis: University of Minnesota Press.

BAKHTIN M, 1984. Rabelais and His World [M]. ISWOLSKY H. Trans. Bloomington: Indiana University Press.

BAKHTIN M, MEDVEDEV P N, 1985. The Formal Method in Literary Scholarship [M]. Baltimore: John Hopkins University Press.

BALDICK C, 2007. The Modern Movement [M]. Beijing: Foreign Language Teaching and Research Press.

BANFIELD A, 2000. The Phantom Table: Woolf, Fry, Russell and the Epistemology of Modernism [M]. Cambridge: Cambridge University Press.

BEER G, 1996. Virginia Woolf: The Common Ground [M]. Edinburgh: Edinburgh University Press.

BEJA M, 1985. Critical Essays on Virginia Woolf [M]. Boston: G. K. Hall & Co.

BELL Q, 1990. Virginia Woolf: A Biography [M]. London: The Hogarth Press.

BELSEY C, 1990. Critical Practice [M]. 2nd ed. New York: Routledge.

BEN A, 2009. Virginia Woolf and the Poetics of Trauma Narrative [D]. Montreal: University de Montreal.

BENNETT J, 1945. Virginia Woolf: Her Art as a Novelist [M]. London: Harcout Brace & Company.

BERMAN J, 2001. Modern Fiction, Cosmopolitanism and the Politics of Community [M]. Cambridge: Cambridge University Press.

BHABHA H K, 1994. The Location of Culture [M]. New York: Routledge.

BISHOP E L, 1992. The subject in *Jacob's Room* [J]. *Modern Fiction Studies*, 38 (1): 147-175.

BISHOP E, 1989. A Virginia Woolf Chronology [M]. Hampshire: The Macmillan Press.

BLACKSTONE B, 1972. Virginia Woolf: A Commentary [M]. London: The Hogarth Press.

BLISSETT W, 1963. Wagnerian fiction in English [J]. *Criticism: A Quarterly for Literature and the Arts*, 5 (3): 239-260.

BOEHMER E, 1998. Colonial and Postcolonial Literature [M]. Shenyang: Liaoning Education Publishing House.

BOWLBY R, 1997. Feminist Destinations and Further Essays on Virginia Woolf [M]. Edinburgh: Edinburgh University Press.

BROOKER P, 2002. Modernity and Metropolis: Writing, Film and Urban Formations [M]. New York: Palgrave.

BROOKER P, THACKER A, 2005. Geographies of Modernism: Literatures, Cultures, Spaces [M]. New York: Routledge.

BULSONE, 2007. Novels, Maps, Modernity: The Spatial Imagination, 1850 – 2000 [M]. New York: Routledge.

CAREY J, 2002. The Intellectuals and the Masses [M]. Chicago: Academy Chicago Publishers.

CAUGHIE P, 2000. Virginia Woolf in the Age of Mechanical Reproduction [M]. New York: Garland Publishing.

CAUGHIE P, 1991. Virginia Woolf & Postmodernism: Literature in Quest & Question of Itself [M]. Urbana: University of Illinois Press.

CAWS M A, LUCKHURST N, 2002. The Reception of Virginia Woolf in Europe [M]. New York: Continuum.

CHATMAN S, 1978. Story and Discourse [M]. Ithaca: Cornell University Press.

CHILDERS M, 1992. Virginia Woolf on the outside looking down: Reflections on the class of women [J]. *Modern Fiction Studies*, 38 (1): 61 – 69.

CHILDSD J, 2001. Modernism and Eugenics: Woolf, Eliot, Yeats, and the Culture of Degeneration [M]. Cambridge: Cambridge University Press.

COLLIER P, 2006. Modernism on Fleet Street [M]. Hampshire: Ashgate Publishing Ltd.

COOPER J X, 2004. Modernism and the Culture of Market Society [M]. Cambridge: Cambridge University Press.

CUDDY-KEANE M, 2003. Modernism, geopolitics, globalization [J]. *Modernism/modernity*, 10 (3): 539 – 558.

CUDDY-KEANE M, 2003. Virginia Woolf, the Intellectual, and the Public Sphere [M]. Cambridge: Cambridge University Press.

DA SILVAN T, 1990. Modernism and Virginia Woolf [M]. Windsor: Windsor Publications.

DAICHES D, 1945. Virginia Woolf [M]. London: Nicholson & Watson.

DALGARNO E, 2001. Virginia Woolf and the Visible World [M]. Cambridge: Cambridge University Press.

DE LANGE A, 2008. Literary Landscapes: From Modernism to Postcolonialism [M]. New York: Palgrave Macmillan.

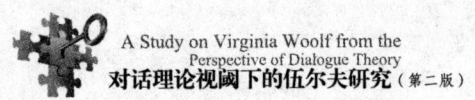

DENNISON S, 1984. Alternative Literary Publishing: Five Modern Histories [M]. Iowa City: University of Iowa Press.

DESALVO L, 1989. Virginia Woolf: The Impact of Childhood Sexual Abuse on Her Life and Work [M]. Boston: Beacon Press.

DIBATTISTAM, MCDIARMID L, 1996. High and Low Moderns: Literature and Culture 1889 - 1939 [M]. New York: Oxford University Press.

DICKENSON R, 2009. Female Embodiment and Subjectivity in the Modernist Novel: The Corporeum of Virginia Woolf and Olive Moore [M]. New York: Routledge.

DONAHUE D, 1977. The Novels of Virginia Woolf [M]. Roma: Bulzoni Editore.

DOROTHY B, 1959. Virginia Woolf's London [M]. London: GEORGE ALLEN & UNWIN LTD.

DOWLING D, 1991. Mrs. Dalloway: Mapping Streams of Consciousness [M]. Boston: Twyane Publishers.

DUBINO J, 2010. Virginia Woolf and the Literary Marketplace [M]. New York: Palgrave Macmillan.

DUSINBERRE J, 1997. Virginia Woolf's Renaissance: Woman Reader or Common Reader? [M] Iowa City: University of Iowa Press.

ELLIS S, 2007. Virginia Woolf and the Victorians [M]. Cambridge: Cambridge University Press.

EVANS E F, 2006. Liminal London: Gender and threshold spaces in narratives of urban modernity [D]. Madison: The University of Wisconsin-Madison.

EYSTEINSSON A, 1990. The Concept of Modernism [M]. New York: Cornell University Press.

FERRER D, 1990. Virginia Woolf and the Madness of Language [M]. BENNINGTON G. Trans. London: Routledge.

FLEISHMAN A, 1977. Virginia Woolf: A Critical Reading [M]. Baltimore: The Johns Hopkins University Press.

FOUCAULT M, 1986. Texts/contexts: Of other spaces [J]. *Diacritics*, 16 (1): 22 - 27.

FOWLER R, 1983. "On Not Knowing Greek": The Classics and the Woman of Letters [J]. *Classics Journal*, 78 (4): 337 - 349.

FOWLER R, 1999. Moments and metamorphoses: Virginia Woolf's Greece [J]. *Comparative Literature*, 51 (3): 217 - 242.

FOX A, 1990. Virginia Woolf and the Literature of the English Renaissance [M].

Oxford: Oxford University Press.

FREEDMAN R, 1980. Virginia Woolf: Revaluation and Continuity [M]. Berkeley: University of California Press.

GAY J, 2006. Virginia Woolf's Novels and the Literary Past [M]. Edinburgh: Edinburgh University Press.

GILBERT D, MATLESS D, SHORT B, 2003. Geographies of British Modernity: Space and Society in the Twentieth Century [M]. Malden: Blackwell Publishing Ltd.

GILLESPIE D F, 1993. The Multiple Muses of Virginia Woolf [M]. Columbia: University of Missouri Press.

GOLDMAN J, 2008. The Cambridge Introduction to Virginia Woolf [M]. Shanghai: Shanghai Foreign Language Education Press.

GORDON L, 1984. Virginia Woolf: A Writer's Life [M]. London: Oxford University Press.

GRAHAM JW, 1983. Manuscript revision and the heroic theme of *The Waves* [J]. *Twentieth Century Literature*, 29 (3): 312-332.

GRINDY I, 1983. "Words without meaning - wonderful words" [M] // CEMENTS P, GRUNDY I. *Virginia Woolf: New Critical Essays*. London: Vision Press: 201-229.

GUIGUET J, 1965. Virginia Woolf and Her Works [M]. STEWART J. Trans. New York: Harcourt Brace Jovanovich.

HACKETTR, HAUSER F, WACHMAN G, 2009. At Home and Abroad in the Empire: British Women Writer the 1930s [M]. Newark: University of Delaware Press.

HAULE J M, 1996. Virginia Woolf's revisions of *The Voyage Out*: Some new evidence [J]. *Twentieth Century Literature*, 42 (3): 309-321.

HAYDEND, 1984. Redesigning the American Dream [M]. New York: W. W. Norton and company.

HELT B S, 2008. The work of bisexuality in modernist women's writing: Sexual epistemology, modernist aesthetics, feminist politics [D]. Minneapolis: University of Minnesota.

HENRY H G, 1999. Nebulous networks: Virginia Woolf and popular astronomy [D]. State collage: The Pennsylvania State University.

HENRY H, 2003. Virginia Woolf and the Discourse of Science [M]. Cambridge: Cambridge University Press.

HOBSHAWM E, 1987. The Age of Empire: 1875—1914 [M]. New York: Pantheon Books.

HOLTBY W, 2007. Virginia Woolf: A Critical Memoir [M]. New York: Continuum.

HOMANS M, 1993. Virginia Woolf: A Collection of Critical Essays [M]. New Jersey: Prentice Hall.

HOOKS B, 1990. Yearning: Race, Gender, and Cultural Politics [M]. Boston: South End Press.

HSU J Y, 2005. Melancholic flaneries: Urban images and utopian imagination in the works of Charles Baudelaire, Virginia Woolf, Zhu Tianxin, and Tsai Ming-Liang (China, France) [D]. New Brunswick: Rutgers The State University of New Jersey-New Brunswick.

HUMM M, 2010. Virginia Woolf and the Art [M]. Edinburgh: Edinburgh University Press.

HUSSEY M, 1995. Virginia Woolf A to Z [M]. New York: Facts on File, Inc.

HUSSEY M, 1995. Woolf Studies Annual [M]. 16 vols. New York: Pace University Press.

JACKSON A, 2010. Diary Poetics: Form and Style in Writers' Diaries, 1915 – 1962 [M]. New York: Routledge.

JAFFE, A, 2005. Modernism and the Culture of Celebrity [M]. Cambridge: Cambridge University Press.

JIN G, 2009. East meets west: Chinese reception and translation of Virginia Woolf [D]. Kingston: University of Rhode Island.

KALLINEY P J, 2006. Reading maps, writing cities [J]. *Modernism/ modernity*, 13 (4): 747 – 754.

KENNEDY T A, 2007. Keeping Up Her Geography: Women's Writing and Geocultural space in Twentieth Century U. S. Literature and Culture [M]. New York: Routledge.

KEYSER G, 2003. Transitional London: Anxiety and urban representation in the British novel, 1859 – 1934 [D]. Los Angeles: University of California.

KORT W A, 2004. Place and Space in Modern Fiction [M]. Gainesville: University Press of Florida.

KOUTSANTONI K, 2009. Virginia Woolf's Common Reader [M]. London: Routledge.

LAURENCE P, 2010. Woolf and postmodern geography [J]. *English Literature in Transition 1880 – 1920*, 53 (1): 122 – 125.

LEE H, 1996. Virginia Woolf [M]. New York: Random House.

LEE H, 1997. Virginia Woolf [M]. London: Vintage.

LEFEBVRE, H, 1991. The Production of Space [M]. NICHOLSON-SMITH D. Trans.

Oxford: Basil Blackwell, Inc.

LEVENBACK, K L, 1999. Virginia Woolf and the Great War [M]. New York: Syracuse University Press.

LEVENSON M, 2011. The Cambridge Companion to Modernism [M]. Cambridge: Cambridge University Press.

LEVY P, 1980. G. E. Moore and the Cambridge Apostles [M]. New York: Holt, Rinehart and Winston.

LINETT M T, 2010. The Cambridge Companion to Modernist Women Writers [M]. Cambridge: Cambridge University Press.

LIVESEY R, 2007. Socialism in Bloomsbury: Virginia Woolf and the political aesthetics of the 1880s [J]. *Yearbook of English Studies*, 37 (1): 126 – 145.

LUTWACK L, 1984. The Role of Place in Literature [M]. New York: Syracuse University Press.

MADDEN M C, 2006. Virginia Woolf and the persistent question of class: The protean nature of class and self [D]. Tampa: University of South Florida.

MARCUS J, 1981. New Feminist Essays on Virginia Woolf [M]. London: The Macmillan Press.

MARCUS J, 1987. Virginia Woolf and Bloomsbury: A Centenary Celebration [M]. Hampshire: the Macmillan Press Ltd.

MARCUS J, 2004. Hearts of Darkness: White Women Write Race [M]. New Brunswick: Rutgers University Press.

MASSEY D, 1994. Space, Place and Gender [M]. Minneapolis: University of Minnesota Press.

MATTEWS S, 2004. Modernism [M]. New York: Oxford University Press.

MCLUSKEYK, 1986. Reverberations: Sound and Structure in the Novels of Virginia Woolf [M]. Michigan: Umi Research Press.

MCMANUS P, 2008. The "offensiveness" of Virginia Woolf: From a moral to a political reading [J]. *Woolf Studies Annual* (14): 91 – 138.

MEPHAM J, 1991. Virginia Woolf: A Literary Life [M]. London: Palgrave Macmillan Limited.

MERRITT J F, 2001. Imaging Early Modern London [M]. Cambridge: Cambridge University Press.

MINOW-PINKNEY M, 1987. Virginia Woolf and the Problem of the Subject [M]. Sussex: The Harvester Press Ltd.

MIRSKY D, 1935. The Intelligentsia of Great Britain [M]. BROWN A. Trans. London: Victor Gollancz Ltd.

OLSON L, 2009. Modernism and the Ordinary [M]. Oxford: Oxford University Press.

OSER, L, 2007. The Ethics of Modernism: Moral Ideas in Yeats, Eliot, Joyce, Woolf and Beckett [M]. Cambridge: Cambridge University Press.

O'CONNELL S, 1998. The Car in British Society: Class, Gender and Motoring 1896 – 1939 [M]. New York: Manchester University Press.

PARK S S, SOWON W P, 2005. Suffrage and Virginia Woolf: "The mass behind the single voice" [J]. *The Review of English Studies*, 56 (223): 119–134.

PARSONS D L, 2000. Streetwalking the Metropolis: Women, the City and Modernity [M]. New York: Oxford University Press.

PAWLOWSKI M, 2001. Virginia Woolf and Fascism: Resisting the Dictator's Seduction [M]. New York: Palgrave.

PEACH L, 2000. Virginia Woolf [M]. Hampshire: Macmillan Press Ltd.

PHILLIPS K J, 1994. Virginia Woolf against Empire [M]. Knoxville: The University of Tennessee Press.

POOLE R, 1978. The Unknown Virginia Woolf [M]. Cambridge: Cambridge University Press.

PORTER A, 1996. Old Virginia and the Night Writer: The Origins of Woolf's Narrative Meander [M] // BUNKERS S L and HUFF C, ed., *Inscribing the Daily*. Amherst: University of Massachusetts Press.

POTTS G, SHAHRIARI L, 2010. Virginia Woolf's Bloomsbury, Volume 1: Aesthetic Theory and Literary Practice [M]. New York: Palgrave Macmillan.

RAINEY L, 1998. Institutions of Modernism: Literary Elites and Public Culture [M]. New Haven: Yale University Press.

RANDALL B, GOLDMAN J, 2012. Virginia Woolf in Context [M]. Cambridge: Cambridge University Press.

ROE S, SELLERS S, 2000. The Cambridge Companion to Virginia Woolf [M]. Cambridge: Cambridge University Press.

ROSE G, 1993. Feminism and Geography: The Limits of Geographical Knowledge [M]. Oxford: Polity Press.

ROSENFIELD N, 2000. Outsiders Together: Virginia and Leonard Woolf [M]. Princeton: Princeton University Press.

ROSNER V, 2005. Modernism and the Architecture of Private Life [M]. New York:

Columbia University Press.

RUBENSTEIN R, 2009. Virginia Woolf and the Russian Point of View [M]. New York: Palgrave Macmillan.

RUSK L, 2002. The Life Writing of Otherness: Woolf, Baldwin, Kingston, and Winterson [M]. New York: Routledge.

SALOMAN R, 2012. Virginia Woolf's Essayism [M]. Edinburgh: Edinburgh University Press.

SHOWALTER E, 1977. A Literature of Their Own: British Women Novelists from Brontë to Lessing [M]. Princeton: Princeton University Press.

SILVA D L, 2007. Flanerie, gender, and the politics of marginality in representations of London, 1820 - 1940 [D]. Los Angeles: University of California.

SILVER B R, 1999. Virginia Woolf Icon [M]. Chicago: University of Chicago Press.

SIM L, 2010. Virginia Woolf: The Patterns of Ordinary Experience [M]. Burlington, London: Taylor & Francis Group.

SIMONS J, 1990. Diaries and Journals of Literary Women from Fanny Burney to Virginia Woolf [M]. London: the Macmillan Press Ltd.

SIMPSON J A, WEINER C, 1991. Oxford English Dictionary (20 Vols.) [M]. Oxford: Clarendon Press.

SIMPSON K, 2008. Gifts, Markets and Economies of Desire in Virginia Woolf [M]. New York: Palgrave Macmillan.

SMITTEN J R, DAGHISTANY A, 1981. Spatial Form in Narrative [M]. London: Cornell University Press.

SNAITH A, 2000. Virginia Woolf: Public and Private Negotiations [M]. London: The Macmillan Press.

SNAITH A, 2007. Palgrave Advances in Virginia Woolf Studies [M]. New York: Palgrave Macmillan.

SNAITH A, 2007. Virginia Woolf Studies [M]. New York: Palgrave Macmillan.

SNAITH A, WHITWORTH W H, 2007. Locating Woolf: The Politics of Space and Place [M]. New York: Palgrave Macmillan.

SOLOMON J R, 1989. Staking ground: The politics of space in Virginia Woolf's *A Room of One's Own* and *Three Guineas* [J]. *Women's Studies*, 16 (4): 331 - 347.

SONITA S, 2001. Locating a native Englishness in Virginia Woolf's *The London Scene* [J]. *NWSA Journal*, 13 (2): 1 - 30.

SOUTHWORTH H, 2001. Rooms of their own: How Colette usesphysical and textual space to question a gendered literary tradition [J]. *Tulsa Studies in Women's Literature*, 20 (2): 253-278.

SOUTHWORTHH, 2010. Leonard and Virginia Woolf, the Hogarth Press and the Networks of Modernism [M]. Edinburgh: Edinburgh University Press.

SQUIER S M, 1985. Virginia Woolf and London: The Sexual Politics of the City [M]. Chapel Hill: The University of North Carolina Press.

STAPE J H, 1992. Virginia Woolf's *Night and Day*: Dates of composition [J]. *Notes and Queries*, 39 (6): 193-194.

SZASZ T, 2006. My Madness Saved Me: The Madness and Marriage of Virginia Woolf [M]. London: Transaction Publishers.

THACKER A, BROOKER P, 2005. Geographies of Modernism: Literatures, Cultures, Space [M]. New York: Routledge.

THACKER, A, 2003. Moving Through Modernity: Space and Geography in Modernism [M]. Manchester: Manchester University Press.

TRATNER M, 1993. Figures in the dark: Working-class women in *To the Lighthouse* [J]. *Virginia Woolf Miscellany* (40): 3-4.

TRATNER M, 1995. Modernism and Mass Politics: Joyce, Woolf, Eliot, Yeats [M]. Stanford: Stanford University Press.

TSAI H C, 1999. Domestic space in Virginia Woolf and Eileen Chang [D]. Madison: The University of Wisconsin-Madison.

TSENG C F, 2003. The imperial garden: Englishness and domesticspace in Virginia Woolf, Doris Lessing, and Tayeb Salih (Zimbabwe, Sudan) [D]. Madison: The University of Wisconsin-Madison.

TURNER C, 2003. Marketing Modernism Between the Two World Wars [M]. Amherst: University of Massachusetts Press.

WANG B, 1992. "I" on the run: Crisis of identity in *Mrs. Dalloway* [J]. *Modern Fiction Studies*, 38 (1): 177-191.

WARNER E, 1984. *Virginia Woolf: A Centenary Perspective*. London: The Macmillan Press.

WEINMAN M, 2012. Language, Time, and Identity in Woolf's *The Waves* [M]. Lanham: Lexington Books.

WESTMAN K E, 2001. The first *Orlando*: The laugh of the comicspirit in Virginia Woolf's "Friendships Gallery" [J]. *Twentieth Century Literature*, 1 (47): 39-71.

WILLIAMS R, 1975. The Country and the City [M]. New York: Oxford University

Press.

WILLIAMS-GUALANDI D, 1995. A dialogical introduction to Mrs. Clarissa Dalloway [J]. *Etudes Anglaises*, 6 (16): 277-286.

WILLISON I, GOULD W, CHERNAIK W, 1996. Modernist Writers and the Marketplace [M]. New York: St. Martin's Press.

WILSON J M, 1987. Virginia Woolf, Life and London: A Biography of Place [M]. New York: W. W. Norton.

WIRTH-NESHER, H, 1996. City Codes: Reading the Modern Urban Novels [M]. Cambridge: Cambridge University Press.

WITEMEYER H, 1997. The Future of Modernism [M]. Ann Arbor: University of Michigan Press.

WOLFREYS J, 2006. Introducing Criticism at the 21st Century [M]. Edinburgh: Edinburgh University Press.

WOOD A, 2003. Walking the web in the lost London of *Mrs. Dalloway* [J]. *Mosaic (Winnipeg)*, 36 (2): 19-32.

ZEMGULYS A, 2008. Modernism and the Locations of Literary Heritage [M]. Cambridge: Cambridge University Press.

ZORAN G, 1984. Towards a theory of space narrative [J]. *Poetics Today*, 5 (2): 309-335.

ZWERDLING A, 1986. Virginia Woolf and the Real World [M]. Berkeley: University of California Press.

附录 弗吉尼亚·伍尔夫作品列表

1915：*The Voyage Out*《远航》
1919：*Night and Day*《夜与日》
1920：*Jacob's Room*《雅各的房间》
1925：*Mrs. Dalloway*《达洛卫夫人》
1925：*Common Reader*《普通读者》
1927：*To the Lighthouse*《到灯塔去》
1928：*Orlando: A Biography*《奥兰多》
1929：*A Room of One's Own*《一间自己的房间》
1931：*The Waves*《海浪》
1933：*Flush*《弗勒希》
1937：*The Years*《岁月》
1938：*Three Guineas*《三个基尼金币》
1940：*Roger Fry: A Biography*《罗杰·弗莱传》
1941：*Between the Acts*《幕间》
1953：*A Writer's Diary*《作家日记》
1975-1980：*The Letters of Virginia Woolf*《伍尔夫书信》
1977：*The Diary of Virginia Woolf*《伍尔夫日记》
1976：*Moments of Being*《存在的瞬间》
1986-2011：*The Essays of Virginia Woolf*《伍尔夫散文》
1990：*A Passionate Apprentice: The Early Journals, 1897-1909*《充满激情的学徒：早期日记 1897—1909》

弗吉尼亚·伍尔夫作品及作品集（中/英）

吴尔夫，1996. 维吉尼亚·吴尔夫文学书简［M］. 王正文，王开玉，译. 合肥：安徽文艺出版社.

吴尔夫，2003. 一间自己的房间及其他［M］. 贾辉丰，译. 北京：人民文学出版社.

吴尔夫，2003. 奥兰多［M］. 林燕，译. 北京：人民文学出版社.

吴尔夫，2003. 海浪［M］. 吴均燮，译. 北京：人民文学出版社.

吴尔夫，2003. 幕间［M］. 谷启楠，译. 北京：人民文学出版社.

吴尔夫，2003. 普通读者 I ［M］. 马爱新，译. 北京：人民文学出版社.

吴尔夫，2003. 普通读者 II ［M］. 石永礼，蓝仁哲，译. 北京：人民文学出版社.

吴尔夫，2003. 岁月［M］. 蒲隆，译. 北京：人民文学出版社.

吴尔夫，2003. 雅各的房间［M］. 蒲隆，译. 北京：人民文学出版社.

吴尔夫，2003. 夜与日［M］. 唐伊，译. 北京：人民文学出版社.

吴尔夫，2003. 远航［M］. 黄宜思，译. 北京：人民文学出版社.

吴尔夫，2008. 书与画像［M］. 刘炳善，译. 南京：译林出版社.

伍尔夫，2009. 达洛卫夫人［M］. 孙梁，苏美，译. 上海：上海译文出版社.

伍尔夫，2009. 到灯塔去［M］. 瞿世镜，译. 上海：上海译文出版社.

伍尔夫，2009. 弗勒希——一条狗的传记［M］. 唐嘉慧，译. 上海：上海译文出版社.

伍尔夫，2009. 论小说与小说家［M］. 瞿世镜，译. 上海：上海译文出版社.

伍尔夫，2010. 伦敦风景［M］. 宋德利，译. 南京：译林出版社.

伍尔芙，1998. 伍尔芙随笔［M］. 伍厚恺，干晓路，译. 成都：四川人民出版社.

伍尔芙，2001. 伍尔芙随笔全集 I ［M］. 石云龙，刘炳善，李寄，黄梅，译. 北京：中国社会科学出版社.

伍尔芙，2001. 伍尔芙随笔全集 II ［M］. 王义国，张学军，邹枚，等译. 北京：中国社会科学出版社.

伍尔芙, 2001. 伍尔芙随笔全集Ⅲ [M]. 王斌, 王保令, 胡龙彪, 肖宇, 童未央, 译. 北京: 中国社会科学出版社.

伍尔芙, 2001. 伍尔芙随笔全集Ⅳ [M]. 王义国, 黄梅, 江远, 戚小伦, 译. 北京: 中国社会科学出版社.

伍尔芙, 2005. 伍尔芙日记选 [M]. 戴红珍, 宋炳辉, 译. 天津: 百花文艺出版社.

Woolf, Virginia. *A Moment's Liberty: The Shorter Diary of Virginia Woolf*. Anne Oliver Bell, ed. New York: Harcourt Brace Jovanovich, 1977.

—. *A Passionate Apprentice: The Early Journals, 1897—1909*. Mitchell A. Leaska, ed. New York: Harcourt Brace Jovanovich, 1990.

—. *A Room of One's Own*. New York: Harcourt Brace, 1929.

—. *A Writer's Diary*. Leonard Woolf, ed. New York: Harcourt Brace, 1953.

—. *Between the Acts*. New York: Harcourt, 1941.

—. *Carlyle's House and Other Sketches*. David Bradshaw, ed. London: Hesperus Press, 2002.

—. *Collected Essays*. 4 vols. New York: Harcourt, 1967.

—. *Flush*. New York: Harcourt Brace, 1933.

—. *Jacob's Room*. New York: Penguin, 1922.

—. *Moments of Being*. New York: Harcourt Brace, 1972.

—. *Mrs. Dalloway*. New York: Harcourt Brace, 1925.

—. *Night and Day*. New York: Harcourt Brace, 1920.

—. *Orlando: A Biography*. London: The Hogarth Press, 1928.

—. *Pointz Hall*. Mitchell A. Leaska, ed. New York: University Publications, 1983.

—. *Roger Fry, A Biography*. New York: Harcourt Brace Jovanovich, 1976.

—. *The Common Reader*. New York: Harcourt Brace Jovanovich, 1925.

—. *The Complete Shorter Fiction of Virginia Woolf*. Susan Dick, ed. New York: Harcourt Brace, 1989.

—. *The Diary of Virginia Woolf*. 5 vols. Anne Olivier Bell, ed. New York: Harcourt Brace, 1977–1984.

—. *The Essays of Virginia Woolf*. 6 vols. Andrew McNeillie and Stuart Clarke, eds. San Diego: Harcourt Brace, 1986–2011.

—. *The Letters of Virginia Woolf*. 6 vols. Nigel Nicolson and Joanne Trautmann, ed. New York: Harcourt Brace Jovanovich, 1975 – 1980.

—. *The Pargiters: The Novel-Essay Portion of* The Years. Mitchell A. Leaska, ed. San Diego: Harcourt Brace Jovanovich, 1978.

—. *The Voyage Out*. New York: Penguin, 1915.

—. *The Waves*. New York: Harcourt Brace, 1931.

—. *The Years*. San Diego: Harcourt Brace Jovanovich, 1965.

—. *Three Guineas*. New York: Harcourt Brace, 1938.

—. *To the Lighthouse*. New York: Harcourt Brace, 1927.